Norbert Baumann

Berger und die Brut

D1727716

EDITION OCTOPUS

Norbert Baumann, »Berger und die Brut«
© 2009 der vorliegenden Ausgabe: Edition Octopus
Die Edition Octopus erscheint im
Verlagshaus Monsenstein und Vannerdat OHG Münster
www.edition-octopus.de
© 2009 Norbert Baumann
Alle Rechte vorbehalten
Satz: Norbert Baumann
Umschlag: MV-Verlag
Umschlagbild: © Brigitte Wengenmayr
Druck und Bindung: MV-Verlag

ISBN 978-3-86582-975-7

Norbert Baumann

Berger und die Brut

Vorwort

Ein neuer Hauptkommissar betritt die Bühne der Kriminalliteratur.

Lenz Berger, der kommissarische Leiter der Stuttgarter Mordkommission.

Kein Kunstprodukt aus dem unendlichen Ozean laienhafter Kriminal-Phantasien, eher ein Kriminalist, der aus jahrzehntelanger Erfahrung des Autors heraus geboren wurde.

Kriminalhauptkommissar Berger ist ein Mann, dessen Berufung sein Leben entscheidend geprägt hat. Er ist im Laufe seiner Dienstzeit durch die allgegenwärtige Kriminalität und die zunehmende Brutalität der Täter zu einer markanten Persönlichkeit gereift.

Seine Ermittlungstechniken stehen in keiner Dienstvorschrift und seine Methoden tendieren zum Prinzip »Alles oder Nichts«.

Er gerät über ein bestialisches Verbrechen in den Sog von Ereignissen, die ihn an die Grenzen seines Berufsverständnisses und seiner persönlichen Belastbarkeit führen. In der jungen Staatsanwältin Ella Stork findet er eine Verbündete im Kampf gegen Behördeninkompetenz, Medienmacht, politische Ränke und ideologische Verirrungen. Eine geheime Macht, die Mord als legitimes Mittel zur Durchsetzung ihrer Ziele ansieht, wird zum übermächtigen Gegner.

Es schien mir an der Zeit das Geschehen der dreißiger Jahre unserer jüngeren deutschen Vergangenheit aufzugreifen und in die heutige Zeit zu transformieren.

In gutem Glauben, es handele sich eher um ein science-fiction-artiges Gebilde, denn um einen Kriminalfall, wurde dieses Szenario von mir entworfen, um der Hoffnung Ausdruck zu verleihen, derartiges könne sich heute nie mehr ereignen.

Ich danke meiner Frau Gertrud, die mich getreu als Beraterin begleitet hat, obwohl ihr grundsätzlich zuviel Gewalt in der Handlung lag. Meine Freunde Brigitte und Uli waren für mich in künstlerischen und technischen Belangen eine wertvolle Stütze, und meine kreative Freundin Meena half mir, den seltenen und schönen Namen des Titelhelden zu entwerfen.

Ich wünsche meinen Leserinnen und Lesern spannende und nachdenkliche Stunden mit Bergers erstem Fall.

Oktober 2009   Norbert Baumann

1. Der Anschlag

Die junge Nacht tat sich schwer, gegen den orangefarbenen Lichtkegel des Stuttgarter Kessels anzukämpfen, als exakt um 01:30 Uhr Sommerzeit die Einwohner Stuttgart-Obertürkheims durch ein ohrenbetäubendes Geräusch aus dem Schlaf gerissen wurden.

Durch die Feuergeschwindigkeit und die Vielzahl der abgefeuerten Patronen aus mehreren automatischen Schnellfeuergewehren konnte der einzelne Schuss als solcher kaum mehr wahrgenommen werden.

Ein unbekanntes, beängstigendes Geräusch für die aus ihrem Schlaf gerissenen Menschen.

Das peitschenartige Knallen der Schüsse verstummte nach genau 15 Sekunden.

Der wuchtige Einschlag eines Panzerfaustgeschosses beendete das Gewehrfeuer mit einem Mal. Danach – eine alles erdrückende Stille.

Dunkle Gestalten, durch ihre relative Nähe zu ihrem Zielobjekt offenbar selbst überrascht von der Wirkung der gewaltigen Detonation, versuchten sich vor umherfliegenden Trümmerteilen zu schützen.

Ihre Körper wurden von der Druckwelle des explodierenden Geschosses durchgerüttelt, in ihre Gliedmaßen bohrten sich Partikel des Mauerwerks und die Ohren schmerzten, denn nicht einmal ihre Ohrenstöpsel hatten sie vor dem lauten Knall der Granate schützen können.

Sie schleppten sich, mehr als dass sie rennen konnten, zu ihren Fahrzeugen zurück.

Das beschossene Gebäude hinterließen sie als ruinenartigen Trümmerhaufen.

Eine alte Dame beobachtete das grausige Szenario. Sie war, wie in jeder schlaflosen Nacht, abseits der letzten Häuser mit ihrem Bruno, dem altersschwachen Mischlingshündchen, unterwegs.

Ähnliches hatte sie im 2. Weltkrieg erleben müssen, als die Russen das zerstörte Berlin überrollten und auf alles schossen, was sich in den Trümmern bewegte.

Das gewaltige Schrecknis, das sie nun durchlebte, erweckte die alten, traumatischen Vorgänge nach all den Jahren erneut zum Leben. Vor Angst gelähmt, erstarrte sie zu ihrem eigenen Denkmal. Es war ein großes Glück, dass sie ihr Überlebenstrieb aus der Starre erwachen und die wenigen Schrittchen machen ließ, die ihr das Leben retteten.

Die beiden schwarzen Geländewagen, vollbesetzt mit vermummten Gestalten, rasten nur wenige Meter an dem dicht belaubten Busch vorbei, hinter dem sich ihr Hund zur Notdurft niedergelassen hatte.

2. Der Tatort

Die Beamten des K 3, der Stuttgarter Mordkommission, sahen sich einem abbruchreifen Gebäude gegenüber, das gestern noch eine Sammelunterkunft für Asylbewerber gewesen war.

Das Dach war teilweise eingestürzt und an der Giebelseite klaffte ein riesiges Loch im Mauerwerk. Wo Fenster ihren Platz hatten gähnten nun leere Höhlen und der Putz war übersäht von unzähligen Löchern.

Rund um den Tatort drängte sich zu der frühen Morgenstunde schon eine große Anzahl von Schaulustigen und Pressevertretern. ARD, ZDF, PRO 7, SAT 1 und RTL hatten Teams geschickt und es sollten nicht die einzigen bleiben.

Der wolkenlose Morgenhimmel über Stuttgart war in ein zartes Rosa getaucht, und es schien erneut ein sonniger, warmer Tag im Frühsommer werden zu wollen.

»Nein meine Herren, ich bin nicht autorisiert Ihre Fragen zu beantworten!

Es wird im Laufe des Nachmittags im Präsidium eine Pressekonferenz geben!«

In Kriminalhauptkommissar Lenz Berger, dem kommissarischen Leiter der Stuttgarter Mordkommission, regte sich nach all den Jahren seiner Tätigkeit noch größter Widerwille, über die zunehmende Penetranz dieser Sensationsmedien. Reporter, die wie Heuschrecken von einem Schauplatz zum anderen zogen, keine seriöse Pressearbeit mehr, kein Journalismus mit Stil, nur noch Action und Angstmacherei frei Haus.

Nachdem die Kripobeamten die äußere Absperrung passiert hatten, war bei jedem Schritt, mit dem sie sich dem

Haus näherten, das metallische Klingeln leerer Patronenhülsen unter ihren Füßen zu hören.

»Das müssen hunderte von Hülsen sein! Wir befinden uns im Krieg!«, sagte Hauptkommissar Werner Mäurer.

»Ich war nie in einem Krieg, aber vielleicht hast Du recht! Wenn das stimmt, was man mir berichtet hat, war das organisierter Mord an hilflosen Menschen! Vielleicht sollten wir das Kriegsrecht ausrufen lassen, damit alles seine Ordnung hat?!«, entgegnete Berger sarkastisch.

Berger hatte die gesamte verfügbare Mannschaft des K 3 aufgeboten um diesen Fall von Anfang an in den Griff zu bekommen.

Er wusste, dass ein besonderes Augenmerk auf ihn gerichtet war, weil sein Chef, Kriminaloberrat Gerhard Höll ausgerechnet heute einen freien Tag genommen hatte und es nun an ihm war, die Einsatzleitung zu übernehmen.

»Wir müssen uns auf einer schmalen Trasse ins Haus bewegen, denn die Kriminaltechnik ist bereits mit der Spurensicherung im Innenraum beschäftigt, und wir dürfen keine Trugspuren setzen. Die Sache ist zu heiß! Wir können uns keine Fehler erlauben! Außerdem macht es keinen Sinn, wenn wir alle dort herumtrampeln.

Werner, Chris, Rudi, ihr geht mit rein! Der Rest stürzt sich auf die Nachbarschaftsbefragung. Beginnt erst einmal bei den Gaffern – und bitte nicht vergessen alle zu fotografieren! Am besten so, dass es niemand merkt, sonst gibt es nur wieder Ärger.«

Berger hielt auf dem Weg zum Haus kurz inne.

»Kollegen, bevor wir da jetzt reingehen, muss ich euch noch sagen, dass es für uns alle eine harte Sache wird. Die gesamte Kriminaltechnik ist schon seit einer halben Stunde drin und die sagten etwas von ungefähr 10 Toten oder mehr.

Erste Meldungen der Schutzpolizei sprachen von einer Explosion.

In der Zentrale glaubte man zunächst an eine Gasexplosion. Als die Streife dann vor Ort war und die zahlreichen Einschusslöcher und Patronenhülsen sah, wurde klar, was hier wirklich passiert sein musste.

Ich will nicht voreilig urteilen, aber es wird wohl zu einem Staatsschutzfall werden.

In diesem Haus waren ca. 30 schwarzafrikanische Asylbewerber untergebracht. Wie viele Personen sich zur Tatzeit darin aufhielten ist uns nicht bekannt.«

Berger setzte sich wieder in Bewegung, seine drei Mitarbeiter im Schlepptau.

Den Beamten bot sich ein Bild des Grauens. So einen Tatort hatten keiner der erfahrenen Kriminalbeamten je zuvor gesehen.

»Meinst du, Lenz, dass wir das packen oder sollen wir versuchen das LKA oder das BKA hinzuzuziehen?«, fragte Oberkommissar Rudi Wimmer, fast ein wenig zaghaft.

»Die Jungs werden uns ohnehin nicht erspart bleiben, denn das gibt eine Sonderkommission, soviel ist klar und die können wir aus eigenen Kräften sowieso nicht speisen! Aber zunächst einmal ist das unser Fall!«, entgegnete Berger.

Blitzlichter, leises Gemurmel und die Kollegen von der Spurensicherung in ihren weißen Einweg-Overalls, die Kapuzen über den Kopf gezogen. Die Tatortarbeit war in vollem Gange.

»Bitte seid vorsichtig wohin ihr tretet!« rief Hauptkommissar Strobel, der Leiter der Kriminaltechnik, zu ihnen herüber.

»Wir sind noch nicht so weit! Bei dieser Spurenlage brauchen wir wohl den ganzen Tag um das Gröbste zu sichern!«

Berger hatte genau diese Begrüßung erwartet, es war eine Eigenart von Strobel, alle Nicht-Kriminaltechniker als potenzielle Spurenvernichter anzusehen.

Strobel kam zu ihnen herüber und begrüßte die Kollegen ohne ihnen die Hand zu geben, da er Gummihandschuhe trug.

»Zunächst kümmern wir uns um die Leichen. Alle müssen fotografiert und mit einer Nummer versehen werden. Anschließend zeichnen wir den Fundort in den Lageplan des Hauses ein.

Die erkennungsdienstliche Behandlung machen wir in der gekühlten Leichenhalle.

Mit der Identifizierung wird es wohl recht schwierig werden, weil die Ausländerbehörde bislang selbst nie so genau wusste, wer alles in diesem Haus wohnt. Alle Clan-Angehörigen haben sich immer gegenseitig in ganz Baden-Württemberg besucht, und dieser Strom war meist nicht einzudämmen.

Durch die Schwere der Verletzungen bei den Getöteten kommen wir ohnehin nur noch über Fingerabdrücke, Zahnstatus oder DNA-Vergleich weiter«, führte Strobel in aller Knappheit aus. Man konnte dabei seine innere Anspannung fast mit Händen greifen.

»35 Jahre Kriminaltechnik und nun so was. Da könnte man den Glauben an die Menschheit endgültig verlieren!

Ich weiß noch nicht was genau diese Detonation verursacht hat, aber es sieht nach schwerem Kriegsgerät aus. Wir haben Teile gefunden, die von einer Gewehrgranate oder Panzerfaust stammen könnten.

Die Hülsen, durch die ihr gerade draußen gewatet seid, sind vom Kaliber 223 Remington, dem Kaliber, das derzeit alle gängigen Kriegswaffen aufweisen. Wir müssen noch einen Hülsenvergleich unter dem Mikroskop vornehmen.

Ich will nichts vorwegnehmen, vielleicht irre ich mich ja auch, aber die Hülsen sehen aus, als wären sie aus einem Halb- oder Vollautomaten verschossen worden. Bei der Vielzahl der Hülsen deutet alles auf vollautomatische, also Kriegswaffen hin.«

Die Kollegen von K3 lauschten wie gebannt Strobels Ausführungen. Es handelte sich um harte Fakten, die sehr bedeutsam sein konnten.

»Ach übrigens ...« fuhr Strobel fort,

»... hier ist von der Spurenlage her nicht viel zu holen, denn ich vermute, die Täter haben das Haus gar nicht betreten. Es sieht aber so aus, als habe es sich um mindestens vier oder fünf Schützen gehandelt, die das Gebäude ins Kreuzfeuer genommen haben. Es können aber auch mehr gewesen sein. Wir werden anhand der Spuren an den Patronenhülsen unter dem Vergleichsmikroskop feststellen, wie viel verschiedene Waffen benutzt wurden. Mit den Projektilen können wir nicht mehr so viel anfangen, weil die großteils sehr deformiert sind.«

»Woraus schließen Sie zum jetzigen Zeitpunkt auf die Anzahl der Schützen?« fragte Rudi Wimmer, der noch nicht lang bei K3 war, eher bewundernd, als provokant.

Strobel schaute Lenz Berger für einen kurzen Moment an, zog die linke Augenbraue hoch, was er immer dann tat, wenn er ungehalten war und sagte zu Wimmer:

»Lieber Kollege, ich habe mir den gesamten Tatort bereits angesehen, als es gerade hell wurde. Die Hülsenverteilung rund ums Haus lässt nur diesen Schluss zu. Was ich noch sagen wollte ...«, Strobel wandte sich Berger zu:

»Ich habe nicht genügend Leute um gleichzeitig den Innen- und Außenbereich des Tatorts abdecken zu können, also begebt euch bitte wieder auf dem gleichen Weg nach draußen, auf dem ihr reingekommen seid! Hier gibt es für euch sowieso nichts zu tun!«

Das war eine eindeutige Aufforderung an die K3-Kollegen.

Strobel merkte, dass er jetzt etwas zu weit gegangen war, weil Berger schon tief Atem holte und nahm ihm gleich den Wind aus den Segeln. Er sagte besänftigend zu Berger:

»Wir müssen uns wirklich sehr beeilen, denn heute soll es wieder warm werden und wir müssen fertig sein, bis es hier heute Mittag von ›Großkopfeten‹ und anderen Schmeißmücken wimmelt. Lenz, du weißt was ich meine. Die aufdringliche Presse ist eigentlich schon genug.«

Berger erkannte, dass Strobel recht hatte und nahm sich wieder zurück, obwohl er sich nur widerwillig von einem Tatort vertreiben ließ. In diesem Fall war das etwas anderes.

»Habt ihr schon einen Überblick über die Anzahl der Toten?«, fragte Berger.

»Ja, bisher haben wir drei Männer, acht Frauen und vier Kinder gefunden. Das heißt aber nicht, dass es dabei bleibt. Wir können erst mehr sagen, wenn wir den Schutt des herabgestürzten Daches beiseite geräumt haben.«

»Was, vier Kinder?« entrüstete sich Christiane Beck.

»Verdammt, verdammt! Welches Schwein macht so etwas Grausames? Frauen und Kinder zu ermorden?!«

»Ich glaube du hast Recht, Fritz, es ist besser wir kümmern uns um die Zeugen und lassen euch eure Arbeit machen«, sagte Berger, der die Bestürzung der Kollegin bemerkt hatte.

»Danke, Lenz! Wartet einfach den Spurensicherungsbericht ab, dann wissen wir alle hoffentlich mehr … und bitte denk daran, auf dem gleichen Weg zurück … und tu was du kannst, um die Presse und vor allem irgendwelche Vorgesetzte daran zu hindern, bis zum Tatort vorzudringen. Wenigstens für die nächsten zwei bis drei Stunden. Das können wir derzeit wirklich nicht brauchen!«

»Ja, ja ich werde mein Möglichstes tun. Versprechen kann ich dir allerdings nichts!

Du weißt ja wie sich gewisse Herren berufen fühlen, auch wenn sie niemand gerufen hat.«

Berger bewegte sich Richtung Haustür, drehte sich noch einmal um und sagte zu Strobel:

»Bei dieser Lage kannst du dir wohl denken, dass sich in kurzer Zeit alles was Rang und Namen hat, die Klinke in die Hand geben wird. Das kannst du kaum verhindern ohne dir dabei selbst zu schaden.

Ach übrigens … Oberstaatsanwalt Dr. Kiesel hat sich bereits angekündigt. Er will den Tatort sehen um sich ein Bild zu machen, und dann kannst du dir ja denken, dass unser Polizeipräsident auch dabei sein muss. Leute kommt mit, wir gehen wieder!«

Was die Beamten der Mordkommission draußen erwartete, überstieg ihr Vorstellungsvermögen.

Die Fernsehteams hatten sich durch wundersame Vermehrung zwischenzeitlich fast verdoppelt und sie erlebten tumultartige Szenen, als sie die Reihen der Reporter durchquerten. Die Mikrofone wurden ihnen buchstäblich in den Rachen gesteckt.

Die Presseleute bewegten sich wie ein Fischschwarm, bei jeder ihrer Bewegungen synchron mit.

Die Beamten waren vollkommen eingekesselt und mussten befürchten, von diesem Organismus sensationslüsterner ›Allesfresser‹ assimiliert zu werden.

3. Der Überfall

Zwei Monate zuvor in Afghanistan.

Das Notstromaggregat brabbelte leise vor sich hin und versuchte die rabenschwarze Nacht des afghanischen Nordens mit wenigen Leuchtstoffröhren zu erhellen.

Der Konvoi des Bundeswehr-Transport-Bataillons hatte, auf seinem langen Weg von Kabul in den Norden des Landes, im Abendrot sein provisorisches Nachtlager aufgeschlagen.

Monatelang war es nun ruhig gewesen, bis zu diesem Taliban-Angriff auf eine Patrouille. Zwei deutsche Soldaten waren dabei getötet und sieben verletzt worden.

Stabsunteroffizier Köble und Obergefreiter Reiser hatten Wache und die übrigen acht Kameraden schliefen nach dem anstrengenden Tag bleiern in ihren Zelten.

Die beiden Wachsoldaten hatten sich einige Meter vom Lager entfernt und standen abseits des fahlen Lichtes in einer ›vollkommenen‹ Dunkelheit unter einem gigantischen Sternenhimmel, wie sie ihn aus Deutschland nicht kannten.

»Genauso habe ich mir den Dienst bei der Bundeswehr eigentlich vorgestellt!« sagte Karl Köble aus Calw in Baden-Württemberg zu seinem Kameraden.

Friedrich Reiser war in Passau/Bayern aufgewachsen und hatte erst nach mehreren erfolglosen Job-Suchen die Möglichkeit bei der Bundeswehr ergriffen.

»Immer was los, immer neue Aufgaben, eine wichtige Tätigkeit mit viel Verantwortung und man lernt auf der Unteroffiziersschule Sachen, die man wirklich irgendwann mal brauchen kann. Du wirst sehen, du schaffst …«

Köble wurde durch das Entsetzen der Situation, das wie ein zerstörerischer Sturm über sie hinwegfegte, in seinem Satz unterbrochen, und es sollte der letzte gewesen sein, den er in seinem Leben gesprochen hatte.

Die schlafenden Kollegen konnten die blutdurchtränkten, unterdrückten Schreie ihrer wachhabenden Kameraden nicht hören, denen nahezu gleichzeitig von hinten, mit Kampfmessern die Kehle durchtrennt wurde.

Sie hatten keine Chance sich zu verteidigen oder ihre Kameraden zu warnen, denn der Angriff kam lautlos und mit tödlicher Perfektion.

Die schlafenden Soldaten wurden ohne Mühe überwältigt und sie hatten großes Glück, dass es ihnen nicht erging wie ihren beiden Kameraden zuvor.

Hilflos wie eine Schafherde wurden sie in der Mitte des Lagers auf dem Boden liegend aneinander gefesselt und mit dem ein oder anderen Fußtritt oder Fausthieb traktiert.

Die maskierten Männer in ihren schwarzen Uniformen und geschwärzten Gesichtern waren bestens ausgebildete Söldner, die ihr schmutziges Handwerk verstanden und sich jedem Herrn anschlossen, wenn er nur genügend bezahlte.

Gefangene zu nehmen war ungewohntes Neuland, in dem sie sich nicht wohl fühlten. Ein Gefangener konnte schon morgen wieder zum Feind werden … und es juckte sie förmlich in den Fingern den jungen Deutschen das Lebenslicht auszupusten, wie sie es schon oft getan hatten, ohne Hemmung, ohne Gnade.

Die gesamte Aktion verlief lautlos, denn sie verständigten sich mit wenigen klaren Handzeichen ohne ein Wort zu verlieren. Schon nach wenigen Minuten setzten sich die drei Bundeswehr-Unimogs mit ihrer wertvollen Fracht in Bewegung, nur die Fahrer hatten gewechselt.

Panzerfäuste, MGs, G 36-Sturmgewehre, P 8-Pistolen, Handgranaten und kistenweise Munition ... fette Beute.

Zufriedenheit sprach aus den Gesichtern. Ihren Marktwert als Söldnertruppe hatten sie durch diese Aktion weiter gesteigert.

Sie waren kaum 50 Meter gefahren, als ein gewaltiger Schlag den Söldnertrupp zusammenzucken ließ. Sie stoppten die Fahrzeuge, sprangen mit ihren Waffen heraus und warfen sich zu Boden um Stellung gegen den imaginären Angreifer zu beziehen. Allerdings hatte einer ihrer mordlustigen Mitstreiter sich nicht an die Order des Anführers gehalten und eine Handgranate gezündet. Alle hilflos zurückgelassenen Soldaten waren tot.

Der Kommandoführer, ein groß gewachsener breitschultriger Mann, brach sein Schweigen. Die russische Sprache kennt viele Flüche und Verwünschungen.

Er wusste, was er zu tun hatte, denn diese Subordination konnte er nicht dulden, ohne dass ihm die Fäden entglitten.

Zudem würden die ISAF-Truppen nun eine Großoffensive starten. Zwei Opfer wären im Einsatzalltag hingenommen worden, aber 10 oder mehr tote Soldaten ... das hatte unkalkulierbare Folgen und erhöhte das Risiko weiterer Operationen im Einsatzgebiet.

Schon Sekunden später folgte der gedämpfte Knall einer abgefeuerten Schalldämpfer-Pistole, der den Söldnern vor Augen hielt, was ihnen bevorstand, wenn sie Befehle ihres Anführers missachteten.

Der Mörder, ein junger Bursche aus Usbekistan, war durch einen aufgesetzten Schuss ins Genick exekutiert worden.

Man warf den leblosen Körper auf eine Ladefläche und setzte die Fahrt fort.

4. Die Ruhe zwischen den Stürmen

Als Berger das Schloss seiner Wohnungstür entriegelte, war es schon weit nach Mitternacht.

Seine große Wohnung in Stuttgart Feuerbach war leer und kalt, seitdem Rita ausgezogen war und die beiden Kinder mitnahm.

Berger hatte es zunächst gar nicht bemerkt, als er wieder einmal nachts sehr spät nach Hause gekommen war und sich leise ins Schlafzimmer geschlichen hatte.

›Verdammt, dieses Miststück, haut einfach ab – ohne erkennbare Anzeichen, ohne Warnung!‹ Dieser Gedanke hatte Berger seitdem oft überfallartig heimgesucht und wie oft waren ihm dabei üble Dinge eingefallen, die er Rita gerne angetan hätte.

Nach seiner gescheiterten Kurzehe mit Brigitte, war Rita seine zweite Beziehungsniederlage gewesen.

Alle Verbindungen zum weiblichen Geschlecht, davor und dazwischen hatte er selbst nach relativ kurzer Zeit abgebrochen.

Zuweilen kamen in ihm leise Ahnungen auf, die seine Beziehungsunfähigkeit betrafen. Lange hatte er meist rasch auftauchende Problemfelder und die sich anschließenden Zerwürfnisse seinen Gefährtinnen zugeschrieben.

Wohl auch um sich rechtzeitig aus dem Staub machen zu können, bevor es beziehungstechnisch richtig eng wurde und er sich nicht mehr so einfach davonstehlen konnte.

Als zweite Ursache hatte er stets seinen beziehungsfeindlichen Beruf als Kriminalbeamter ausgemacht.

Erst als er wegen einer posttraumatischen Nachsorge zum

Polizeipsychologen zitiert wurde, hatte dieser nachgehakt und war prompt fündig geworden. Seine gestörte Mutterbeziehung sei die Ursache allen Übels.

Ja, er hatte in Notwehr einen albanischen Drogendealer erschossen, aber was sollte das mit seiner Mutter-Beziehung zu tun haben? Das fragte Berger sich immer wieder.

Die Mutter solle ihn bevormundet und seine Entwicklung zum Mann unterdrückt haben.

So hatte er die Sache allerdings noch gar nicht gesehen, und er überraschte sich dabei, wie ihm diese Sichtweise mehr und mehr zu gefallen schien.

Oh je, oh je! Jetzt fiel es ihm wieder ein, was ihn seit Tagen drückte. Er hatte den 49. Hochzeitstag seiner Eltern, die in Tübingen lebten, vollkommen vergessen.

Jetzt war es zu spät um noch anzurufen. Er wusste, dass ihm seine Mutter diese Missachtung sehr übel nehmen würde. Eigentlich wollte er ja auf ein Stück Kuchen vorbeischauen, aber an diesem Tag hatte er all seine Sinne für nichts anderes nutzen können, als für diesen Fall.

Mmmh, diese wunderbaren Kuchen und Torten seiner Kindheit würde er einmal sehr vermissen, wenn es seine Mutter eines Tages nicht mehr gäbe.

Berger schenkte sich ein Glas Bordeaux übervoll ein und hielt es gegen das Licht der Tischlampe. Schwarz-rot, wie meine Seele, dachte er beiläufig und ließ sich in den dicken Ohrensessel plumpsen. Die rechte Hand automatisch nach der Fernbedienung tastend – nein – der vergangene Tag verdiente Klassik. Er kramte lange nach den wenigen CDs mit klassischer Musik, die natürlich wieder ganz unten im Haufen lagen.

Die Nacht war kurz und traumreich. ›Meine Güte, was habe ich bloß wieder für einen Mist geträumt!‹, dachte Berger so vor sich hin, als er morgens auf der Bettkante saß, sich die Brust kratzte und dabei seine Erektion bestaunte.

Einige Straßenbahn-Haltestellen später traf er ungefrühstückt und mit verspanntem Nacken im Präsidium ein.

»Frau Bolz, Sie sind eine Perle!«

Kaum gesagt, griff sich Berger die riesige, randvolle Kaffeetasse mit dem großen Herz auf der Vorderseite, die neben der Kaffeemaschine abgestellt war und eindeutig auf ihn gewartet zu haben schien.

Als er das rabenschwarze, siedend heiße Gebräu hastig in seinen Schlund stürzte, musste er unweigerlich nach Luft japsen und griff sich die volle Sprudelflasche vom Schreibtisch des Kollegen Mäurer. Er trank in tiefen Zügen, bevor er gewahr wurde, wie ihm geschah. Von der Zunge bis hinunter zum Magen bohrte ein höllischer Schmerz.

»Ja verdammt noch eins! Was ist denn das für ein Gesöff?«

Werner Mäurer, der wie bestellt in diesem Moment den Raum betrat und Berger mit der Flasche in der Hand sah, entriss ihm diese erbost.

»Was machst du denn da? Das geschieht dir recht! Warum musst du dich auch immer benehmen wie ein Holzfäller?! Kannst du nicht wie ein normaler Mensch fragen, bevor du etwas nimmst? Du hast soeben das 60-prozentige Zwetschgenwasser, das mir der Kollege Heilig mitgebracht hat, zu gut einem Drittel ausgetrunken. Das wird sicher ein lustiger Arbeitstag für dich … und außerdem haben wir in 10 Minuten Einsatzbesprechung. Falls du das vergessen haben solltest?!«

»Ah, Berger, da sind Sie ja endlich, wir wollten nicht ohne Sie anfangen!«

Bergers Magen verkrampfte sich unwillkürlich noch mehr, als er der schnarrenden Stimme seines Vorgesetzten Inspektionsleiters, Kriminaloberrat Gerhard Höll gewahr wurde.

Berger hatte sich sofort nach dem morgendlichen Missgriff in die Obhut seiner Dezernatssekretärin, Fr. Bolz, begeben, die ihm mehrere Tassen extra starken Bohnenkaffee eintrichterte und ihren gesamten Vorrat an Aspirin und Pfefferminzbonbons aktivierte.

Höll, ein relativ kleiner, dicklicher Mann, dessen Glatze von einem dünnen Haarkranz eingefasst wurde, wirkte wie Ende 50, war aber einige Jahre jünger als Berger.

Im Gegensatz dazu konnte dieser, trotz seiner 47 Jahre, immer noch ein stattliches, relativ jugendliches Erscheinungsbild vorweisen.

An diesem Morgen war er sich dessen allerdings nicht bewusst. Zu der höllischen Mixtur von eben lastete die Flasche Bordeaux vom gestrigen Abend schwer auf der Funktionsfähigkeit seines Denkapparates. So waren seine Wahrnehmung etwas verlangsamt und das Gehör sehr empfindlich.

Berger griff sich einen freien Stuhl am unteren Ende des großen Besprechungstisches.

»Berger, kommen Sie doch vor zu mir!«, rief Höll und bedeutete mit Handzeichen, dass der Platz an der Stirnseite des langen Besprechungstisches ebenfalls noch frei war.

In dieser eindeutig formulierten Bitte, die einer Anordnung aufs Haar glich, lag Bergers tagesaktueller Weltschmerz begraben, denn gerade das war nicht in seinem Sinne gewesen.

Höll vermied es zwar peinlichst neben Berger stehen zu müssen, aber im Sitzen wähnte er sich körperlich nicht derart im Nachteil.

»Guten Morgen, Kollegen! Ich eröffne die heutige Einsatzbesprechung und darf gleich bekannt geben, dass man im Innenministerium beschlossen hat, unser Präsidium mit der Leitung der Sonderkommission zu betrauen.

Die Sonderkommission operiert unter dem Namen ›Afrika‹

und als Soko-Leiter sollte ursprünglich ich eingesetzt werden!«, dozierte Höll, um nach einer Sekundenpause fortzufahren:

»Nachdem ich jedoch in verschiedene Arbeitsgruppen eingebunden bin, habe ich den kommissarischen Leiter des K3, unsern Kollegen Kriminalhauptkommissar Berger, als Soko-Leiter vorgeschlagen.«

Berger war doch einigermaßen verdutzt und wusste nicht so recht ob er sich darüber freuen sollte, denn er konnte in etwa abschätzen was da an Arbeit und Überstunden auf ihn zukam.

Höll rutschte beunruhigt etwas von Berger ab, weil ihm die Mischung des Bolz'schen Lagerfeld-Parfums mit einer geballten Ladung Pfefferminz zu drastisch in die Nase stieg.

Berger bemerkte dies. Er hatte insgeheim damit gerechnet, nein, er hatte es zwischenzeitlich erhofft, denn der Schnaps begann trotz der Kaffeeorgie langsam zu wirken und in seinem Gedärm spielten sich erbitterte Kämpfe mit ungewissem Ausgang ab.

Berger gab sich maximal eine halbe Stunde, bevor irgendetwas Schreckliches passieren würde.

Die Minuten verstrichen und die Karenzzeit war bereits überschritten. Berger bemühte sich den Worten zu folgen, bekam auch immer wieder kurze Filmrisse, doch der befürchtete Blackout blieb aus.

Zwischen den leeren Wortblasen vernahm er allerdings deutlich,

›Automatik Waffen, Panzergranate, drei männliche Leichen, acht Frauen und vier Kleinkinder, vollkommene Unklarheit was da passiert sein konnte, kein Bekennerschreiben, keine harte Spur, politische Schiene und Erfolgsdruck!‹

Zu Bergers Freude, ließ Höll es sich nicht nehmen, die

Strukturierung der Soko und die Einteilung für den ersten Ermittlungstag selbst vorzunehmen. Es dauerte Stunden bis sich Bergers Zustand halbwegs normalisiert hatte und Tage bis sich die Achterbahn in seinem Kopf begradigte.

Ganz zu schweigen von seinem Magen-Darmtrakt, der durch das heftige Wechselbad zu rebellieren begann.

Diese Hektik um ihn herum verbesserte seinen Zustand nicht gerade eben.

Techniker installierten im Einsatzraum eine separate Telefonanlage und schlossen ein halbes Dutzend Reserve-PCs ans polizeiliche Datennetz an.

Von der Verwaltung wurden immense Vorräte an Büromaterial geordert. Papier, Ordner, Register, Formulare und ein vergrößerter Lageplan des Tatortes, der zentral an der Stirnseite des Raumes an der Wand befestigt wurde.

Daneben hängte man Tatort-Fotos und Fotographien der bislang identifizierten Toten auf.

Bei vier Personen stand die Identität noch nicht fest, weil sie sich illegal in dieser Unterkunft befunden hatten.

»Berger, ehe ich es vergesse, heute Nachmittag um 15 Uhr ist eine Pressekonferenz anberaumt, an der unser Polizeipräsident und ich teilnehmen werden«, schleuderte Höll im Vorbeigehen in Bergers Büro.

Bergers derzeitige Konstitution war nicht dazu geeignet, sich mit Höll anzulegen. Er rief ihm jedoch hinterher:

»Was wollen Sie denn sagen? Wir wissen doch noch nichts Konkretes!«

Höll drehte um, baute sich im Türrahmen auf und sagte:

»Das lassen Sie mal ruhig meine Sorge sein! Es ist besser wir geben den Pressefritzen etwas Nahrung, bevor die selber tätig werden. Sie kennen ja deren Methoden uns bloßzustellen.«

5. Soko Afrika

»Meine Damen und Herren von der Presse, ich darf um Ruhe bitten!«

Sie saßen alle aufgereiht wie Wachsperlen auf einer Schnur.

Der Präsident des Polizeipräsidiums Stuttgart, Dr. Kunze, der Präsident des LKA, der Vizepräsident des BKA, der Staatssekretär des IM, der Leitende Oberstaatsanwalt der Staatsanwaltschaft Stuttgart und als kleinste Perle, KOR Höll als ›Beinahe-Soko-Leiter‹.

Alle seriös und bedeutungsvoll im dunklen Anzug mit Krawatte.

Dr. Kunze, der Polizeipräsident, bat als Hausherr das zahlreich erschienene Heer an Journalisten noch einmal nachdrücklich um Ruhe.

»Meine sehr geehrten Damen und Herren der Presse, ich begrüße Sie bei uns im Hause, und gleichzeitig teile ich Ihnen mit, dass mein Präsidium nun offiziell vom IM mit der Bildung der Soko Afrika betraut wurde.

Wir werden hierbei durch Kräfte des BKA und LKA Baden-Württemberg unterstützt.

Stellvertretend für den Soko-Leiter, KHK Berger, darf ich nun dessen Vorgesetzten, KOR Höll das Wort erteilen.«

Höll begann sich zu räuspern, als ein Reporter lautstark dazwischen fragte:

»Warum ist der Berger selbst nicht da? Es wäre doch wichtig, Informationen aus erster Quelle zu erhalten, oder meinen Sie nicht, dass die Presse ein Anrecht darauf hat Herr Präsident?«

Dr. Kunze schaute verwirrt zu Höll herüber, der glaubte mit einem Schwindel durchzukommen …

»Kollege Berger ist zum derzeitigen Stand der Ermittlungen und bei der Einrichtung der Soko leider unabkömmlich«

Der gleiche Reporter unterbrach erneut:

»Ah, Sie sagen, er sei unabkömmlich?! Wie kommt es dann, dass ich ihn vor ca. 10 Minuten zufällig auf dem Gang im 3. Stock gesehen und gesprochen habe? So unabkömmlich schien er mir nicht zu sein, er wirkte eher etwas frustriert?!«

Bei den Journalisten kam Gelächter auf.

»Und mit Verlaub, wir von der Presse sind jedes Mal ebenfalls frustriert, wenn uns eine Elefantenrunde präsentiert wird, wobei keiner tatsächlich etwas weiß bzw. etwas sagt, was für unsere Leser oder Zuschauer, also den Bürger tatsächlich von Interesse wäre!«

Der Polizeipräsident war erzürnt. Er bedeutete Höll per Handzeichen, dass er ihn zu sprechen wünschte.

»Herr Präsident?«

Höll beugte sich demütig zu seinem sitzenden Polizeipräsidenten, obwohl dies bei seiner Körpergröße nicht unbedingt nötig gewesen wäre.

Der Polizeipräsident flüsterte, leicht erregt, in Hölls gehorsames Ohr:

»Mensch Höll, wer ist das eigentlich, dieser Oberschlaumeier? Der kippt mir noch die ganze Konferenz!«

»Herr Präsident, das ist Vincent Penn von den Nachrichten! Vorsicht mit dem, was Sie sagen! Der schreibt eine spitze Feder und hat Infos aus erster Hand. Es wird gemunkelt, dass er zur Polizei sehr gute Kontakte unterhält, wenn Sie wissen was ich meine?«

»Natürlich weiß ich das!«

Höll führte weiter aus:

»Man trägt ihm die Informationen zu und er verschanzt sich hinter seinem Quellenschutz. Leider konnten wir, trotz intensiver Ermittlungen, bislang keinen Nestbeschmutzer dingfest machen, aber das ist nur eine Frage der Zeit.«

»Ja, ja schon gut!«, raunte ihn Dr. Kunze an »und nun schauen Sie, dass Sie den Berger herbekommen, aber flott!«

Er drehte sich noch ein bisschen weiter vom Mikro weg und zischte Höll an:

»Impfen Sie ihn, dass er gefälligst den Mund hält und mich reden lässt. Er muss einfach nur dasitzen!«

Berger hatte sich von seiner überraschenden Alkoholeskapade schon wieder leidlich erholt und saß gerade grübelnd hinter seinem Schreibtisch, als Höll mit hochrotem Kopf und vollkommen außer Atem in sein Büro stürmte.

Die Presse war zwischenzeitlich unruhig geworden und ein Raunen ging durch die Reihen, als Berger den Raum betrat.

Er hatte gerade einmal an der Seite der langen Tischreihe einen Platz angewiesen bekommen, als die Fragen nur so zu prasseln begannen.

Die leitenden Beamten wurden zu Statisten degradiert und diverse Versuche des Dr. Kunze, die Situation unter Kontrolle zu bringen, schlugen fehl.

Fragen nach dem Einsatz von Kriegswaffen inmitten von Stuttgart, Kriegswaffen in Händen von skrupellosen Verbrechern, Fragen nach der Machtlosigkeit der Polizei und ahnungslosen Inlands-Nachrichtendiensten, Fragen nach Rechtsradikalismus und Ausländerfeindlichkeit, nach Hintergründen und Tatzeugen.

Berger schlug sich wacker. Kein Ausraster, keine Indiskretion und der Dampfkessel im Inneren von Dr. Kunze schien sich langsam zu beruhigen.

Nach dem Abebben der Fragewellen übernahm Dr. Kunze das Heft.

»Meine Herren, aus ermittlungstaktischen Gründen können weiterreichende Fragen derzeit nicht mehr beantwortet werden.

Ich kann ihnen offiziell mitteilen, dass die Soko Afrika derzeit mit 50 Beamten operiert.

Die ihnen vorliegenden Telefonanschlüsse werden rund um die Uhr besetzt gehalten, um dem Hinweisaufkommen gerecht zu werden. Die Soko nimmt morgen früh um 07:00 Uhr ihren Dienst in vollem Umfange auf und ist abends regelmäßig bis 22 Uhr zu erreichen. Pressekonferenzen werden nach Ermittlungsfortschritt durch die Staatsanwaltschaft einberufen.

In diesem Zusammenhang darf ich Ihnen den zuständigen Abteilungsleiter, Herrn Oberstaatsanwalt Dr. Kiesel und die sachbearbeitende Dezernentin, Fr. Staatsanwältin Stork vorstellen.«

Staatsanwältin Stork, eine sehr attraktive End-Dreißigerin, hatte sich mit Prädikatsexamen der Uni Tübingen und ihrem blendenden Aussehen ihren Weg in der Justiz geebnet.

Berger hatte sie schon als junge unsichere Referendarin kennengelernt und war sich nie sicher gewesen, ob es ihre zur Schau getragene Arroganz oder ihre makellosen Beine waren, die ihn an dieser Frau so faszinierten.

Das dunkelgraue ›Strenesse-Kostüm‹ saß makellos und die blonde Mähne hatte sie fast züchtig zu einem Zopf gebunden. Nur ein Hauch von Make-up und ein dezenter dunkelroter Lippenstift .

Berger hatte sich bemüht ihre Gegenwart zu ignorieren – unmöglich, denn er spürte diese Frau in jedem Winkel seiner Seele.

Ihre Affäre war über 10 Jahre her und doch war ihm jede Minute präsent geblieben.

Er hatte sie, trotz seiner üppigen, ausschweifenden Art zu leben, nie lange verdrängen können.

Nun war sie spröder und noch unnahbarer geworden. Männer gab es nicht in ihrem Leben, da hatte er schon seine Erkundigungen eingezogen. Vor einiger Zeit, als seine Abende leer und langweilig waren, hatte er selbst einmal mehrere Tage, zu wechselnden Tageszeiten, ihre Wohnung ›observiert‹. Eine lupenreine Karrierefrau.

Berger war gerade nach der Pressekonferenz in seine Gedanken abgetaucht, als ihn die Pranke des Polizeipräsidenten unvermittelt zwischen die Schulterblätter traf.

»Na, mein lieber Berger, solche rhetorische Fähigkeiten und ein solches Maß an Selbstbeherrschung der Presse gegenüber waren mir bisher fremd an Ihnen!

Das haben sie ordentlich hingekriegt!«

Berger war so überrascht und verwundert, dass er sein Real-Hirn ausgeschaltet ließ und in Trance antwortete »muchas gracias el Presidente!«

Dr. Kunze schaute ihn verwundert durch seine dicke Brille an, sagte aber nichts.

Das Chaos im Einsatzraum war zwischenzeitlich fast perfekt. Herumliegende Kabel als Stolperfallen, riesige Kartons, Einsatzkoffer, Bildschirme, Telefonanrufe, Stimmengewirr.

Die neu hinzugekommen Soko-Kollegen vom LKA und BKA waren inzwischen angekommen und wussten nicht so recht wo sie hingehörten und was sie tun sollten.

Alles wuselte und lärmte durcheinander.

Berger versuchte Ruhe zu bewahren.

»Christiane, Rudi, kommt mal bitte. Seid bitte so nett und nehmt euch der Kollegen der Fremd-Dienststellen an.

Christiane, bitte führe die Leute erst einmal in die Cafeteria, weil sie hier gerade nur stören.

Die BKA'ler brauchen vermutlich auch noch eine Bleibe. Die bringen wir entweder bei der Bereitschaftspolizei in Böblingen unter oder im IPA Heim (International Police Association), wenn die gerade was frei haben. Ansonsten müssen die sich irgendeine Pension in der Stadt nehmen. Check das bitte mal ab und besorgt den Leuten ein Dach über dem Kopf.

Rudi, bitte sei so nett und schreibe drei große Plakate. Eines für unser PIN-Board im Einsatzraum, eins für die Tür vom Einsatzraum und eins fürs schwarze Brett:

›Morgen, Dienstag, um 07:30 Uhr Meldezeit für alle Kräfte der Soko Afrika. Besprechungsort ist der große Konferenzraum im 4. Stock. Beginn der Einsatzbesprechung 08:00 Uhr‹.«

»OK! Wird erledigt mon capitan!«

»He, nicht frech werden Bursche, ich bin hier der Mexikaner im Haus!«

6. Übernahme des Falles durch StA'in Ella Stork

Oberstaatsanwalt Dr. Kiesel hatte kaum die letzte Taste des Telefons gedrückt, als sich die Angerufene bereits meldete.

»Stork! Herr Dr. Kiesel, was kann ich für Sie tun?«

»Oh ja, natürlich, äh … wenn es Ihre Zeit zulässt, dann kommen Sie doch bitte mal in mein Büro!«

»Ich komme sofort!«

»Sie können sich ruhig Zeit lassen, so pressant ist es nun auch wieder nicht … äh … hallo Frau Stork, sind Sie noch dran?«, und schon klopfte es an der Tür.

»Ja bitte!« Staatsanwältin Stork trat ein. »Oh, das ging aber schnell!«

Dr. Kiesel legte den Hörer zögerlich, ja fast ein wenig verwirrt auf den Apparat.

»Ja, wenn Sie nun schon mal da sind … wo habe ich denn die Soko-Akte …?«

»Könnte es die sein?«, fragte Frau Stork.

Ein rascher Griff auf den Schreibtisch unter die Tageszeitung.

»Oh ja natürlich, da ist sie ja! Sie kennen sich auf meinem Schreibtisch besser aus, als ich selbst. Frau Kollegin, ich werde Ihnen jetzt den Fall ›Soko Afrika‹ übertragen. Also, wir haben aus Sicht der Staatsanwaltschaft bisher nicht viel vorliegen!

Zunächst einmal die Eingangsanzeige des Streifendienstes, die können wir inhaltlich vernachlässigen. Diese Schilderung gibt nicht viel her.

Dann die Ereignismeldung des Bereitschaftsdienstes der Kripo, da haben wir einige Anhaltspunkte für eine strafrechtliche Subsumtion des Falles. Darüber hinaus haben wir einige Zeugenvernehmungen von Anwohnern. Da ist auch nicht viel verwertbares Material dabei.

Ich dachte zunächst an Mord aus Rache oder Habsucht, also aus niederen Beweggründen, obwohl nun ein pekuniärer Grund ausscheiden dürfte. Die Leute waren zwar Sozialhilfeempfänger, es wurden jedoch beträchtliche Summen an Bargeld in einer Art Bunker unter dem Fußboden aufgefunden. Offenbar hatten es die Täter nicht auf das Geld abgesehen, denn wenn ich Geld suche, lege ich als Täter doch nicht das Haus in Schutt und Asche. Demnach scheidet Raub oder versuchter Raub mit Waffen aus.

Rache als Motiv wäre denkbar. Verfeindete Clans, die sich bekriegen.

Also Mord in Tateinheit mit Landfriedensbruch und einem Verstoß gegen das Kriegswaffenkontrollgesetz.

Vom Hintergrund her denke ich in erster Linie an Rauschgift und Prostitution. In dem Metier wird mit rauhen Bandagen gekämpft.«

Ella Stork übernahm ihrerseits das Wort.

»Sie glauben an einen Racheakt von rivalisierenden Banden oder Zuhältern?«

»Nun ja, das schien mir das Wahrscheinlichste zu sein! Wir haben auch sonst keinerlei Hinweis auf …« – Dr. Kiesel zögerte, und Ella griff den Gedanken auf.

»Sie meinen, einen politisch motivierten Hintergrund?!«

»Nun ja, Sie sagen es, werte Kollegin! Nur wenn wir von Anfang an auf ein Attentat aus der rechten Gewaltszene aus sind, dann haben wir die Presse, das Innenministerium, das Justizministerium und den Verfassungsschutz permanent im Genick.

Wir machen dann keinen Ermittlungsschritt mehr ohne

die Politik und stehen permanent unter Erfolgsdruck. Sie wissen ja, dass es momentan politisch angezeigt ist den ›hässlichen Deutschen‹ durch den vertrauenswürdigen Nachbarn, den freundlichen Kosmopoliten von nebenan, zu ersetzen.

Da stehen ausländerfeindliche Gewaltdelikte nicht hoch im Kurs.

Eigentlich wollte ich den Fall nicht gleich so hoch aufhängen, doch wenn ich es mir recht überlege, dann ziehen die Generalstaatsanwaltschaft oder gar die Bundesanwaltschaft den Fall vielleicht an sich?!«

Der alte Oberstaatsanwalt stützte seinen Kopf nachdenklich in die rechte Handfläche und schaute sinnierend zum Fenster hinaus auf die Neckarstraße.

Ella nutzte die kurze Denkpause.

»Dr. Kiesel, ich bin der Meinung, dass wir hier nicht in so engen Zuständigkeits-Kategorien denken sollten. So einen Fall hatten wir in Stuttgart noch nie, das ist eine Möglichkeit, die wir uns nicht leichfertig aus der Hand nehmen lassen sollten!«

»Frau Kollegin, Sie meinen, es könnte ein Karrieresprungbrett für Sie sein?«

»Nein, so wollte ich das nicht verstanden wissen!«

»Nein, natürlich nicht, ich weiß auch nicht wie ich gerade darauf komme«, sagte Dr. Kiesel mit unüberhörbarem ironischem Unterton.

Er hatte seine junge, ehrgeizige Dezernentin in den letzten Monaten zwar fachlich schätzen gelernt, hatte jedoch gewisse Zweifel an ihrer Integrität und Loyalität. Sie wollte zu schnell, zu viel und handelte oft ohne jeden erkennbaren Skrupel und ohne Berufsethos.

»Vergessen Sie nicht, Frau Kollegin, so ein unübersichtlicher und öffentlichkeitswirksamer Fall kann auch schnell nach hinten losgehen! Sie müssen baldmöglichst einen Täter oder eine Tätergruppe aus dem Hut zaubern und eine hieb- und stichfeste Anklage liefern, sonst sind Sie geliefert, und unter Umständen ich auch. Die Presse wird Sie zerreißen und in der Behörde wird man Sie fallen lassen. Mir wird man Führungsschwäche vorwerfen. Glauben Sie mir, das werde ich zu verhindern wissen, denn so kurz vor meiner Beförderung zum Leitenden Oberstaatsanwalt und Behördenleiter kann ich mir keine negativen Schlagzeilen erlauben.

Ich hoffe, Sie enttäuschen mich nicht liebe äh … Frau Stork!«

»Aber Dr. Kiesel, haben Sie kein Vertrauen in mich und meine Arbeit?«

»Werte Kollegin, wenn ich meinen Mitarbeitern in den letzten 25 Jahren vertraut hätte, säße ich nicht im Sessel des Abteilungsleiters bei der Staatsanwaltschaft, sondern hätte eine kleine Rechtsanwaltskanzlei und würde mich ausschließlich mit Ehescheidungen und säumigen Klienten herumschlagen, ohne zu wissen, wie ich meine Familie davon ernähren soll!

Sie erstatten mir täglich gegen 14:00 Uhr Bericht über den Fortgang des Verfahrens und stimmen jeden Ermittlungsschritt mit mir ab! Das bitte ich als dienstliche Weisung anzusehen! Dieser Fall ist mir zu heiß, um Ihnen freie Hand zu lassen.

Außerdem habe ich mit Polizeipräsident Dr. Kunze abgesprochen, dass Sie in der ersten, heißen Phase des Verfahrens, während der Dienstzeit Ihr Quartier im Polizeipräsidium, also in unmittelbarer räumlicher Nähe zur Soko beziehen. So können Sie sich vor Ort mit der Soko-Leitung kurzschließen und darüber wachen, dass alles gemäß unseren

Weisungen verläuft. Lassen Sie den Berger und seine Leute ihren Job machen und machen Sie den Ihren!

Ich will damit nur sagen, dass es ungut wäre, der Kripo in deren Ermittlungskompetenz hineinzureden. Da sind die sehr empfindlich. Das Wenigste was wir jetzt brauchen können ist Ärger mit der Polizei. Also, Sie berichten mir, wenn es sein muss auch telefonisch und wir beide legen im Benehmen die Ermittlungsrichtung fest. Dazu brauche ich harte Fakten und zwar zeitnah! Haben wir uns verstanden?«

Ella Stork war wie vom Blitz getroffen. Sie saß ein wenig kläglich auf ihrem Stuhl vor dem riesigen Schreibtisch ihres Chefs und kam sich mit einem Mal so klein und unbedeutend vor.

So zielgerichtet und kompromisslos hatte sie den alten verknöcherten Juristen noch nie erlebt. Eigentlich war sie bis dato der Meinung gewesen, mit ihm leichtes Spiel zu haben, aber sie hatte sich geirrt. Jetzt steckte sie in der Klemme.

Sie stammelte noch ein »Ja, aber …« – ohne ihren Satz wirklich beenden zu können.

»Ich denke, das war vorläufig alles! Ach übrigens, was ich Sie noch fragen wollte, Frau Stork, glauben Sie, dass Sie mit Berger zusammenarbeiten können, ohne dass es in wüste Streitereien ausartet oder noch schlimmer, ohne dass Sie in Ihr altes Fahrwasser aus der Referendariatszeit verfallen?«

Ella Stork blieb der Mund offen stehen. Woher wusste der alte Gauner von ihrer uralten Beziehung mit Berger? Das war über 10 Jahre her!

»Oh! Sie fragen sich sicher jetzt, woher weiß der das? Nun, ich versichere Ihnen, Kollegin, ich weiß mehr als Sie sich vorstellen können. Aber seien Sie beruhigt, solange alles nach meinen Vorstellungen verläuft, bleibt Ihr kleiner Fehltritt unser Geheimnis!

Ich muss jetzt zu einer Besprechung. Hier bitte Ihre Handakte. Ich habe mir erlaubt ein Aktenzeichen für den oder die bislang unbekannten Täter im Geschäftszimmer auf Ihren Namen eintragen zu lassen.

Sollten noch Fragen gleich welcher Natur aufkommen, stehe ich Ihnen gerne jederzeit zur Verfügung.«

Er geleitete die völlig perplexe Staatsanwältin, die sich an ihrem Aktendeckel festzuhalten schien, bis zur Tür.

7. Leiche im Neckar

»Weißt du Jürgen, ich finde dein Verhalten unmöglich! Ja das stinkt mir, wie du mit mir umgehst! Du hast dich gerade als Arschloch geoutet!«

»He du, was willst du eigentlich von mir? Willst du mich jetzt anmachen? Du bist doch diejenige, die hier eine linke Tour reitet! Hast du mir nicht gesagt, du nimmst die Pille?! Jetzt soll dir wohl den glücklichen Vater in spe vorspielen? Ich denke, da verlangst du ein bisschen viel!«

»Na, dann führ dich wenigstens nicht so auf wie ein Wildschwein! Wir waren beide daran beteiligt und du wolltest ja um alles in der Welt kein Kondom benutzen!«

Das junge Pärchen, vertieft in ein grundlegendes Streitgespräch überquerte gerade hastigen Schrittes die Gaisburger Brücke im Stuttgarter Osten, als die junge Frau namens Judith außer Atem abrupt stehen blieb und sich auf das Brückengeländer stützte.

»Warum rennst du eigentlich wie ein Idiot, ich muss mich erst einmal verschnaufen!«

Sie beugte sich übers Geländer und versuchte ihren Atem zu beruhigen.

Er war schon einige Meter vorausgegangen.

»Meine Güte! Ich muss in einer Stunde in der Uni sein und du machst hier einen auf Schlaffi!«

»He du, Jürgen, ich glaub ich spinne! Da treibt etwas im Wasser, das sieht aus wie ein Mensch. Das gibt's doch gar nicht, da treibt wirklich jemand, so mit dem Gesicht nach unten, wie eine Leiche!«

Er, ohnehin bei schlechter Laune, reagierte unwirsch.

»He was soll das jetzt, willst du mich verarschen? Du willst bloß ablenken, weil du schlechte Karten hast!«

Als sie jedoch weiter wie gebannt ins Wasser starrte und die Hand vor den Mund nahm, ging er ein paar Schritte auf sie zu und schaute hinab in den Neckar.

»Ach du Scheiße! Tatsächlich, eine Wasserleiche! Auch das noch!«

»Wir müssen die Polizei verständigen!« sagte sie.

»Die Bullen? Nö danke, auf so einen Mist lasse ich mich nicht ein! Die fragen dir ein Loch in den Bauch und zum Schluss haben wir den noch selbst reingeworfen!«

»Aber irgendwas müssen wir doch tun?!«

»OK! Wir rufen übers Handy an und geben einen anonymen Hinweis.«

»Weißt du die Rufnummer der Polizei?« »Nö, aber nimm doch die 110!«

»Meinst du ich bin bescheuert? Beim Notruf haben die sicher eine Fangschaltung oder können meine Rufnummer sehen, das muss nun wirklich nicht sein!«

Auf der anderen Straßenseite fuhr in langsamer Fahrt ein Streifenwagen der Schutzpolizei auf die Brücke zu, und noch ehe Jürgen reagieren konnte, rannte Judith wild gestikulierend auf das Fahrzeug zu. Er war so verdutzt, dass er nicht mehr reagieren konnte.

Zwei Tage später lag der Leichnam im Obduktionssaal der Pathologie.

»Bei der Obduktion anwesend sind neben dem Obduzenten, Prof. Dr. med. Rabe, der Obduktionsgehilfe Schaf und die Kommissare Reichle und Wengert.

Es ist jetzt 14:30 Uhr.

Vor mir liegt der 185 cm große und ca. 80–85 Kilogramm

schwere unbekleidete Leichnam eines in etwa 30-jährigen Mannes.

Die Körperbehaarung ist stark ausgeprägt – bis auf den Kopf, der ist kahl rasiert obwohl dunkelbraun-schwarzer Haarwuchs vorhanden wäre.«

Professor Friedensreich Rabe, der leitende Pathologe des rechtsmedizinischen Instituts der Uni Tübingen beugte sich weit über den Leichnam, so dass ihm die kräftige Hornbrille nach vorn rutschte. Er schob sie mit dem Handrücken, der durch den engen Gummihandschuh einer Wurstpelle ähnelte, wieder an Ort und Stelle.

»An beiden Unterarmen und am rechten Oberarm sind Tätowierungen gestochen worden. Herr Schaf, wären Sie bitte so freundlich ein paar Nahaufnahmen zu machen!«

Der Obduktionsgehilfe tat, wie ihm aufgetragen.

Das knöcherne Schädeldach weist im Bereich des Hinterhauptes eine deutliche Verletzung der Schädelschwarte mit Eröffnung des Schädels auf, die von stumpfer Gewalteinwirkung herrührt.

Es steht zu vermuten, dass durch dieses Schädel-Hirn-Trauma der Tod der Person verursacht wurde.

Bei der Hiebwaffe könnte es sich um einen Baseballschläger oder einen noch härteren Gegenstand, wie eine Eisenstange etc. gehandelt haben.

Die Höhlungen im Schädelbereich sind frei von Fremdkörpern und Blut.

An Händen und Armen sind Kratzspuren erkennbar, die allerdings post-mortaler Natur zu sein scheinen.«

Die beiden Kommissare des Kriminaldauerdienstes waren anwesend, weil die Leiche während ihrer Dienstzeit angefallen war und sie die ersten Ermittlungen führen mussten.

Nun hatte sich die Situation verändert, weil es sich nicht

um einen Suizid oder einen Unfall gehandelt hatte, für den der Dauerdienst zuständig gewesen wäre. Es handelte sich aller Wahrscheinlichkeit nach um ein Tötungsdelikt.

Eigentlich eine Angelegenheit für das Dezernat von Lenz Berger, aber die Kollegen waren durch die Ermittlungen wegen des Anschlags auf das Asylbewerberheim vollkommen gebunden.

Der Gerichtsmediziner diktierte seinen Bericht über den äußeren Zustand des Leichnams, um dann mit einem langen, schwungvollen Schnitt die Bauchhöhle zu öffnen und ein Organ nach dem anderen zu entnehmen, in Augenschein zu nehmen, zu vermessen und zu wiegen.

»Meine Herrn von der Kripo, da habe ich etwas für Sie! Hier, schauen Sie die Lunge.

Er legte einen Lungenflügel auf den Seziertisch.

Hier, sehen Sie? Trocken! Die Lunge ist vollkommen trocken.

Das bedeutet, die Person wurde, den Verletzungen zufolge, von hinten niedergeschlagen, wobei der Schlag bereits den Todeseintritt nach sich zog. Anschließend wurde der leblose Körper in den Fluss geworfen.

Unter Umständen wusste der Täter nicht, dass der Mann bereits tot war, und wollte dass er ertrinkt um einen Unfall vorzutäuschen.

Vielleicht hat man ihn auch nur ins Wasser geworfen um sich der Leiche zu entledigen. Es gibt viele Denkansätze, denen Sie ermittlungstaktisch nachgehen sollten.«

»Herr Professor … äh … Sie halten demnach einen Unfall für ausgeschlossen? Vielleicht hat er sich irgendwo den Kopf gestoßen oder ist selbst gesprungen und hat sich dabei verletzt und ist dadurch zu Tode gekommen … könnte ja sein … oder?«, fragte der junge Kommissar Wengert, etwas unsicher.

»Das halte ich für nahezu unmöglich, denn wie in aller Welt glauben Sie, dass es zu so einer schweren selbst verschuldeten Schädelverletzung am Hinterhaupt in unmittelbarer Nähe des Flusses gekommen sein soll und anschließend der leblose Körper ins Wasser stürzen konnte?

Ich halte es für sehr unwahrscheinlich, dass sich der Mann die Verletzung durch den Sturz zugezogen haben könnte.

Außerdem rührt die Eröffnung des Schädels von einem sehr harten, stumpfen und langen Gegenstand her ... also eine typische Schlagverletzung.

Ich sagte ja bereits, um welche Art von Tatwaffe es sich gehandelt haben könnte.

Hier, sehen Sie die Riefen in der Haut?«

Er nahm wieder das Diktiergerät zu Hand ...

»Fräulein Schmidt ... bitte beim Diktat die Stelle mit dem Schlagwerkzeug suchen, dann streichen Sie bitte Baseballschläger und lassen Eisenstange stehen.

Schauen Sie her, meine Herren ... sehen Sie die Riefen in der Haut? Die rühren zweifelsfrei von einer Eisenstange her, so einer Armierung, wie man sie beim Betonieren verwendet.

Aber, meine Herrn, nachdem das jetzt geklärt ist ... da gibt es noch etwas Erwähnenswertes.

Der Mann, Sie haben ihn selbst mit der Feuerwehr aus dem Wasser gefischt, war mit einem schwarzen T-Shirt und einer schwarzen Kampfhose ... na, sie wissen schon, so eine mit Taschen auf den Hosenbeinen, sowie Kampfstiefeln bekleidet. Im linken Ohr trug er zwei kleine Kreolen-Ohrringe.«

»Ja, das wissen wir schon, Herr Professor!« sagte Wengert, mit leicht ungeduldigem Unterton.

»Ja, wenn Sie das schon wissen, dann haben Sie es offenbar unterlassen die Bekleidung näher in Augenschein zu nehmen. Meine Herrn, so etwas darf einem erfahrenen Kriminalisten nicht passieren!«

»Meinen Sie die weißen Schuhbänder der Kampfstiefel?« fragte Wengert übereifrig.

»Schön, dass Sie wenigstens das bemerkt haben, aber das meinte ich nicht.

Nein, zuerst habe ich die Fingerabdrücke vom Toten abgenommen und sie direkt dem BKA per Telebild überspielt. Unser toter Freund hatte tatsächlich einen erheblichen Datenbestand mit einem deutlichen Schwerpunkt, Körperverletzung, Diebstahl, illegaler Waffenbesitz und Landfriedensbruch.

Emil Heim, 33 Jahre alt, geboren in Greifswald.

Wir haben es da mit einem harten Burschen der rechten Szene zu tun.

Vieles deutet darauf hin, dass er sich noch immer in diesem Milieu bewegte. Die weißen Schnürsenkel zu tragen, war eigentlich eine Dummheit, denn sie verrieten ihn als gewaltbereiten, rechten Schläger. Die Szene tarnt sich derzeit eher. Sie wollen nicht die Aufmerksamkeit der Ordnungsbehörden auf sich lenken.«

»Herr Professor, woher wissen Sie so gut in der rechten Szene Bescheid?« fragte wieder der Jungkommissar und erntete einen bösen Blick von Professor Rabe, der sich vornahm, den jungen Schnösel ab diesem Moment nicht mehr zu beachten.

»In der linken Seitentasche am Oberschenkelbereich der schwarzen ›Kampfhose‹ fand ich eine Vollmantelpatrone im Kaliber 223 Remington. Das ist exakt das Kaliber, das bei dem Anschlag verwendet wurde.

Bei Hauptkommissar Strobel von der Kriminaltechnik konnte ich in Erfahrung bringen, dass die Beschriftung auf dem Patronenboden exakt der entspricht, wie sie auch beim Anschlag Verwendung fand. Eine Los-Nummer des Herstellers, die ausschließlich an die Bundeswehr geliefert wurde.

So, ich denke, meine Herrn, ich habe meinen Part erfüllt! Nun ist die Soko am Zug, diese brandheiße Spur mit Leben zu erfüllen und vielleicht mit etwas Glück den Fall einer Lösung näher zu bringen. Unterrichten Sie Hauptkommissar Berger vorab über meine Feststellungen, mein Bericht folgt in Bälde.

Ach, ich vergaß, das Beste wollte ich mir bis zum Schluss aufheben und hätte es jetzt beinahe vergessen! Na ja, man ist eben nicht mehr der Jüngste!«

»Herr Professor, gehen Sie nicht so hart mit sich ins Gericht, ich wäre froh, wenn ich in Ihrem Alter noch so fit wäre!«

Was als holprige Aufmunterung Wengert's an Prof. Rabe gedacht war, glitt nun endgültig in den Sperrbezirk des erfahrenen Gerichtsmediziners ab.

»Junger Mann, Sie wissen schon, dass Sie mich meine letzten Nervenzellen kosten, mit Ihrer sonderbaren Art zu kommunizieren?! Wer sind Sie eigentlich? Ich habe Sie noch nie in meinem Obduktionssaal gesehen? »

»Aber, wieso … äh?« Der junge Kommissar lief rot an, wie eine reife Paprika, denn eigentlich hatte er dem älteren Herrn nur seine Bewunderung ausdrücken wollen. Nach dessen professionellem Vortrag hatte er vor Staunen das Mitschreiben längstens aufgegeben.

Nun kam er sich wie ein Grundschüler vor, der seine Hausaufgaben nicht gemacht hatte und diesen Umstand schuldbewusst seinem Lehrer mitteilen sollte.

»Was wollten Sie uns noch sagen, Herr Professor?«, mischte

sich der ältere Kollege Reichle in das konfrontative Gespräch ein, um etwas den entstandenen Dampf abzulassen.

»Also gut! Noch diese letzte Vorab-Info. Die Hose des Opfers weist im Bereich der unteren Hosenbeine Antragungen von Öl oder sonstiger Schmiere auf. Auf diesem Öl sind Reste von Erde angehaftet.

Das heißt, man hat den Toten vermutlich durch eine Art Ölschmiere und anschließend über feuchtes Erdreich gezogen und dann erst ins Wasser geworfen. Demnach ist es sehr wahrscheinlich, dass Fundort und Tatort nicht identisch sind. Die Analysen werden mehr ergeben.

So, und nun meine Herrn, lassen sie mich in Ruhe arbeiten. Den Rest lesen Sie in meinem Bericht!«

Kaum gesagt, wandte er sich von den Beamten ab und die trotteten ihres Weges, hin zu ihrem Dienstwagen, den sie auf dem Parkplatz vor dem Institut abgestellt hatten.

Auf dem Weg dorthin fand der ältere Kommissar deutliche Worte.

»Karl-Heinz Wengert! Das nächste Mal hältst du besser deinen Mund und lässt mich reden. Das ging gerade hart an einer Katastrophe vorbei. So kannst du mit dem Professor nicht umgehen. Der ist noch von der alten Schule und mag keine naseweisen Jungbullen!«

8. Konfrontation

»Werner, du kommst wie gerufen!«, sagte Berger in Richtung der geöffneten Tür des Nebenzimmers, durch die sein Vertreter, KHK Mäurer, gerade eingetreten war.

Werner Mäurer, vierfacher Familienvater und mit seinen 53 Jahren lebensältester Beamter der Mordkommission, war der ruhende Pol in Bergers Mannschaft.

Er setzte sich, wie es seine Art war, gemütlich an den Besprechungstisch gegenüber Bergers Schreibtisch.

Berger war beinahe euphorisch als er Mäurer die Nachricht mitteilte.

»Gerade hat ein Kollege angerufen. Wengert oder so ähnlich. Das ist der Neue beim Dauerdienst. Kennst du den?«

Mäurer dachte kurz nach.

»Ja vom Sehen. Was man so von ihm hört, soll er bei seinen Kollegen nicht so beliebt sein.«

»Ist ja auch egal!«, unterbrach ihn Berger.

»Hauptsache, wir haben endlich einen vielversprechenden Ermittlungsansatz für unsere Soko!

Der alte Rabe hat nämlich mal wieder ins Schwarze getroffen und uns wahrscheinlich eine gigantische Spur geliefert.

Der Dauerdienst hat eine Leiche aus dem Neckar gezogen ohne daran irgendwas absonderlich zu finden.

Rabe, der müsste eigentlich Fuchs heißen, das würde besser zu ihm passen, hat den Toten einer erkennungsdienstlichen Behandlung unterzogen und festgestellt, dass er nicht irgendjemand war, sondern ein ›rechter Schläger‹ aus unsrer Radikalo-Szene hier in Stuttgart.

Rabe fand in der Hosentasche des Getöteten sogar noch

eine 223 Remington Patrone, die vom Hersteller und von ihrer Beschaffenheit exakt zu unserem Anschlag passen würde! Ist das nicht genial?!«

»Wie? Habe ich dich recht verstanden? Du sagtest Getöteten?! Da habe ich ja noch gar nichts mitgekriegt …«, verwunderte sich Mäurer.

»Ja, war auch nicht unser Fall. Das haben die Dauerdienstler zunächst aufgenommen, weil wir überlastet sind und ein Unglücksfall zunächst nicht auszuschließen war.

Man soll so etwas ja über Tote nicht sagen, aber um diesen Emil Heim, so hieß er, war es nicht besonders schade. Andererseits drängt sich jetzt der Verdacht auf, dass sein Tod in irgendeiner Verbindung zu unserem Anschlag in Obertürkheim stehen könnte … sagen wir's mal vorsichtig.«

»Streit, Alkohol, Frauen, eine Art Bestrafung, ein Exempel, vielleicht war er am Anschlag beteiligt? Womöglich wurde ihm die Sache zu heiß und er wollte aussteigen? In diesen Kreisen musst du mit allem rechnen. An was denkst du, Lenz?«

»Der und aussteigen? Nie im Leben! Meinst du, so einer kriegt Gewissensbisse?«, entrüstete sich Berger.

»Also das sind Spekulationen, aber vielleicht ist man ja nervös geworden in der Szene und schwups, schwamm dieser Heim im Neckar. Für uns wenigstens ein Fünkchen Hoffnung, dass sich was bewegt. Was meinst Du Lenz? Hast Du schon eine Idee, wo wir ansetzen könnten?«, fragte Mäurer.

»Also ich habe mir das so gedacht, dass Du einen kurzen Bericht an die Staatsanwaltschaft schreibst und eine Durchsuchung der Wohnung beantragst, und mein lieber Werner, das muss schnell gehen! Ich bin sicher wir finden etwas.

Die Rechten sind so stolz auf sich und ihre Heldentaten,

dass sie mit Beweismaterial in ihren Wohnungen sehr unvorsichtig umgehen.

Wenn er tatsächlich von seinen eigenen Leuten beseitigt worden ist, dann kommen die vielleicht auf dieselbe Idee wie wir! Also dann los!«

»Was höre ich da, Staatsanwaltschaft, Durchsuchungsbericht, Beweismittel?! Da bin ich aber froh, dass so laut nach mir gerufen wurde!«

Die beiden Kriminalisten hatten, vertieft in ihre Besprechung, die hochgewachsene, schlanke Gestalt nicht beachtet, die schon minutenlang vor der halb geöffneten Gangtür gestanden haben musste.

Staatsanwältin Ella Stork stand lässig, mit verschränkten Armen und überschlagenen Beinen an den Türrahmen gelehnt vor Bergers Büro.

»Ja wie kommst Du, äh ... kommen Sie ...?«, Lenz war verwirrt.

»Haben die Herren es etwa noch nicht im Buschfunk des Präsidiums gehört, dass Oberstaatsanwalt Kiesel mich ins Präsidium beordert hat? Glauben Sie nicht, dass es mein freier Wille war, der Polizei ab sofort täglich den Ermittlungsweg zu weisen!«

Die beiden Hauptkommissare sahen sich verdutzt an, bis sie bemerkten, dass sie mit ihren offenen Mündern wohl ziemlich einfältig aussahen.

Ella Stork lachte ihr Lachen, wie immer, laut und ein wenig vulgär.

Mäurer wusste was die Situation von ihm verlangte und trat den geordneten Rückzug an.

»Lenz, ich schreib den Bericht und das mit der Staatsanwaltschaft scheint sich ja wohl gerade geklärt zu haben!«, schon war er draußen und schloss die Tür hinter sich.

Berger und Ella Stork waren nun allein und Berger wirkte fast ein wenig verlegen in Gegenwart der attraktiven Frau.

»Na mein lieber Lenz, was treibt dich so um in letzter Zeit? Hast du noch deine alte Wohnung? Hängst du noch an der Flasche oder bist du derzeit sogar mal wieder beweibt?«

»Ella, meine allerliebste Entwöhnungskur warst schon seit jeher du! Wer könnte es dir gleich tun? Im Übrigen hat dich mein Privatleben seit zehn oder mehr Jahren nicht mehr interessiert, weshalb sollte sich das jetzt ändern?«

»Oh, du schmeichelst mir immer so gekonnt, mein lieber Lenz! Das hat mir so gefehlt!«, hauchte sie und platzierte sich mit ihrer rechten halben Pobacke auf Bergers Schreibtisch, wobei ihr der ohnehin kurze Rock ihres schicken Kostüms in astronomische Höhen rutschte.

Berger war gezwungen hin zu sehen und hasste sich dafür.

Ella Stork hatte gewonnen. Eigentlich hatte sie immer gegen ihn gewonnen und wollte darauf nur ungern verzichten.

Für Sekunden war es wieder da, dieses prickelnde, reizüberflutende Gefühl, das sie beide vor Jahren, als Ella noch junge Referendarin war, so intensiv miteinander geteilt hatten.

Irgendwie hatten sie beide damals ihre Beziehung nicht richtig beendet. Sie war einfach eingeschlafen, bis genau jetzt.

Die Staatsanwältin und der Kriminalist erschraken beide über diesen emotionalen Blitz, der für Sekunden alles zu erhellen schien.

»Also was haben wir bis jetzt?« fragte sie plötzlich unterkühlt.

»Wir? Meinst du jetzt dich und mich oder Staatsanwaltschaft und Kripo?«

Ihre Ohren und ihre Wangen erfuhren einen rötlichen

Anflug, weil sie sich in intimsten Gedanken ertappt fühlte und sie wurde schroff.

»Bilde dir ja nichts ein, Bulle! Entweder unsere Zusammenarbeit klappt oder mein Oberstaatsanwalt wird deinem Präsidenten vortragen, dass du unkooperativ und damit als Soko-Leiter ungeeignet bist. Dann mein lieber Lenz heißt es ade ›Erster Kriminalhauptkommissar‹! Dann kannst du deine Beförderung in den Wind schreiben! Na, wie hört sich das an?«

»Ich Idiot falle doch immer wieder auf das nette Mädchen herein, die ich einmal zu kennen glaubte, aber ich werde peinlich darauf achten, dass mir so was bei dir nicht noch mal passiert. Ich bin kuriert von deinen Launen und Deiner Rechthaberei!«

Berger war berüchtigt für seine unkontrollierten Gefühlsausbrüche, und die Phonzahl schwoll erheblich an.

»Eigentlich könntest du mir keinen größeren Gefallen tun, als dass man mich aus dieser Soko herauslöst. Egal warum! Das ist ein beschissener Job! Massenmörder jagen zu müssen, für alles verantwortlich zu sein und dabei intern wer weiß wem auf die Füße zu treten! Ein Job, bei dem man eigentlich nur Fehler machen kann!

Ich habe mich nicht darum geprügelt! Der Höll hat sich ganz link aus seiner Verantwortung geschlichen und ich bin jetzt der Oberdepp für alle!

Für Politik, Staatsanwaltschaft, LKA, für meinen Präsidenten, die Medien, für einfach alle! Um das Fass zum Überlaufen zu bringen, stellt man mir jetzt auch noch das lächelnde Fallbeil der Staatsanwaltschaft als Aufpasser zur Seite!

Also komm du mir nicht auch noch mit deinen hinterhältigen Karriere-Allüren! Sonst kann es sein, dass ich akute Kreislaufprobleme kriege, und dann sieh zu, wie du mit dem unfähigen Sesselfurzer Höll klar kommst!«

Berger hatte nun selbst gemerkt, wie laut er geworden war, sprang von seinem Sessel auf, vergrub seine Fäuste in den Hosentaschen und starrte bebend zum Fenster hinaus auf die Dächer von Stuttgart.

Auch die junge Staatsanwältin hatte erkannt, dass sie den Bogen überspannt hatte und nun einen Gang zurückschalten musste, um zu retten, was zu retten war.

Sie hatte Berger vor Jahren schon einmal so wütend erlebt und verspürte keine Lust auf die unkalkulierbaren Folgen.

»He Lenz, du! Ich wollte dich nicht verletzen!« Ihr Ton wurde plötzlich sanft und beschwichtigend.

»Man hat uns beide in diese Situation gebracht und wir sollten Privates außen vor lassen und unsren Job professionell machen.

Wenn wir schon gemeinsam im Schlamassel sitzen, sollten wir versuchen das für uns Beste daraus zu machen.

Der Fall kann meiner Karriere bei der Justiz den entscheidenden Schub geben, oder ich ende dabei in irgendeiner Sackgasse.

Dafür habe ich nicht die letzten Jahre geochst wie blöde und jeden Mist gemacht, den mir der alte Kiesel hingelegt hat.«

Berger fing an, sich langsam wieder zu beruhigen. Das wurde dadurch begünstigt, dass er für Ella noch immer starke Gefühle empfand. Ihm war nur noch nicht ganz klar, welcher Art diese Gefühle waren.

»Also gut, Ella machen wir unsern Job ... und nichts weiter!«

In diesem Moment klopfte es an der Tür und ein junger uniformierter Kollege überbrachte das vorläufige Gutachten der Gerichtsmedizin.

Berger gab Ella Stork die Kopie des Schreibens und beide

nahmen am Besprechungstisch gegenüber Platz, um sogleich in die Lektüre zu versinken.

Beide mühten sich, in einer Art stummem Wettstreit, möglichst viele Informationen in kürzester Zeit in sich aufzusaugen.

9. Die Vandalen

Der Nobel-Vorort von Frankfurt lag in dösigem Mittagschlaf, als zwei neue VW-Busse vor dem alten Herrenhaus des Landtagsabgeordneten, Dr. Pröttel, anhielten und sich unauffällig am Straßenrand eine Parkbucht suchten.

Dr. Winfried Pröttel war schon lange vor seiner Pensionierung als Oberstabsarzt von seinen Parteifreunden nahezu genötigt worden, die aktive politische Bühne zu betreten.

Neben dem Posten des langjährigen Stadtrates, hatte er bereits im ersten Anlauf den Sprung ins Wiesbadener Landesparlament geschafft.

Ein Saubermann, seit Jahrzehnten mit derselben Frau verheiratet, eine Ehe ohne erkennbare Unebenheiten mit zwei wohlgeratenen Söhnen und einer Tochter.

Ein Mann, mit zahlreichen sozialen Ambitionen in den verschiedensten Organisationen, ein Sympathieträger zumal in der wohl bestallten, rechtskonservativen Bürgerschaft.

Pröttel nahm nie ein Blatt vor den Mund, wenn es um rechtspopulistische Themen wie die Überfremdung der Deutschen durch den ungehinderten Zuzug volksdeutscher und asylsuchender Personengruppen, Aushöhlung des Sozialstaates durch ausländische Sozialschmarotzer und zunehmende Kriminalisierung deutscher Großstädte durch ausländische Jugendbanden ging.

Mit seinen programmatischen Auftritten erntete er selbst beim politischen Gegner vermehrt Zuspruch. Innere Sicherheit und Initiativen wie »unsere sichere Stadt« waren beim Bürger angekommen und verhießen Wählerstimmen.

An diesem Nachmittag beschirmte Pröttel, zusammen mit

seiner Frau, ein Fest des Roten Kreuzes zu Gunsten ›Schlaganfall erkrankter Kinder und Jugendlicher‹.

Seine drei eigenen Kinder waren allesamt erwachsen und bis auf die jüngste Tochter bereits selbst verheiratet. Sie hatten Pröttel bereits mehrfach öffentlich zum Vorzeige-Opa gekürt.

Die Seitenscheiben der VW-Busse waren stark abgetönt, und das hatte seinen Grund, denn die Zusammensetzung der Insassen wäre in dieser Gegend rasch aufgefallen und hätte zur Besorgnis Anlass gegeben.

Die polnischen Kennzeichen waren gestohlen und tauchten nicht in deutschen Polizei-Computern auf.

Im roten Bus saßen fünf und im blauen sechs, sehr dunkelhäutige Männer mit zudem äußerst finsteren Absichten. Alle von ihnen waren bis an die Zähne bewaffnet, vom Baseballschläger bis zum Buschmesser.

Die schwarzafrikanische ›Söldnertruppe‹ war relativ gut ausgebildet und organisiert, denn in Sekundenschnelle sprangen alle aus ihren fahrbaren Untersätzen und bewegten sich in geduckter Haltung, vollkommen geräuschlos, und dennoch mit erheblichem Tempo zur Rückseite des Gebäudes, die weder von der Straße noch von den Nachbarhäusern eingesehen werden konnte.

An der Terrassentür angekommen, trat der zuerst ankommende, nahezu aus vollem Lauf, mit dem Fuß gegen das Türblatt, dessen schwächliche Verriegelung ohne zu Zögern nachgab, und wiederum in Sekunden waren alle Gestalten im Haus verschwunden.

Was sich dort in den nächsten Minuten für vandalistische Vorkommnisse ereigneten, sollte die Spurensicherung der Kripo Frankfurt und die Versicherung des Dr. Pröttel in der Folgezeit ausführlich beschäftigen.

Wertsachen, die in Hülle und Fülle vorhanden waren, blieben von den Tätern unangetastet, jedoch wurde das gesamte Inventar nachhaltig zerstört und die Wände mit Nazi-Emblemen besprüht.

Die arme Frau Pröttel erlitt bei ihrer Rückkehr beim Anblick ihres Wohnzimmers einen Nervenzusammenbruch und musste ins Krankenhaus eingeliefert werden.

Dr. Pröttel wahrte staatsmännische Ruhe, sah sich aber dennoch veranlasst, in ein Hotel umzuziehen, da ihm das Haus nicht mehr bewohnbar erschien, was es objektiv für längere Zeit auch blieb.

Die Tätergruppierung war genauso schnell wieder in ihre beiden Busse geschlüpft und bewegte sich vorschriftsmäßig mit 30 km/h durch das Wohngebiet in Richtung Autobahn.

Einziger Tatzeuge war ein 5-jähriger Junge, der mit seinem Kinderfahrrad den ganzen Nachmittag Fahrversuche ohne Stützräder unternahm.

Er sprach von vielen schwarzen Männern und wurde zunächst weder von seinen Eltern, noch von der Polizei ernst genommen.

10. Ermittlungen in Kaserne Stuttgart

»Lenz, warst du eigentlich bei der Bundeswehr?«, fragte Mäurer.

»Nö! Du?«

»Mmh, ich auch nicht! Aber als ich bei der Bereitschaftspolizei war …«

»Oh je! Du mit deinen ›Bepo‹-Märchen! Du bist gerade mal knappe sechs Jahre älter als ich und es hört sich so an, dass die Bepo zu deinen Zeiten das reinste Straflager war …« unterbrach ihn Berger.

»Du hast es ja nicht erlebt, damals in Biberach, das war ein militärischer Drill in Stiefelhosen und Formalausbildung und das zwei Jahre lang. Keine drei Monate Grundausbildung wie beim Barras. Links schwenkt marsch, nach vorne weg marsch marsch, Fliegerangriff von vorn! Wenn Du durchs Gelände gerobbt warst, musstest Du eine Stunde später zum Kleiderappell und wehe, die Klamotten waren noch dreckig. Da herrschten noch Zucht und Ordnung, Respekt und Gehorsam.«

»Ja, ja, ist ja gut Werner, steigere dich nicht wieder hinein! Man könnte ja meinen, das sei deine Zeit gewesen?! Fühlst du dich so unglücklich beim Morddezernat, dass du immer in uralten Zeiten kramen musst?«

»Nein, was du immer gleich wieder rein interpretierst. Das war meine Jugendzeit und sie war nicht schlecht, jetzt so im Nachhinein betrachtet. Damals war ich natürlich auch ganz anderer Ansicht, was meine Ausbilder, diese alten Schleifer so anging. Da gab es so ein Paar Stiefelknechte, die hatten wohl noch bei Adolf gedient.«

Berger und Mäurer befanden sich mit ihrem C-Klasse-

Mercedes-Dienstwagen auf der Anfahrt zur Reinhardt-Kaserne Esslingen. Dort sollte Emil Heim, nach Bergers Informationen, zuletzt Dienst verrichtet haben.

Als der Wagen an der Schranke, neben dem verglasten Wachhäuschen hielt, trat der Wachposten, ein Obergefreiter heraus und sprach sie an.

»Guten Tag, möchten Sie in den Innenhof einfahren oder was kann ich sonst für Sie tun?«

»Der Umgangston beim Bund hat sich auch entscheidend gebessert!« raunzte Mäurer fast unhörbar in Bergers Ohr.

»Ja, wir sind von der Kripo Stuttgart!« – Berger zückte seinen Dienstausweis – »und wollen zunächst zum Innendienstleiter, einem Hauptfeldwebel Rosner. Wir haben bereits telefoniert.«

»Ah, Sie wollen zum Spieß – einen Moment bitte!« Der Wachsoldat ließ die Schranke unten und begab sich zum Telefon im Wachhäuschen.

»Hauptfeldwebel Rosner erwartet Sie. Wenn Sie nicht mit dem Weg vertraut sind, es ist der dritte Querbau, 1. Stock, Zimmer 125.«

Sekunden später setzte sich die Schranke in Bewegung und der Soldat salutierte zackig.

»Du, Lenz, bei so was habe ich immer ein komischen Gefühl von Wichtigkeit! Warum gibt es das bei uns eigentlich nicht?«

Berger zog nur die linke Augenbraue und den zugehörigen Mundwinkel nach oben ohne darauf einzugehen.

»Herr Rosner? Kriminalhauptkommissar Berger und das ist mein Kollege Hauptkommissar Mäurer!« Berger zeigte dem Soldaten den grünen Polizei-Dienstausweis. Hinter dem Schreibtisch erhob sich ein Berg von Mann und man begrüßte sich freundlich, aber zurückhaltend.

»Was kann ich für Sie tun?« fragte Rosner, der auf Berger einen seltsam distanzierten und zugleich fahrigen Eindruck machte.

Trotz seiner nach außen demonstrierten Stärke, schwang in seinem Verhalten eine seltsame Nervosität mit, die so gar nicht zu einem Mann wie Rosner passen wollte. Ein Signal, das bei dem erfahrenen Kriminalisten auf eine argwöhnische Ader traf.

Mäurer schaute sich im ungewöhnlich geräumigen Dienstzimmer Rosners um, während Berger lapidar die Geschichte von der Leiche im Neckar auftischte, ohne auf Details oder mögliche Hintergründe und Ermittlungsansätze einzugehen.

»Dieser Emil Heim war bis zu seiner Entlassung aus der Bundeswehr laut der zentralen Personalverwaltung bei Ihnen in der Kaserne stationiert. Ist das zutreffend?«

»Ja, bis vor fast genau zwei Jahren.«

»Ja, und was war das für einer? Haben Sie ihn gekannt?«

»Nur oberflächlich, vom täglichen Dienstbetrieb und aus der Unteroffiziers-Messe. Privat hatten wir keine Berührungspunkte.

Wir wussten, dass die Staatsanwaltschaft Stuttgart gegen Heim ermittelt hat und zwar wegen diverser Delikte, die er in seiner, sagen wir mal ›Freizeit‹ verübt hat.

Das Untersuchungsverfahren wurde damals aufgrund eines anonymen Hinweises eröffnet. Wenn die Staatsanwaltschaft allen anonymen Hinweisen mit substanzlosem Hintergrund in dieser Intensität nachgehen würde, hätte sie für die abertausende von berechtigten Anzeigen keine Zeit mehr«, ereiferte sich Rosner.

»Hat der Standort seinerseits auch eigene Ermittlungen, beispielsweise wegen möglicher dienstlicher Verfehlungen als Angehöriger der Bundeswehr durchgeführt?«

Rosner wurde nachdrücklich.

»Herr Berger! Kamerad Emil Heim war ein guter Soldat, mit hervorragenden Beurteilungen und einwandfreier Führung innerhalb der Truppe! Nachdem sein Ausscheiden aus dem aktiven Dienst bevorstand, sahen wir keinerlei Anlass, gegen ihn zu ermitteln!«

»Na hören Sie mal Herr Rosner! Landfriedensbruch, volksverhetzende Umtriebe, Zugehörigkeit zu einer verbotenen Gruppierung und mehrfache Körperverletzung, sind das nicht ausreichende Gründe um in den eigenen Reihen zu prüfen ob hier ähnliche Vorfälle …«

Rosner unterbrach Berger schroff.

»Ich sagte Ihnen bereits, Heim war ein guter Soldat, kameradschaftlich, loyal gegenüber seinen Vorgesetzten und einsatzfreudig. Er hat sich selbst zu unliebsamen Auslandseinsätzen wie bei der KFOR-Truppe im Kosovo freiwillig gemeldet.

Ich kann nicht verstehen, dass Sie das Ansehen eines toten Kameraden derart in den Schmutz ziehen wollen?!«

In Berger keimte jetzt etwas auf, das er allerdings zu unterdrücken versuchte, er wurde wütend.

»Ich denke, Herr Rosner, so kommen wir nicht weiter!«, mischte sich Mäurer, der bislang geschwiegen hatte, in das Gespräch ein. Der alte Kripo-Hase kannte Lenz Berger nun schon seit vielen Jahren und hatte bemerkt, dass sich eine unglückliche Wendung bei der Befragung anbahnte.

Berger schaute verdutzt und zog es kurzzeitig in Erwägung, Mäurer heftig zu maßregeln. Er ließ allerdings aufgrund seines langsam wieder einsetzenden Verstandes von seinem Vorhaben ab.

Mäurer fuhr fort: »Unser Polizeipräsident hat bereits mit Ihrem Kommandeur telefoniert und darum gebeten, die Personalakte des ehemaligen Stammpersonal-Mitglieds, Oberfeldwebel Heim, freiwillig herauszugeben, ansonsten die Staatsanwaltschaft eine Beschlagnahme anordnen müsse. Ihr Kommandeur hat bereitwillig zugestimmt.«

»Davon weiß ich nichts!«, entgegnete Rosner kühl, »aber ich werde mich kundig machen. Sobald das geschehen ist, machen wir einen neuen Termin aus.«

»Nein, Herr Rosner, so läuft das nicht! Wir nehmen die Akte jetzt mit und zwar genau hier und heute!«, ereiferte sich Berger.

Rosner verlor zusehends seine Fassung, hielt sich aber fest in eisernem Griff.

»Herr Berger, wie Sie sicherlich wissen, befinden Sie sich auf dem Gelände der Bundeswehr und hier haben Sie keinerlei Polizeigewalt, also mäßigen Sie Ihren Ton, sonst kann ich Ihnen meine unangenehme Seite nicht ersparen!«

»OK! Ich rufe jetzt von Ihrem Telefon aus bei Ihrem Kommandeur, Brigadegeneral Hochleitner an, und dann werden wir schon sehen, wer hier unangenehm wird.«

Berger griff nach dem Hörer, aber Rosner fixierte Bergers Hand mit seiner behaarten Pranke, schaute Berger durchdringend an und sagte »Guter Mann! Sie befinden sich in meinem Büro und das ist mein Telefon. Beim Kommandeur ruft niemand an – außer mir selbst!«

Erst als Berger Anstalten machte, seine Hand vom Hörer zu nehmen, lockerte Rosner seinen Griff.

Einen Moment später bahnte sich Klärung an, denn der Kompaniechef, Hauptmann Weber, betrat ohne zu klopfen das Dienstzimmer von Rosner.

Er schien die Situation intuitiv zu erfassen und sprach Berger und Mäurer an.

»Sie sind sicher die Herrn von der Kripo?! Der Kommandeur hat mich über Ihren Besuch und Ihr Anliegen telefonisch in Kenntnis gesetzt!

Rosner! Warum haben Sie mir das Eintreffen der beiden Herren nicht gemeldet? Bei derart gravierenden Ereignissen innerhalb meines Zuständigkeitsbereiches, wie der Anwesenheit der Mordkommission, bitte ich umgehend in Kenntnis gesetzt zu werden! Haben wir uns verstanden?«

»Jawohl, Herr Hauptmann!«, kam es etwas zögerlich von Rosner zurück.

»Also, nun bewegen Sie sich und organisieren die ausrangierte Personalakte!«

Dann wandte er sich wieder den Kripo-Beamten zu.

»Nachdem das einige Zeit dauern kann, bis sich die Akte in der alten Registratur im Keller findet, lade ich die Herren in der Zwischenzeit zu einem Kaffee ins Offiziers-Kasino ein!« Berger und Mäurer schauten sich einvernehmlich an und willigten dankend ein, wobei Berger sich ein Grinsen in Richtung Rosner beim Verlassen des Raumes nicht verkneifen konnte.

Es war etwa eine Stunde später, Berger und Mäurer wurden in den dicken Clubsesseln des Kasinos schon etwas unruhig, als Hauptmann Weber zum Telefon gerufen wurde.

Sie hörten ihn nur brüllen – »Ja das gibt's doch gar nicht! Was ist denn das für ein Sauladen!«, dann knallte er den Hörer hin.

Mit zornesrotem Kopf trat er vor Berger hin, der sich gerade an einer großen Zigarre versuchte. »Meine Herrn, ich muss Ihnen zu meinem Bedauern mitteilen, dass die Personalakte des verstorbenen Oberfeldwebel Heim derzeit nicht auffindbar ist. Es besteht die Möglichkeit, dass die Akte sich beim Wehrbereichskommando in Bad-Cannstatt befindet. Wenn wir da auch kein Glück haben, müssen wir uns an die zentrale Personalverwaltung in München wenden und die Akte dort anfordern. Daher muss ich Sie enttäuschen, und sie mit leeren Händen nach Hause schicken.

Es ist wirklich ein untragbarer Umstand, aber ich kann derzeit nichts daran ändern. Es tut mir wirklich leid, aber ich habe noch einen weiteren Termin und begleite Sie zu Ihrem Wagen.«

Beim Verlassen des Gebäudes begegneten sie Hauptfeldwebel Rosner, der mit einem Stapel Leitz-Ordnern unterwegs war und Berger seinerseits im Vorbeigehen ein hämisches Grinsen zukommen ließ.

11. Förderverein Bundeswehr

»Liebe Kameraden! Ich begrüße den Ältestenrat und die anwesenden Fördervereinsmitglieder, die uns seit Jahren großzügig ihre Räumlichkeiten zur Verfügung stellen, weiterhin die Vertreter der Deutsch Nationalen Bewegung, der Nationalen Demokraten und der Deutschen Volksfront.

Ich darf eingangs darauf hinweisen, dass es sich um eine geschlossene Gesellschaft handelt, und alle Teilnehmer zur absoluten Verschwiegenheit verpflichtet sind. Zuwiderhandlungen werden gemäß unserer Satzung geahndet.

Kameraden! Ich nehme euch nun den Eid auf unsere Fahne ab.«

Ein Fahnenträger, der sich neben dem Rednerpult platziert hatte, trat nun heran und der Redner fasste mit seiner linken Hand einen Zipfel der schwarz-rot-goldenen Fahne, die rechte Faust legte er auf die Herzseite seiner Brust …

Wir sind Deutsche von Rasse und Geburt und so verpflichtet unserem Volk zu dienen, es zu schützen und zu bewahren vor allen schädigenden Einflüssen von Außen wie von Innen.

Wir wollen ein einiges, großes und freies Deutschland, das nicht auf seine zahlreichen Widersacher angewiesen ist und von seinen Feinden unterwandert wird.

Wir wollen keine Überfremdung durch andere Völker, die unsere Kultur zerstören.

Wir wollen eine starke Staatsmacht, die zum Wohle des Volkes agiert.

Wir schulden Deutschland und unserem Volk die Treue zu handeln und zu tun, was jede schwache Regierung auf Bundes- und Länderebene mit ihren korrupten Politikern nicht vermag!«

Nach einigen Sekunden des Schweigens fuhr der Redner fort.

»Verehrte Anwesende, wir sind hier und heute zusammengekommen um den Tod des Kameraden Emil Heim zu betrauern!

Kamerad Heim war lange Zeit als örtlicher Gruppenführer ein loyaler, verlässlicher Kamerad, der unserer Organisation treu ergeben war und all unsere Ziele mit uns teilte! Als Mitglied der Einsatzgruppe Süd starb er im Kampf gegen die Feinde unseres Volkes.

Er kämpfte unseren Kampf um ein besseres Vaterland und für den Erhalt unserer alten überkommenen Werteordnung.

Wir werden nichts unversucht lassen, die Hintergründe seines Todes aufzuklären um entsprechende Strafmaßnahmen zielgerichtet durchführen zu können und an den ethnischen Sozial-Schmarotzern und deren semitischen Helfershelfern ein Exempel zu statuieren um ihnen ihr schmutziges Handwerk zu legen.

Dem schwachen politischen Gegner und allen sonstigen, zersetzenden Kräften dieser hilflosen, so genannten Demokratie wird nichts anderes übrig bleiben, als in uns die wahre politische und gesellschaftliche Kraft des Deutschen Volkes anzuerkennen und unsere Hilfe in Anspruch zu nehmen, bevor dieses Volk als solches nicht mehr existiert.

Wir hören nun den Bericht des stellvertretenden Bezirksleiters Mittlerer Neckar, Fritz Hiller, und anschließend habe ich die große Ehre euch, lieben Kameraden, Mitglieder des Fördervereins und der anwesenden befreundeten Organisationen unseren geschätzten Verbandsleiter für Zentraleuropa, Thomas Goppel, anzukündigen.

Das Thema seines Vortrages lautet: ›Der dumme Deutsche und seine Angst vor dem Schwarzen Mann‹.«

Nachdem Hiller seine dünne, zehnminütige Ansprache gehalten hatte, die mehr einer technischen Durchsage ähnelte, wurde die Eingangstür des Saales aufgestoßen und eine Gruppe von Männern betrat den Saal.

Inmitten seiner Leibwache, die sich aus vier kahl rasierten breitschultrigen und extrem finster drein blickenden Lederjacken zusammensetzte, schritt ein hoch gewachsener hellblonder Mann. Er mochte gut und gern an die Zwei-Meter-Marke heranreichen.

Seiner schlanken Statur und dem energischen Schritt war dennoch anzumerken, dass er das linke Bein etwas nachzog.

Seines Charismas durchaus bewusst, konnte er sich der Ehrerbietung der anwesenden Kameraden durchaus sicher sein, zumal sich wilde Gerüchte um ihn rankten, der erst seit wenigen Wochen dem militanten Flügel »Organisation« vorstand.

Man erzählte hinter vorgehaltener Hand, dass Goppel als Söldner in Asien, Afrika und Südamerika tätig gewesen sei. Im Regenwald Südamerikas habe er gar im Auftrag der Großgrundbesitzer Indios getötet. Ein Mann der Tat, den man in seinen Kreisen einfach fürchten und bewundern musste.

Goppel, ein studierter Psychologe mit Doktortitel, war in der Tat eine schillernde Persönlichkeit mit zweifelhafter Vergangenheit und bei diversen Geheimdiensten ganz oben auf der Überwachungsliste. Allerdings verfügte er über weit verzweigte Kontakte ins rechte Netzwerk rund um den Globus und potente Gönner in Kreisen seiner ehemaligen Auftraggeber.

Sein langer schwarzer Ledermantel betonte die Gesamterscheinung gekonnt und ließ ihn noch größer wirken.

Auf Geheiß des Bezirksleiters erhoben sich alle Anwesenden von ihren Stühlen und begrüßten ihren Anführer mit der verbindenden Gebärde, indem sie die linke Faust nach vorn stießen und in dieser Position verharrten.

Goppel trat ans Rednerpult, schüttelte Hiller, der neben ihm wie ein Zwerg wirkte, die Hand und ergriff das Wort.

Eine relativ hohe Männerstimme, klar, fest und vollkommen dialektfrei durchstieß den Raum wie ein blankes Schwert. Ohne das Mikrofon des Vorgängers zu nutzen drang sie in jedes willige Ohr und ließ ihre Spuren zurück.

»Liebe Freunde und Kameraden hier in Stuttgart im schönen Baden-Württemberg. Stuttgart, der Heimstätte eines der bedeutendsten Landesverbände unserer Organisation. Stuttgart, das wir in einem Atemzug mit München und Berlin, unseren Hochburgen nennen.

Kameraden, ich bin stolz, dass ich zu euch sprechen darf!

Niemand hat meine Rede geschrieben und dafür wochenlange Recherchen angestellt um den richtigen Ton zu treffen.

Den Ton, mit dem unsere Politiker dem dummen Wahlvolk Honig ums Maul schmieren um es nach der Wahl ungestraft jahrelang hintergehen und betrügen zu können! Nein!

Von mir hört ihr die Wahrheit, eine unbequeme Wahrheit, eine Wahrheit, die uns als verantwortliche Deutsche zum Handeln zwingt!«

Es folgten zweieinhalb Stunden an skriptfreier, rhetorisch ausgefeilter Demagogie, zum Rand gefüllt mit düsteren Zukunftsprognosen einer drohenden Apokalypse, die das deutsche Volk und die restliche Welt zu erfassen und zu vernichten drohe.

Die Verursacher waren bald ausfindig und dingfest gemacht.

Die zionistische Weltbewegung, gestützt durch das Kapital der Wall Street und ihre willfährigen Helfershelfer an den

Börsen der Welt. Eine unfähige, arrogante, erpressbare und korrupte Politik, die zudem alle wesentlichen Entscheidungen der parteipolitischen Machterhaltung opfere und vor notwendigen drastischen Maßnahmen zurückschrecke.

Goppel operierte geschickt, indem er sein Auditorium durch direkte Fragen mit einbezog und dadurch den Saal mehr und mehr in ein Pulverfass verwandelte.

Durch längere Pausen und seine durchdringenden Blicke verstand er es, ein bedrohliches Szenario zu schaffen, das er gegen Ende seiner Rede aufzulösen begann.

»Kameraden, meine Freunde! Wir haben einen gigantischen Zerfall der Weltwirtschaft und einen Kollaps der Märkte erlebt, und ihr habt euch sicher gefragt, wo sind die ganzen Milliarden und Billionen an vernichteten Werten geblieben!?

Meine Freunde, diesmal war es zum ersten Mal in der Geschichte der Welt-Wirtschaft nicht, um mit Wilhelm Busch zu sprechen, ›Schmulchen Schiefelbeiner‹, der sich auf unsere Kosten bereichert hat!

Liebe Mitstreiter, diesmal waren wir es, die die Mechanismen des Kapitalismus in Bewegung gesetzt haben!

Die weltweite nationaldemokratische Bewegung hat im Lande unserer größten Präsenz, den Vereinigten Staaten von Amerika, mit durchschlagendem Erfolg agiert. Im Interesse einer neuen Weltordnung, im Interesse eines jeden Nationalstaates und seiner Bürger!

Jeder war der Meinung, unsere ›jüdischen Freunde‹ bei den ›Lehman Brothers‹ hätten die Initialzündung verursacht, tatsächlich waren sie nur Opfer ihrer Raffgier. Eine vorausseh-bare Raffgier, die wir uns in jahrelanger Vorbereitung zunutze machen konnten.

So haben wir sieben Fliegen auf einen Streich erschlagen!

Die Märkte sind auf lange Zeit hin gelähmt, der faktische Erlös der Anlagegelder aus Amerika und Deutschland verschafft uns eine hervorragende logistische Ausgangsbasis und die Bevölkerung ist durch Politik-Verdrossenheit, Massen-Entlassungen, düstere Wirtschafts-Prognosen und sinkenden Lebensstandard verunsichert und neigt in solchen Situationen aus Protest oft zu politischen Extremen. Somit haben wir auch den taktischen Vorteil auf unserer Seite. Besonders dann, wenn wir eine echte Alternative darstellen, und wir werden sie darstellen! Zumindest anfänglich, bis in Bälde der militärischen auch die politische Machtübernahme folgt.

Ihr könnt versichert sein, dass wir den enormen pekuniären Erlös ausschließlich unserer Sache zufließen lassen und so endlich die Möglichkeit besitzen, gleichzeitig in allen bedeutenden Industrie-Nationen der Welt identische stabile politische und militärische Machtverhältnisse zu installieren.

Ihr müsst mir nachsehen, wenn ich nicht weiter ins Detail gehen kann, aber die führenden Köpfe unserer Organisation haben eine Entscheidung von großer Tragweite gefällt. Ihr alle, wie ihr da sitzt, werdet reich belohnt werden und am Tage ›X‹ entscheidende Positionen übernehmen.

Wir vergelten Treue nicht mit Verrat, sondern mit Vertrauen!«

Goppel stieß die linke Faust gen Himmel und schaute entschlossen aber gelöst in die Runde. Beifall brandete auf.

12. Interpolanfrage aus Lissabon

»Sag mal, was war denn das gestern?«

Mäurer setzte sich mit seiner randvollen morgendlichen Kaffeetasse auf einen der vier Besucherstühle, die um den runden Besprechungstisch in Bergers Büro platziert waren.

»Ich hatte ja einiges erwartet, aber die Show gestern war ja vom Feinsten.

Wie sich dieser Rosner aufgeführt hat! Ich glaube, wir haben da in ein Wespennest hineingestochert, denn irgendwas stimmt mit dem nicht. Auch wie dieser Hauptmann Weber mit ihm umgesprungen ist, das war doch kein normaler Umgang eines Kompaniechefs mit seinem Spieß. Ich frage mich ernsthaft ob die uns etwas vorgespielt haben.«

Berger, der die Stuttgarter Zeitung studiert hatte, lehnte sich in seinem privat gekauften, schwarz beledertem Chefsessel nahezu wohlig zurück, grinste schelmisch und begann sich zu recken und zu strecken, wie eine Katze nach einem ausgiebigen Schlaf.

»Sag mal du Superbulle, das hört sich ja an, als ob du die letzte Nacht darauf verwendet hättest, dir außerdienstlich deinen Beamtenschädel zu zerbrechen um dich vor deinen ehelichen Pflichten drücken zu können? Ich sage dir gleich, Überstunden gibt es dafür nicht!«

»Mein lieber Lenz, was weißt du schon von ehelichen Pflichten? Nach 30 harten Ehejahren und vier selbst gestrickten hungrigen Mäulern würdest du am frühen Morgen nicht so fahrlässig daher reden. Überstunden hab ich übrigens mehr als genug!«

»He sag mal, wo bleibt denn dein Humor? Ich finde das

echt super, dass man dich immer auf die gleiche Weise kriegt. Du springst jedes Mal darauf an, wenn ich die Beziehung zu deiner Frau erwähne. Gar so schlimm finde ich deine Dorothea nun auch wieder nicht!«

Berger feixte fast unmerklich vor sich hin, weil er es seit Jahren total witzig fand, Werner Mäurer mit dessen resoluter Ehefrau aufzuziehen.

Mäurer wollte die Antwort nicht schuldig bleiben, hatte allerdings seine Fähigkeiten, zwei Dinge gleichzeitig zu erledigen, überschätzt und beim Trinken das obligate Schlürfen unterlassen. So hatte er sich am heißen Kaffee den Mund verbrannt. Er saugte die kühle Luft in seinen Hals und versuchte gleichzeitig unverständliche Worte zu formen, atmete mehrmals tief durch.

Berger gelang es nur mühsam, vor Lachen nicht vom Sessel zu fallen.

»Siehst du, genau das ist mir neulich auch passiert und dein Mitgefühl hat sich auch sehr in Grenzen gehalten!«, setzte Lenz noch eine flapsige Bemerkung oben drauf.

»Oh verdammt, war das heiß … uahhh … Jetzt hast du es wieder einmal bestätigt, warum sich Rita von dir getrennt hat! Sie hat deinen Zynismus nicht ertragen!

Ich halte es übrigens auch nicht mehr lange aus! Dich und deinen seltsamen Humor auf meine Kosten!

Nur weil du nicht beziehungsfähig bist, heißt das noch lange nicht …«

Mäurer konnte seinen Satz nicht beenden.

»Na, die Herren scheinen ja bester Stimmung zu sein. Einen guten Morgen wünsche ich.«

Kriminaloberrat Höll stand wie sein eigener Geist plötzlich im Raum und Berger, dessen Augen voller Tränen standen, musste automatisch an eine Episode aus »Krieg der

Sterne« denken, als Obiwahn Kenobi seinem Schüler Anakin Skywalker als Hologramm erschien um ihm einen wichtigen Auftrag zu erteilen.

Diese Phantasie befriedete Bergers Schalk nicht im Geringsten und die Gesichtsfarbe seines vollkommen humorfreien Inspektionsleiters Höll floss zu einem rosaroten Schleier an den Wangen zusammen. Um Fassung bemüht, doch sich durch zusammengekniffene Augen, das Anhalten der Luft und die Gesichtsfarbe verratend, fuhr Höll im forschen Ton eines Vorgesetzten fort …

»Na, Berger, was können Sie mir von Ihrem gestrigen Besuch in der Kaserne berichten? Sie hatten es gestern ja mächtig eilig das Präsidium zu verlassen, obwohl die Soko noch auf Hochtouren arbeitet! Hat sich etwas Ermittlungsrelevantes ergeben?«

Hölls Ungeduld schien greifbar. Er nahm seine Hornbrille von der Nase und schaute gegen das Licht hindurch, hauchte sie mehrmals heftig an und wische sie hektisch und ausgiebig mit einem Papiertaschentuch blitze blank.

Sekunden vergingen. Aus den Sekunden wurde eine Minute und auch die verstrich.

Irgendwann hatte sich Berger insoweit beruhigt, dass er sich in der Lage sah, seine Gedanken zu ordnen und in die Realität der Mordkommission zurückzukehren, na ja, wenigstens beinahe. Höll putzte und putzte. Dann erfolgte die erlösende Antwort in monotoner Berichtsform.

Während Berger die Geschehnisse des gestrigen Tages automatisiert in kurze Worte fasste, waren seine Gedanken tatsächlich bei den langen DVD- und Fernsehabenden, die er zusammen mit Rita, seiner Ex, meist am Wochenende verbrachte, damals, als sie noch allein waren oder später, als ihr kleiner Sohn schon im Bett lag.

Eigentlich war sie eine Leserin und warf ihre Prinzipien über Bord um wenigstens ein paar Stunden in der Woche zusammen mit ihm verbringen zu können.

»War das alles Berger? Na, wenn dem so ist, dann sputen Sie sich um die Personalakte dieses Ex-Soldaten Heim zu besorgen, nicht dass da noch etwas schief läuft und ich mich vor dem Präsidenten verantworten muss!

Im Übrigen habe ich hier was für Sie. Eine INTERPOL-Anfrage aus Lissabon in Portugal.«

»Weiß ich!« entgegnete Berger

»Was? Sie wissen schon?«

»Ja ich weiß, dass Lissabon in Portugal liegt.«

»Berger, Sie … Sie sollen mich nicht immer unqualifiziert unterbrechen, wenn ich Ihnen eine dienstliche Mitteilung zu machen habe! Legen Sie diese dumme Angewohnheit schleunigst ab, wenn ich bitten darf!«

Er baute sich in seinen ganzen 168 cm vor Bergers Schreibtisch auf und zitierte …

»Nach den glaubwürdigen Informationen einer langjährigen Vertrauensperson im Bereich Internationaler Überseeschmuggel, soll es in nächster Zeit zu einer größeren Lieferung von Waffen kommen, die für Deutschland bestimmt sind.« – Höll ›übersummte‹ einen Abschnitt, um fortzufahren – »… In diesem Zusammenhang bitten wir Sie um entsprechende Erkenntnismitteilung und Amtshilfe. Berger, das wird Ihr Job! Ich kann nicht weg und die Soko kann beim jetzigen Stand ein paar Tage auf Sie verzichten.«

Berger verging seine beschwingte Nachdenklichkeit augenblicklich.

»Ja, ja aber … kann denn niemand anders …?«

»Nein, nein … kein ›Aber‹! Sie übernehmen das!«

»Pfffffhh«, Berger ließ Luft ab und sackte etwas in sich zusammen.

»Ach, ich vergaß zu erwähnen, dass es sich um ehemalige Kriegswaffen aus Beständen der Bundeswehr handeln soll, die da per Schiff geliefert werden. Hängen Sie sich da mal ran Berger. Scheint eine heiße Sache zu werden und Sie haben ja seit gestern gute Verbindungen zur Bundeswehr!«, sagte Höll mit einem zynischen Unterton und verzog das Gesicht zu einem Grinsen, das eine gewisse Selbstzufriedenheit verriet.

»Sie haben nur wenig Zeit, denn das fragliche Schiff soll in einer Woche einlaufen. Ihre Dienstreiseunterlagen habe ich bereits von meiner Sekretärin fertig machen lassen. Holen Sie die im Laufe des Tages im Sekretariat ab.«

Er machte fast auf dem Absatz kehrt, fast wie ein Wachsoldat und gerade beim Verlassen des Zimmers wandte er seinen Kopf nochmals Berger zu.

»Übrigens Berger, trinken sie einen starken Kaffee, Sie stehen ja vollkommen neben sich!«

Und er trat hinaus auf den Gang.

Stille im Raum. Berger schaute stumm auf die E-Mail, die vom BKA Wiesbaden übersetzt und nach Stuttgart weitergeleitet worden war.

Werner Mäurer hatte die ganze Zeit still im Eck am Besprechungstisch gesessen um unsichtbar zu erscheinen und nicht selbst in die Schusslinie zu geraten.

Auch er war erleichtert, dass die nahezu alltägliche Auseinandersetzung zwischen Berger und Höll glimpflich abgegangen war.

»Was, eine Dienstreise nach Lissabon? Lenz, nimmst du mich mit? Bitte, bitte!«

»Sag mal, du Clown, ist das alles was dir dazu einfällt?«

13. Dienstreise nach Lissabon

Das alte Frachtschiff unter chilenischer Flagge bewegte sich in gedrosselter Fahrt auf die Meerenge von Gibraltar zu, als die Leiche des Matrosen nachts über Bord geworfen wurde.

Der Kapitän der ›Blue Sky‹, Anatoli Golokow, ein gebürtiger Tschetschene war ein durch und durch finsterer Geselle, der über 20 nicht minder düstere Gestalten befehligte.

Alle waren mehrfach bewaffnet, vom Messer im Stiefel bis zur Pistole am Gürtel.

Die Wachen trugen darüber hinaus Molot Kalaschnikow Sturmgewehre und halbautomatische Flinten aus derselben Fertigung.

Sehr einfache, aber zuverlässige Waffen mit sicherer Funktion und guter Schussleistung. Genau das, was man auf einer derart heiklen Mission benötigt.

Die bedauernswerte Kreatur, die mit Ballast beschwert sich nun dem Meeresboden näherte, war zunächst mehrfach mit einem Strick um den Hals einen Meter nach oben gezogen worden. Das ganze hatte man so oft wiederholt bis sie die gewünschte Aussage lieferte.

Die Art der Informationen entsprach, ja übertraf sogar das Erwartete. Von Todesangst beflügelt, war sich der Spitzel nicht im Klaren darüber, dass er ohnehin sein Leben verwirkt hatte, egal, was er auch von sich geben würde.

Ein anderer Matrose hatte ihn auf der Toilette belauscht, als er mit dem Satelliten-Handy telefonierte, um eine Nachricht über den Waffentransport zu übermitteln.

Dumm gelaufen, doch kam der Informant der portugiesischen Hafenpolizei kaum mehr dazu sich über seine Unvorsichtigkeit zu ärgern.

Nachdem er vor dem Kapitän seine Schmugglerseele erleichtert hatte, zog man ihn erneut nach oben, nur mit dem Unterschied, dass sie ihn hängen ließen, bis er aufgehört hatte zu zappeln.

Erst als der Kapitän der Ansicht war, dass diese eindeutige Warnung bei allen übrigen Mitgliedern der Mannschaft angekommen war, ließ er den leblosen Körper herunterholen.

Der zweite Offizier deutete den Blick seines Kapitäns richtig und durchtrennte mit einem gekonnten Stich seines dolchähnlichen Messers bei dem erdrosselten Mann die Verbindung zwischen den oberen Halswirbeln. Nur zur Sicherheit.

Berger saß währenddessen in der Lufthansa-Linien-Maschine von Stuttgart-Echterdingen nach Lissabon an einem Fensterplatz vor den Tragflächen.

Er sah nach unten auf die vorbeiziehende Landschaft und war sich noch nicht gänzlich im Klaren darüber, ob er diese Dienstreise als willkommene Abwechslung begrüßen oder als belastende Unterbrechung seines gewohnten Alltags einstufen sollte.

Zumindest hatte er stressige Tage hinter sich und tendierte doch eher zur angenehmen Abwechselung.

Er hatte tatsächlich gedacht, dass dieser Hauptmann, Theodor Weber, ein verständiger, umgänglicher Soldat sei, mit dem man reden könne.

Oh war er da abgeblitzt, als er versucht hatte, ihn auf den Verkauf ausgemusterter Waffen der Bundeswehr bzw. ein aktuelles Abhandenkommen gängiger Waffenmodelle anzusprechen.

Weber hatte ihn umgehend an das Heeres-Führungskommando in Koblenz verwiesen.

Wenigstens gab er Berger den Tipp, dass die Verbände auf Auslandseinsätzen vom Einsatzführungskommando in Potsdam geführt würden.

Das war aber auch schon alles, was Weber ihm pflichtgemäß mitzuteilen autorisiert war. Nun begann die bürokratische Ochsentour, die trotz der drängenden Zeit, eher im Zeitlupentempo ablief und keinerlei Beschleunigungsmaßnahmen vertrug.

›Alle Anfragen sind schriftlich auf dem vorgeschriebenen Dienstweg dem Heeres-Führungskommando der Bundeswehr zuzuleiten‹, hatte Berger in seinem kurzen Telefonat mit Koblenz erfahren, und ihm war ausreichend klar, dass eine Antwort unter Umständen Monate in Anspruch nehmen konnte.

Er wollte mit Höll darüber reden, der ihn jedoch kurz abtropfen ließ.

»Ja meine Güte, sind Sie Ermittler, oder wer soll Ihre Arbeit machen? Jetzt lassen Sie sich halt etwas einfallen, oder muss ich Ihnen ständig das Händchen halten?«

›Wenn man diese Pfeife schon mal braucht! Ich hätte es wissen müssen! Na dann halt direkt zum Präsidenten‹, war sein erzürnter Gedanke.

Das war Bergers nächster Fehler. Er hatte sich von Höll provoziert gefühlt und ihn deshalb bei seinen weiteren Schritten übergangen.

Polizeipräsident Dr. Kunze thronte in einem Arbeitszimmer, das in der Tat einem Thronsaal glich.

Seine Mitarbeiter mussten, nachdem sie von der bissigen Sekretärin vorgelassen worden waren, ca. zehn Meter zurücklegen um in Schreibtischnähe des Präsidenten vorzudringen.

Als langjähriger DVD-Fan erinnerte sich Berger an den Film »Hero« mit Jet Li, in dem der chinesische Kaiser seine Besucher nur 100 Schritte an sich heran ließ. Wer dies ignorierte wurde umgehend von den Wachen getötet.

»Na Berger, mit welchem Anliegen kommen sie zu mir?« Kunze fixierte Berger mit dem Blick eines erfahrenen Habichts, Stirn runzelnd über seine Lesebrille.

»Herr Präsident!« – Berger wusste, dass Dr. Kunze diese Anrede besonders favorisierte – »Ich wurde beauftragt, bei der Bundeswehr wegen ehemaliger Kriegswaffen zu ermitteln, die in Portugal von Schmugglern angeliefert werden und unter Umständen bei uns auf dem Schwarzmarkt wieder auftauchen könnten, wenn wir nichts dagegen unternehmen.

Die Zeit läuft mir davon, weil die Kripo bei derartigen Anfragen sich nicht auf dem kleinen Dienstweg allein auf die Amtshilfe stützen kann. Ich hätte die Anfrage schriftlich auf dem Dienstweg ans Heeres-Führungskommando Koblenz richten sollen.«

»Aha, ich verstehe! Sie möchten, dass ich meine Beziehungen spielen lasse, um die Ermittlungen abzukürzen?«

»Ja, so in etwa habe ich mir das vorgestellt,« entgegnete Berger.

»Hmm, nun ja! Da gäbe es wohl eine Möglichkeit. Lassen Sie mich nachdenken.«

Dr. Kunze senkte sein Haupt und stützte sein Kinn auf die verschränkten Hände, deren dazugehörige Ellenbogen fest auf der Schreibtischplatte verankert waren.

Ihm fiel sein Verbindungskollege aus Tübinger Studentenzeiten ein … Winfried, natürlich!

Ach nein, doch eher nicht. Winfried Pröttel war Mediziner und als Oberstabsarzt tätig gewesen. Außerdem war dieser, im Gegensatz zu ihm selbst, bereits pensioniert. Er konnte ihm nicht weiterhelfen. Der neue Kommandeur, den er neulich beim Oberbürgermeister-Empfang kennengelernt hatte, der schien eher geeignet.

»Also gut, Berger, ich rede mit Oberst Wortmann, dem Kommandeur einer Heereskaserne und will sehen, was ich für Sie tun kann. Ach im Übrigen, sind Ihre Maßnahmen mit Oberrat Höll abgesprochen?«

»Aber natürlich, Herr Doktor!«

»Zum Doktor gehen Sie, wenn Sie Grippe haben! Ich bin immer noch Ihr Präsident!«

Berger lief auf seinem Lufthansaflug ein Schauer über den Rücken. Wie dummdreist er doch davon ausgegangen war, dass seine Lüge nicht rauskommen würde.

Höll war explodiert wie eine Granate und er stand nur wenige Millimeter vor einem Disziplinarverfahren.

Nun wusste Berger sich keinen anderen Rat mehr, als seinen schwulen Reporter Freund Vincent mit einzubeziehen, obwohl er wusste, dass es gefährlich werden konnte.

Wenn Vincent Penn eine Story witterte, kannte er weder Freund noch Feind. Um das ehemals beste Pferd im Stall der Stuttgarter Zeitung war es ruhig geworden.

Sein Redakteur hatte ihn wegen seiner Titelstory ›Geilheit in Deutschland‹, zunehmend auflaufen lassen. Schlampig recherchiert, haltlose Anschuldigungen, persönliche Rachefeldzüge standen im Raum.

Wenn jemand etwas wissen wollte, das nicht einmal im Internet zu finden war, stellte Vincent eine unerschöpfliche Fundgrube an Informationen dar. Die teilte er aber nur dann, wenn er im Gegenzug etwas mindestens Gleichwertiges erhielt. Ein Zug-um-Zug-Geschäft würden die Juristen sagen. Gibst du mir was, gebe ich dir was. Das Dumme war nur, dass der Wahrheitsgehalt dieser sogenannten Informationen eher den Charakter eines Hinweises vom ›Hörensagen‹ aufwies.

»Lenz, mein alter Hetero-Freund, wie kommst du klar? Nun komm schon rüber damit, dass es dir auch so beschissen geht wie mir!«

So hatte er ihn empfangen, ach wie er das schwul-süße Parfum von Armani hasste!

»Vince, alte Tunte! Lange nicht gesehen!«

»Ach, du bist heut wieder mal vulgär!« – und mit gekünstelt schwuler Betonung:

»Oh, das mag ich so an dir, du Schlimmer!«

Und beide lachten sie miteinander. So wie Lenz eben nur mit Vince lachen konnte.

»Na, mein süßer Bulle, was führt dich zu mir? An was bist du dran? Ich brauche dringend Stoff für eine Story. Bei mir läuft es gerade nicht so rund, weißt du!«

»Na, dann teilen wir das gleiche Schicksal, mein Lieber! Aber ich kann dir gleich sagen, ich weiß noch gar nichts und komme nicht weiter. Weißt du, die Zeit sitzt mir im Genick und wie! Ich verspreche dir eins, sobald ich was rauskriege, bist du der erste von der Presse, der es erfährt!«

»Oh, das kenne ich schon! Wie schnell sind solche Versprechen vergessen?!

Du hast mich auch schon einige Male bös verladen, Herr Hauptkommissar!«

»Nun komm, zwischen uns lief es doch immer ganz gut!«

»Ja eines Tages, wenn du deiner Vielweiberei überdrüssig wirst und du mit fliegenden Fahnen das rettende Ufer der Homosexualität entdeckst, ja dann kann es gut laufen!«

»Jetzt fang nicht schon wieder davon an. Du weißt ich finde Frauen sind wunderbare, begehrenswerte, verehrungswürdige Wesen. Manchmal denke ich ganz leise bei mir, dass Frauen tatsächlich die bessere Hälfte der Menschheit stellen. Mit Männern kann ich gar nichts anfangen außer vielleicht … Fußball spielen, über Autos reden, saufen, arbeiten, Kampfsport treiben, Motorrad fahren, Musik machen, aber Sex … Pfui Spinne! Undenkbar! So undenkbar, wie über Probleme und Gefühle reden.«

»Oh Mann! Verschone mich mit diesem Scheiß, du Testosteron-verseuchter ›Machomann‹! Ich möchte dich nicht daran erinnern müssen, wie du nach deiner Scheidung von deiner Ex und den anderen ›liebreizenden weiblichen Wesen‹ gesprochen hast!«

»Ja! OK! Nicht alle sind liebreizend, das gebe ich zu, aber doch einige!

Ich dachte auch Schwule gehen einem gleich an die Wäsche und sind komische Vögel, denen man besser nicht über den Weg traut, bis ich Dich kennengelernt habe. Jetzt weiß ich, dass es stimmt!«

Und wieder das gelöste Lachen. Der Boden war bereitet. Vince hörte geduldig zu.

»Also sei mal ganz Ohr, mein furchtloser Gesetzeshüter! Da kam vor ein paar Tagen, lass es eine Woche her sein, ein Muttchen von der schwäbischen Alb in die Redaktion. Man hat sie an mich durchgereicht, und ich wusste mit ihrer Story nichts anzufangen. Bis jetzt!

Die Frau sagte, ihr Sohn sei beim Bundeswehreinsatz der ISAF-Truppen in Afghanistan als Fahrer eingesetzt gewesen. Er hat ihr und seiner Freundin in Münsingen jede Woche geschrieben und sie haben regelmäßig telefoniert.

Es sei ein ruhiger Einsatz im Norden des Landes gewesen, keine kriegerischen Auseinandersetzungen. Aus heiterem Himmel habe sie von seinem Kommandeur die Nachricht erhalten, dass ihr Sohn im Einsatz fürs Vaterland sein Leben gelassen habe, als sein Fahrzeug auf eine Mine fuhr. Sie habe immer darauf gewartet, dass etwas davon in den Radio-Nachrichten oder im Fernsehen berichtet würde. Es kam aber nichts. Sie sei der Überzeugung, dass etwas mit dem Tod ihres Sohnes nicht stimmen könne und man ihr nicht die Wahrheit gesagt habe. Vielleicht kannst du damit was anfangen?! Ich bin auf alle Fälle jetzt an der Story dran, und meine Nase sagt mir, es wird heiß, gaaanz heiß!«

Eine Lautsprecherdurchsage der Stewardess riss Lenz aus seinen Gedanken.

»Sehr geehrte Fluggäste, wir bitten Sie die Sicherheitsgurte zu schließen, wir befinden uns im Landeanflug auf Lissabon!«

14. Luiz Marques

Berger drängelte sich mit den übrigen Reisenden durch die engen pferch-ähnlichen Gänge, die hin zur Empfangshalle führten.

Ein kleiner, braungebrannter Mann mit einer riesigen Sonnenbrille hielt ein großes Schild mit der Aufschrift ›Kommissar Berger‹.

»Donnerwetter, sogar richtig geschrieben, ich bin beeindruckt!

Hallo, ich bin Berger!«

»Guten Tag, ich heiße Inspektor Luiz Marques und bin Ihnen als Verbindungsbeamter zugeteilt! Mein Deutsch ist ein wenig staubig. Sprechen Sie bitte langsam, dann kann ich Sie verstehen.«

»Eingestaubt!«

»Wie bitte?«

»Es heißt eingestaubt … das Deutsch ist eingestaubt, comprende amigo?«

»Bitte, ich bin kein Spanier und sie dürfen wirklich Deutsch mit mir sprechen. Wenn wir nicht klarkommen, können wir ja auf die englische Sprache ausweichen.

Wir haben noch fast zwei Stunden Zeit bis zur Einsatzbesprechung und solange kann ich Ihnen schon einmal das Hotel zeigen.«

Sie fuhren in einem älteren SEAT in Richtung Innenstadt. Das Hotel ›Dos Mouros‹ bot aus dem dritten Stock eine atemberaubende Sicht über Lissabon, die Berger den Grund seines Hierseins fast vergessen ließ.

Rita wollte mit ihm immer nach Lissabon, aber er sträubte

sich damals aus Leibeskräften dagegen. ›Lissabon, was soll ich denn da? Ich hasse große Städte, zumindest im Urlaub will ich gaaanz viel Landschaft, Meer, Berge, Wald und Wiesen. Von mir aus auch Wüste, aber keine Zusammenrottung von tausenden, neurotischen Großstädtern. Stuttgart ist mir schon zu groß. Ich lebe nur hier, weil ich hier arbeite, aber den Stress muss ich mir nicht während meines Urlaubs auch noch antun‹. So und ähnlich hatte er ihr gegenüber argumentiert. Auf die selbe Weise hatte er auch reagiert, als es um Rom, Paris, New York, Peking, Barcelona, Athen und London ging.

Eigentlich ging es sehr häufig nur um Auseinandersetzungen wegen eines gemeinsamen Urlaubszieles.

Diese drohenden Städtereisen saßen ihm dauerhaft und pressend im Genick.

Nun gut, Berlin war Pflicht für jeden guten Deutschen und bei London hatte er sich breitschlagen lassen, weil sie schon alles fix und fertig gebucht hatte und sie dort Freunde besuchten. An Athen kam er auch nicht vorbei, weil sie auf einer kleinen vorgelagerten Insel Urlaub machten. Zu mehr hatte er sich nicht überreden lassen, und nun war er in Lissabon, ohne Rita und auch noch dienstlich. Seltsam.

Luiz Marques wartete geduldig in der Empfangshalle des Hotels, bis Berger nach fast einer Stunde wieder auftauchte.

»Und Kommissar, wie gefällt Ihnen das Hotel, das man für Sie ausgesucht hat?«

»Ich bin beeindruckt! Hier könnte man wirklich ein paar Tage Urlaub machen, wenn die Situation eine andere wäre.«

»Ich kann schon verstehen, was Sie meinen, Kommissar. Sie haben jetzt viel Arbeit mit dem Überfall auf das Ausländerheim?!«

»Genau so ist es, Kollege, das scheint sich sogar bis Portugal herumgesprochen zu haben?«

»Oh ja! Wir haben daraufhin auch Sicherheitsmaßnahmen ergriffen. Sie wissen, dass über Spanien viele illegale Zuwanderer aus Afrika kommen und die Bevölkerung sehr verunsichert ist.

Wir sind ein kleines Land und haben eine 850 km lange Küste, an der man fast unentdeckt an Land gehen kann.

Wir haben nicht so viel Polizei, dass wir alles überwachen können und haben ohnehin ein Problem mit den Nachkommen aus unserer Kolonialzeit, die in den Slums von Lissabon leben. Da gibt es sehr viel Kriminalität bei den Jugendlichen.«

»Glaubst du … äh, glauben Sie Inspektor, uns ginge es anders in Deutschland?«

»Oh doch, glaube ich! Ihr Deutschen seid weit weg von Afrika und ihr habt doch die beste Polizei der Welt! Sie sind uns ein großes Vorbild an Organisation und Strategie, Kriminaltechnik und Ermittlungstaktiken!«

Berger war baff. Er zeigte sich nicht nur beeindruckt, gar gebauchpinselt und es mischte sich selbst ein Gefühl des Beschämtseins darunter, weil er schon so oft über den ›Saftladen Polizei‹ geschimpft hatte und nun so eine Aussage eines jungen Kollegen aus dem Sonnenstaat Portugal.

Es folgten Minuten des Schweigens, während Inspektor Marques ruhig vor sich hin fuhr.

Berger durchbrach die Stille, weil er dachte und fühlte, dass er etwas sagen sollte, ja musste.

»Ach ja, wir bei der Kripo in Baden-Württemberg sagen fast alle du zueinander. Da gehen einem wohlmeinende Schimpfworte leichter über die Lippen!« meinte Berger verschmitzt.

»Das habe ich jetzt nicht ganz verstanden, Kommissar Berger, wie meinen Sie das?«

Berger war die Situation unangenehm, aber jetzt konnte er nicht mehr zurück.

»Also ich heiße Lenz!«

»Wie, Sie heißen gar nicht Berger?«, fragte der etwas verwirrte Marques.

»Doch, ich heiße schon Berger ... aber mein Vorname ist Lenz.«

Ein kurzes Schweigen zwischen den beiden Männern.

»Ist das ein typisch deutscher Name ›Lenz‹?«

»Nein, eher nicht. Mein Name ist selten und ist noch am ehesten im Süden Deutschlands gebräuchlich.«

»Aaah so! Bei uns heißt es ... die Deutschen sind eingebildet und überheblich gegenüber uns Portugiesen. Als Touristen und natürlich im Fußball! Bei uns in Portugal gibt es ein böses Wort gegen deutsche Touristen ... ›es sind die besten Touristen der Welt, wenn sie wieder nach Hause fliegen‹!«

Berger musste herzlich lachen und Marques stimmte kräftig mit ein.

»Ich heiße Luiz! Ein ganz normaler Name bei uns. So heißen auch mein Vater und mein Großvater. Wir haben ein kleines Weingut im Süden, dort wo ich geboren bin.«

»Ein Weingut und dann Polizist, wie geht denn das zusammen?«

»Oh, das ist eine lange Geschichte. Vielleicht trinken wir heut Abend ein Glas Wein zusammen? Wir sind auch gleich am Ministerium.

»Wie Ministerium?«

»Ah, ich vergaß zu sagen, dass unsere Europol-Abteilung sich im Gebäudekomplex des Ministeriums für Innere Angelegenheiten befindet. Einerseits sehr praktisch, andererseits etwas problematisch, aber das erkläre ich Ihnen später, Lenz.«

»Guten Tag Herr Berger, ich bin Direktor Ferdinando

Souza. Ich leite Europol in Portugal. Bitte verzeihen Sie, mein Deutsch ist sehr schlecht und die Besprechung wird in unserer Landessprache abgehalten. Sprechen Sie portugiesisch?«

Berger war von dem hellen, weitläufigen und modernen Raum schon sehr angetan. Nun noch dieser freundliche Empfang des Direktors. Fast hätte er sich gewünscht, hier arbeiten zu können.

»Äh, nein, Direktor Souza! Ich bedaure, aber portugiesisch ist an deutschen Schulen als Sprache nicht sehr weit verbreitet.«

Souza schaute etwas hilflos und ließ sich den Satz von Marques übersetzen, verzog erstaunt den Mund und führte, fast wie zu einer wortlosen Entschuldigung, beide Handflächen nach oben, um sich gleichzeitig an die Stirnseite des großen Besprechungstischen zu begeben.

»Auf Ihrem Platz liegt ein Einsatzbefehl in deutscher Sprache, und ich werde Ihnen einzelne Passagen der Besprechung übersetzen.

Wir sitzen neben Direktor Souza!«, fügte Marques hinzu.

Nach der Besprechung hatte Berger, Marques darum gebeten, ihn ins Hotel zu fahren, er wolle sich bald hinlegen, denn 6:00 Uhr als Einsatzbeginn war üblicherweise nicht seine Zeit.

»Na gut, Lenz, dann verschieben wir unseren Rundgang in der Altstadt eben auf morgen. Ist mir auch lieber so. Der Neffe meiner Frau hat seinen 18. Geburtstag, da sollten wir hingehen, wegen unserer Familie. Das ist uns Portugiesen sehr wichtig, die Familie.«

»Ja, bei uns in Deutschland war es schon auch mal wichtig, aber inzwischen ist es nicht mehr so.«

»Oh, das ist aber sehr schade!«, antwortete Marques verständig.

»Wir in Portugal sind auch fleißige Menschen, aber wir vergessen nicht zu leben!

Für euch Deutsche ist eure Arbeit das Leben! Ihr arbeitet bis ihr tot umfallt! Deshalb seid ihr auch das reichste Land in Europa. Ist es nicht so?«

»Ja, irgendwo hast du schon recht, Luiz, aber da gibt es schon Unterschiede.

Wer weniger arbeitet als die anderen, kommt im Leben nicht voran, und voran kommen will doch jeder. Das hat meine Ex-Frau auch nicht verstanden. Sie hat mich verlassen, weil ich immer so viel gearbeitet habe und immer spät nach Hause gekommen bin. Oft war ich ganze Wochenenden unterwegs. Zu Hause war ich dann meist müde. Sie wollte immer etwas unternehmen und ich war froh endlich einmal zu Hause zu sein«, erzählte Berger und versuchte sich so deutlich wie möglich auszudrücken, um nichts eingehender erklären zu müssen.

»Ah, ich verstehe, das ist nicht gut für eine Ehe, wenn beide etwas anderes wollen! Wie lange waren Sie verheiratet, Lenz?«

»Du! Wir sagen doch du zueinander!«

»Oh, das ist schwer, also wie lange waren du …« »Nein! Warst du muss es heißen.«

Also, wie lange warst du verheiratet?«

»So um die 15 Jahre müssen es wohl gewesen sein! Ich habe nicht mitgezählt!«

»Haben Sie Kinder?« »Wieder das Du!« – doch Lenz nahm sich vor, ab jetzt nicht mehr als Sprachlehrer aufzutreten, um den Gesprächsfluss nicht zu stören.

»Ja, einen Sohn und eine Tochter. Der Tom wird jetzt 18 Jahre und macht nächstes Jahr Abitur.«

»Sie mögen Ihren Sohn aber sehr, Lenz! Sie haben Ihre Stimme verändert, sie ist weicher geworden.«

»Ja, das stimmt, ich mag ihn sehr. Leider sehen wir uns nur selten, kommen aber trotzdem gut miteinander aus. Er hat seine Freunde und ich war ja ohnehin nicht da während seiner Kindheit. Er hat mich oft tagelang nicht gesehen … erst als er dann im Fußballverein anfing, habe ich mir mehr Zeit genommen und jetzt versuche ich gutzumachen was ich nur kann. Besser spät als nie!

Ja, und dann gibt es da noch die Silke, meine Tochter. Die ist 14 und wird ihrer Mutter immer ähnlicher, denn sie will keinen Kontakt mit mir und hält mich als Vater für einen Versager. Vielleicht hat sie damit ja auch recht?!«

Luiz Marques spürte Bergers Betroffenheit.

»Ana, meine Frau und ich haben noch keine Kinder, aber wir arbeiten fleißig daran! Ich hoffe, heute Abend geht es beim Geburtstag nicht so lange!«

Luiz strahlte mit breitem Mund und Berger schmunzelte.

»Ah, ihr beide wollt wohl heute wieder Überstunden machen bei der Arbeit?«

Luiz verstand sofort

»Oh ja, ich hoffe doch! Aber was werden Sie machen, Kommissar Lenz?«

»Das was ich meistens mache, wenn ich zu Hause bin. 100 Liegestütze, 100 Bauchaufzüge, 100 Kniebeugen, einen Happen essen und dann mit einer ordentlichen Flasche Wein vor den Fernseher und mir eine DVD anschauen!«

»Ah DVD! Die mag ich auch gern, aber Ana sagt, ich soll lieber ein gutes Buch lesen.

Lenz, ich hole Sie morgen um 5:00 Uhr am Hotel ab!«

Berger öffnete die Balkontür seines Hotelzimmers, inhalierte die warme Abendluft und ließ den traumhaften Anblick der abendlichen Stadt auf sich wirken.

15. Das Schiff

Der Anruf des Portiers drang für Berger aus der Ferne seiner Träume ins Bewusstsein. In seinem Kopf bewegten sich ganze Herden verschiedenster Dickhäuter, denn der Wein war besonders süffig und ungewohnt schwer gewesen.

›Du meine Güte 5 Uhr und ich soll aufstehen … na ja Morgenstund … so ein blöder Spruch, wer kommt denn auf so was … welches kranke Hirn denkt sich so dämliche Sprüche aus?‹

Marques war an diesem Morgen genauso schweigsam wie Berger. Beide Männer kamen über ein ›Guten Morgen‹ nicht hinaus.

Die Fahrt zum Hafen zog sich nach Bergers Empfindungen endlos hin.

Kommissar Rodriguez, der Einsatzleiter, wartete bereits mit mehreren Fahrzeugen bei der Hafenmeisterei, unweit der Anlegestelle.

Rodriguez sprach in Portugiesisch und Marques übersetzte für Berger.

»Die Blue Sky wird mit ca. einer halben Stunde Verspätung eintreffen. Der Kapitän hat die Hafenmeisterei angefunkt und durchgegeben, dass sie Schwierigkeiten mit der Maschine hatten.

Wir lassen sie ganz normal anlegen, und sobald die Leinen fest sind, gehen wir an Bord. Dort verteilen wir uns, wie besprochen, über alle wesentlichen Bereiche der einzelnen Decks bzw. unter Deck, wobei die uniformierte Polizei die äußere und innere Absperrung übernimmt. Alle Kräfte der Kripo müssen für ihre Erkennbarkeit die blauen Einsatzjacken tragen.

Von Seeseite aus wird ein Patrouillenboot der Hafenpolizei Position beziehen.«

Das Aufgebot an uniformierter und ziviler Polizei war beeindruckend.

Was Berger und seine portugiesischen Kollegen zu dieser frühen Morgenstunde nicht ahnen konnten, war der Umstand, dass am vorherigen Abend, den Berger in Gesellschaft einer Flasche Rotwein auf dem Balkon seines Zimmers verbracht hatte, in einer weitläufigen Hotelsuite eines Münchner Nobelhotels eine Krisensitzung stattgefunden hatte, die sich unmittelbar auf den Großeinsatz auswirken sollte.

Thomas Goppel fühlte sich von fünf älteren, vornehm gekleideten Herren zu unrecht kritisiert.

»Wir hatten alle erdenklichen Vorsichtsmaßnahmen getroffen und alle üblichen Überprüfungsmaßnahmen durchgeführt. Wie es zu dieser undichten Stelle kam, kann ich derzeit nicht sagen. Ich kann Ihnen aber versichern, dass dieses Leck abgedichtet wurde. Ich möchte Sie, meine Herren, nicht mit unnötigen Details behelligen.«

»Oh lieber Goppel, behelligen Sie uns, wir sind ganz Ohr und durchaus interessiert, was Sie zur Lösung dieses nicht unerheblichen Problems unternommen haben und wie Sie nun gedenken weiter zu verfahren, damit die geplante Operation nicht etwa durch Ihre Achtlosigkeit gefährdet wird.

Ich muss Sie nicht daran erinnern, dass Sie die Verantwortung tragen und sich auch hoffentlich der Konsequenzen eines eventuellen Fehlschlages bewusst sind. Konsequenzen nicht nur hinsichtlich Ihrer Stellung in unserer Organisation, sondern auch für Ihre Person. Wir können uns Dilettantentum in dieser Phase nicht mehr erlauben, es hängt zuviel für uns alle davon ab! Habe ich mich deutlich genug ausgedrückt?!«

»Oh ja, das haben Sie. Nur vergessen Sie eines, die Männer stehen hinter mir und nicht hinter Ihnen, Herr Doktor Pröttel! Sie und Ihre Freunde finanzieren das Ganze. Das mag schon sein, aber keiner unserer Gefolgsleute, würde Sie je als künftigen Führer unserer Organisation akzeptieren!« und, Goppel wurde heftig: »Sehen Sie sich doch alle an, die erlauchte Herrenriege vom Förderverein und vom Ältestenrat!

Durchschnittsalter 70 aufwärts. Ewig Gestrige, die aus der Anonymität ihrer übersättigten bürgerlichen Existenz heraus agieren und die gerade noch fähig sind, sich von ihren Chauffeuren aus den Limousinen helfen zu lassen!«

Die Angesprochenen wechselten die Gesichtsfarbe von Weiß nach Rot, aber keiner wagte es sich gegen Goppel zu stellen, ihn in seine Schranken zu weisen, und er wetterte weiter …

»Adolf Hitler hat uns ein Vermächtnis hinterlassen, er war ein Visionär, der für seine Überzeugung an vorderster Front kämpfte und der sich nicht beirren ließ von ängstlichen alten Männern wie Ihnen!«

Goppel schritt wie ein dozierender Feldherr, den linken Arm auf dem Rücken, um die auf bequemen antiken Sesseln und Stühlen in Halbkreisform sitzenden älteren Herren herum. Zumeist tat er das außerhalb deren Gesichtsfeld, auf deren Rückseite, so dass sie gezwungen waren, ihre Köpfe, so gut es eben ging, seinem momentanen Standort zuzuwenden. Goppel öffnete seine rhetorisch-psychologische Trickkiste.

Die zuvor aufkochende Stimmung im Raum neigte sich nun zusehends einer eher beängstigenden Grundahnung zu.

»Und Sie müssen wissen, Hitlers Nationalsozialismus ist tot und begraben! Wir schreiben das 21. Jahrhundert! Die politische Lage und der wirtschaftliche, wie der informelle

Status der Menschen sind mit der Weimarer Republik nicht vergleichbar.

Die weltweite Vernetzung, die uns hilft, eine weltumspannende Organisation zu führen, wird heute von jedem 12-Jährigen genutzt.

Die europäischen Nachbarn werden nicht tatenlos zusehen, wenn wir dort nicht ähnliche Bedingungen schaffen. Operation ›Nemesis‹ muss koordiniert in gesamt Europa und Nordamerika ablaufen! Wir können nicht national kleinkariert denken und handeln, sonst sind wir zum Scheitern verurteilt.«

»Um Himmels Willen, Goppel! Sind Sie wahnsinnig? Diesen Namen zu nennen! Das größte Geheimnis unserer Bruderschaft?!«

»Herr Pröttel …«

»Was ist, wenn wir abgehört werden … vom Verfassungsschutz oder der Polizei? Übrigens für Sie immer noch ›Herr Dr. Pröttel‹, wenn ich bitten darf!«

»Von mir aus auch das, wenn Sie gesteigerten Wert darauf legen.« raunte Goppel zurück.

»Dieses Hotel gehört einem langjährigen Mitglied unserer Organisation, der Raum wurde eingehend auf Wanzen überprüft, im Nebenraum ist ein Störsender installiert, der uns vor allen Lauschangriffen schützt, unsere Beobachtungsposten suchen unablässig Dächer und Fenster der Nachbarhäuser ab und alle Eingänge des Hauses werden überwacht. Auf der Straße patrouillieren mehrere verdeckte Trupps, die uns vor unangenehmen Überraschungen abschirmen. Sie sehen, wir haben unsere Hausaufgaben gemacht. Nun sind Sie an der Reihe, Herr Dr. Pröttel!

Ihre Aufgabe ist es, sich um unsere Landes- und Bundespolitik zu kümmern! Den Rest überlassen Sie besser mir!«

Pröttel war entgegen seines Naturells kleinlaut und ein wenig ratlos in seinen Sessel gesunken.

»Hohe Räte, meine lieben Förderer und Gönner!«

Goppels Stimme wand sich nun plötzlich wieder samtweich durch die Gehörgänge der Anwesenden. Er setzte sie wieder imaginär auf ihr Podest, auf dem sie so gerne saßen. Von dort aus gedachten sie, unbehelligt alles überblicken und kontrollieren zu können.

»Wir sind gut aufgestellt! Die Ordnungsorgane und die Politik sind an entscheidenden Stellen von unseren Leuten besetzt, selbst die Medien sind arglos. Niemand außerhalb des Inneren Kreises ahnt derzeit auch nur das Geringste.

Verräter, wie dieser ehemalige Soldat Heim in Stuttgart oder der Matrosen-Spitzel auf der Blue Sky werden ohne jedes Zögern beseitigt. Manchmal steht dem Tüchtigen eben auch das Glück zur Seite.

Meine Herren vom Rat! Unsere Welt hat sich seit der letzten großen nationalsozialistischen Epoche derart verändert, dass wir heute vollkommen anders agieren müssen als 1933.

Heute braucht man mehr als eine Idee, ein paar Uniformen und ein paar Schlägertrupps. Das Volk ist noch nicht bereit, solange es mit Brot und Spielen ausreichend gefüttert wird!

Wir haben die größte Wirtschaftskrise losgetreten, die den Kapitalismus jemals erschüttert hat. Eine gewaltige Leistung, aber noch zu wenig!

Die Menschen sind zwar verunsichert und haben Angst, aber sie wollen insgeheim, dass alles so wird wie vor der Krise. Sie wollen wieder selig weiterschlafen.

Solange das so ist und wir starke Widerstandskräfte in unserem Land zu befürchten haben, die jeden Schritt im rechten Lager mit Argwohn beäugen, solange müssen wir uns subversiver Methoden bedienen um keine übertriebene Aufmerksamkeit zu erregen.

Wir werden uns von Kreistagswahl zu Landtagswahl zu Bundestagswahl weiter etablieren. Alles bis zum ›Tag X‹ hin.

Die NPD ist nur ein Ablenkungsmanöver für die Linken, denn wir wirken aus den bürgerlichen Parteien heraus, genauso wie es einstmals in Troja schon funktioniert hat.«

Goppel machte eine kurze Pause, gerade so lange wie drei Atemzüge dauern.

»Ach übrigens, falls es die anderen Ratsmitglieder interessiert, ich habe Ihrem Mit-Bruder, Herrn Dr. Pröttel einen kleinen Gefallen getan, indem ich ihn zum Märtyrer seiner heroischen Initiative gegen die Zuwanderungspolitik von SPD und Grünen gemacht habe!«

Die verunsicherten, fragenden Blicke der Herren stimmten Goppel vergnüglich.

»Nun Herr Dr. Pröttel, wollen Sie Ihren ›Brüdern‹ nicht von unserer kleinen ›Sonderabsprache‹, ihr Wohnhauses betreffend, berichten?«

Eine peinliche Situation für den Wortführer des Rates.

Im Hafen von Lissabon wurde es für die Einsatzkräfte von Zoll und Polizei langsam ernst.

Das alte große Frachtschiff, die Blue Sky, hielt auf die Anlegestelle zu. An Bord war niemand zu sehen.

Es glitt langsam die Kaimauer entlang, bis das dicke Tau herübergeworfen wurde.

Die Einsatzkräfte hielten sich hinter dem Gebäude der Hafenmeisterei verborgen und warteten ab.

Erst als der Landungssteg befestigt war, stürmten sie hervor und etwa 50–60 Polizisten ergossen sich über das Schiff. Berger und Marques befanden sich am Ende des Trosses.

Kommissar Rodriguez stellte sich auf das Vorderdeck und gab über Megaphon polizeiliche Anweisungen in portugiesischer und englischer Sprache, aber nichts rührte sich. Das Schiff schien menschenleer zu sein.

Rodriguez wurde sichtlich nervös, griff sich drei seiner Begleiter und erklomm behände die steile Treppe zur Brücke.

Dort traf er auf Kapitän Golokow und seinen Steuermann, die gemütlich ein Glas Tee schlürften und Rodriguez und seine Männer kaum Beachtung schenkten.

Erst als der Kapitän durch die Lautsprecheranlage des Schiffes auf Russisch den Befehl zum Antreten gab, hörte man Regungen im Rumpf des Schiffes.

Die alten Metalltreppen kreischten unter den schweren Stiefeln der Seemänner und die Geländer schienen wie gigantische Stimmgabeln zu wirken, die das ungewohnte Geräusch noch verstärkten.

Wenige Minuten später standen alle Matrosen in Reih und Glied auf dem Vorderdeck. Einer finsterer als der andere, so dass Rodriguez sich nicht sicher war, wie viele Jahre Zuchthaus gerade vor ihm standen.

Alle sollten auf Deck warten, bis die Durchsuchung des Schiffes beendet sei. Dann würde jeder zu seiner Kabine begleitet um Einsicht in die Personal- und Seemannspapiere zu nehmen. Während dieser Zeit durfte miteinander nicht gesprochen werden, die Verwendung von Handys war verboten.

Nach viereinhalbstündiger Durchsuchung standen die Beamten fast mit leeren Händen da.

Drei Briefchen mit Haschisch, mehrere Tabletten ungeklärter Herkunft und eine verschlossene Seemannskiste in der Kapitänskajüte.

In den Laderäumen … Baumwolle, nichts als Baumwolle, tausende von Ballen.

»Kapitän Golokow! Diese Kiste haben wir in Ihrer Kajüte gefunden. Bitte öffnen Sie das Schloss oder wir müssen es mit Gewalt tun!«

Es lag schon eine vage Hoffnung in Rodriguez Worten

»Gern Kommissar, aber erschrecken sie nicht, denn in dieser Kiste befinden sich Waffen!«, gab Golokow mit deutlichem russischen Akzent auf englisch zur Antwort.

»Also, dann geben Sie den Schlüssel her, ich mache es selbst und Sie treten einige Schritte zurück!« herrschte ihn Rodriguez an.

Golokow hatte nicht gelogen, denn in dieser riesigen Holzkiste befanden sich tatsächlich zehn Jagdgewehre und ältere Karabiner und einige hundert Schuss großkalibriger Munition.

Rodriguez war enttäuscht. Keine Kriegswaffen, keine Sprengkörper, nur dieser alte Krempel. Viele Schiffe, die sich in gefährlichen Gewässern bewegten, hatten Waffen an Bord, um sich nötigenfalls gegen Angriffe von Piraten wehren zu können.

Golokow ergriff das Wort.

»Herr Chefpolizist! Ich habe Ihren Namen vergessen ...«

»Kommissar Rodriguez!«

»Also, Kommissar Rodriguez, diese Waffen hätte ich selbstverständlich bei den Hafenbehörden angemeldet, aber ich hatte ja keine Chance dazu durch ihre Aktion.

Die Gewehre habe ich seit vielen Jahren an Bord, seit wir vor der Küste Somalias von Piraten attackiert wurden und die drei von meinen Männern erschossen haben. Das passiert mir nicht mehr, darauf können Sie sich verlassen.

Sie haben mir immer noch nicht gesagt, warum Sie eigentlich mit einer halben Armee von Polizisten mein Schiff auf den Kopf gestellt haben! Das möchte ich jetzt von Ihnen wissen oder ich werde mich über Sie bei unserer Botschaft beschweren!«

Golokow grinste in sich hinein, die Behörden seinerseits unter Druck zu setzen, den Spieß umdrehen zu können, bereitete ihm großes Vergnügen.

Rodriguez, der durch den ausgebliebenen Durchsuchungserfolg ohnehin missgestimmt war, drückte Golokow einige Blätter Papier in die Hand und sagte:

»Es war eine reine Stichproben-Kontrolle. Wir haben hier den allgemeinen behördlichen Beschluss, der uns ermächtigt Razzien vorzunehmen. Lesen Sie doch selbst!«

Golokow entzifferte das Schreiben mit seinen gebrochenen Portugiesisch-Kenntnissen Wort für Wort.

›Es besteht der Verdacht, dass auf Schiffen arabisch-afrikanischer Herkunfts-Häfen illegale Zuwanderer in den Bereich der Europäischen Union verbracht werden sollen. Es wird gebeten in eigener Zuständigkeit Überprüfungen vorzunehmen.‹

»Männer, wir ziehen ab und treffen uns alle um 14:00 Uhr im Einsatzraum zu einer Nachbesprechung!«, tönte Rodriguez' Stimme über das Vorderdeck.

Berger hatte selbst nicht in die Durchsuchungshandlungen eingreifen dürfen, weil es ihm als deutschen Polizisten nicht gestattet war, in Portugal Amtshandlungen vorzunehmen. Irgendwie hatte er durch seine stundenlange verordnete Passivität den Eindruck, als ob die gesamte Aktion an ihm vorübergeglitten wäre.

Als Berger und Marques den Dienstwagen bestiegen, fragte Berger: »Sag mal Luiz, war das schon alles? Da stimmt doch was nicht!«

»Natürlich stimmt etwas nicht! Unsere Vertrauensperson war nicht auf dem Schiff!

Er hat uns aber während der Überfahrt von Tripoli nach Lissabon noch vom Satellitentelefon aus kontaktiert.

Da ist gewaltig etwas schief gelaufen! In einem großen Herd in der Schiffs-Küche haben wir Reste von verbrannten Kleidern gefunden. Die haben ihn beseitigt, da bin ich sicher. Das Gehabe des Kapitäns war nur eine große Show für uns, aber wir haben nichts in der Hand, gar nichts! So ist unser Beruf eben. Manchmal gewinnen einfach die bösen Buben.

16. Freunde on Tour

Die Nachbesprechung des Einsatzes verlief, aller Erwartung nach, frustriert bis unterkühlt. Theoretisch kam jeder unter den Einsatzkräften als Maulwurf in Frage.

So äußerte sich zumindest Kommissar Rodriguez, weil ihm das Naheliegende, die Enttarnung seiner VP, nicht plausibel erschien.

Auch ärgerte er sich über den Verlust dieser wertvollen Vertrauensperson. Es würde Jahre brauchen, bis man wieder an alte Erfolge anknüpfen konnte.

Wie hätte die Mannschaft der Blue Sky, nach all den Jahren nun so plötzlich darauf kommen können, einen der Ihren als Polizeispitzel zu enttarnen?

Niemand wäre auf die Idee verfallen, dass dieser Mann, der auf den verschiedensten Schmuggelschiffen angeheuert hatte und seit vielen Jahren der Hafenpolizei so bereitwillig Tipps gab, durchaus seine eigenen Ziele verfolgte.

Es war ihm immer gelungen, durch kleine Hinweise das Vertrauen der Behörden zu gewinnen und dadurch die wirklich großen Sachen, an denen er selbst beteiligt war, zu verschleiern.

Nun, durch die zahllosen ungefährdeten Spitzeldienste unvorsichtig geworden, hatte er den Hintergrund und die Bedeutung dieser Waffenlieferung unterschätzt.

Trotz all seiner Erfahrung der vergangenen Jahre, war ihm aber aufgefallen, dass es neue Gesichter an Bord der Blue Sky gab. Fünf Männer, die in Tripoli an Bord gekommen waren. Wahrlich schräge Vögel, denen selbst er besser aus dem

Wege ging. Man fragte nie ›wer bist du, wo kommst du her, was hast du bisher gemacht?‹ Niemand hätte das je gewagt.

Das Meer war groß und die Fische hungrig.

Im Alkoholrausch, da war dem einen oder anderen schon einmal eine Unvorsichtigkeit entschlüpft, aber ansonsten ging jeder seiner Wege und es wurde nur das Nötigste geredet.

Der Spitzel hatte lediglich bemerkt, dass diese fünf Männer irgendwie zusammengehörten und dass einer von ihnen der Anführer war. Immer, wenn sie sich unbeobachtet glaubten, redeten sie Deutsch miteinander, aber er verstand kein Wort, weil er des Deutschen nicht mächtig war.

Die Anspannung und der Ärger hatten sich bei Louis Marques langsam wieder gelegt.

»Lenz, heute Abend habe ich von meiner lieben Frau frei bekommen und ich lasse dich nicht wieder allein im Hotelzimmer sitzen.

Sonst hast du keine gute Erinnerung an Lissabon, wenn du morgen wieder zurückfliegst!«

»Oh ja, heute machen wir so richtig einen drauf! Das ist ganz nach meinem Geschmack. Dieser seltsame Einsatz heute hat mich in meiner Stimmung schon sehr gedrückt. Ich nehme dein Angebot gerne an, und du brauchst gar nicht ins Hotel zu fahren, wir können gleich loslegen, wenn du willst.«

»OK! Wie du willst. Du bist der Tourist! Dann müssen wir wieder umdrehen, denn die besten Bars gibt es an der ›Doca de Santo Amaro‹, ganz in der Nähe der Docks, wo wir heute Morgen schon mal waren. Aber wir sind noch zu früh dran, da geht es erst gegen 22:00 Uhr los.«

»Macht nichts!« entgegnete Lenz. »Du musst morgen wieder ins Büro und ich kann ausschlafen. Mein Flieger geht erst um 15:30 Uhr. Sagen wir 24:00 Uhr ist unser Limit.«

»OK! Ist mir recht, Lenz! Ich bin sowieso kein, wie sagt man in deutscher Sprache?«

»Keine Nachteule? Meinst Du das?«

Bar um Bar, Kneipe um Kneipe, Stunde um Stunde verging und Lenz fühlte sich zunehmend pudelwohl.

»Luiz, du musst unbedingt zu mir nach Stuttgart kommen! Nein, komm doch lieber nicht, denn mit Lissabon können wir in der Schwabenmetropole nicht konkurrieren.

Kein Wunder, ihr Portugiesen seid so locker und gut drauf. Hier lebt es sich einfach besser, schon deshalb, weil es nicht so oft regnet! Ich kann dir sagen, manchmal regnet es in Deutschland über Tage und Wochen! Einfach trist.«

»Eiih, Lenz, ich glaube du hast genug für heute! Es war ein schöner Abend. Es ist hoffentlich nicht komisch für dich, aber ich muss dir ein Kompliment machen. Mit keinem meiner Freunde, und ich habe viele, kann ich mich so gut unterhalten wie mit dir. Obwohl Deutsch wirklich eine schwere Sprache ist, so viel Grammatik und so ganz anders als Portugiesisch, Spanisch oder Französisch, ist unser Gespräch sehr persönlich und vertraut. So, als ob ich dich schon Jahre kennen würde!«

»He du, mach mich nicht verlegen. Aber mir geht es genauso! Manchmal im Leben, ganz, ganz selten, trifft man mit Menschen zusammen, mit denen man sich sofort versteht. Man spürt augenblicklich, dass die Chemie stimmt. Genauso, wie bei uns beiden!«

Sie liefen zu später Stunde an den menschenleeren Docks entlang, hin zum Parkplatz. Selbst Luiz hatte, entgegen seiner Gewohnheit, im Laufe des langen Abends ein, zwei Bier zu viel getrunken. Da sie beide ins Gespräch vertieft waren, bemerkten sie nicht, was ihnen unmittelbar drohend bevor stand.

Der Angriff kam so überraschend, dass eine erste Gegenwehr unmöglich war. Lenz bemerkte unterbewusst, dass sich ihm ein unbekanntes Objekt, durch eine starke Kraft beschleunigt, auf Kollisionskurs näherte. Instinktiv, wie er es in seinen zahllosen Karatekämpfen gewohnt war, wich er ein Stück zurück.

Der Baseballschläger traf ihn dennoch heftig an der linken Schulter. Er verspürte einen reißenden Schmerz, taumelte und konnte sich nur mit Mühe auf den Beinen halten. Berger wusste nicht, was passiert war. Er wusste auch nicht, mit wie vielen Angreifern sie es zu tun hatten. Alles war so unwirklich und lief ab, wie ein Film im Zeitraffer.

Nach 30 Jahren aktivem Karate hatte er sich gewisse Techniken angeeignet, die jedem Gegner schwer zu schaffen machen würden.

Durch den Hieb, den man ihm versetzt hatte, spürte er allerdings seinen linken Arm nicht mehr.

Wie ein Blitz durchzuckte es sein Hirn – ›benutz deine Beine, die sind länger und stärker als deine Arme und dein Gegner kann sie schlechter abwehren‹ – genau diesen Satz hatte sein alter Karatelehrer immer zu ihm gesagt.

Er nahm sein Gegenüber nur schemenhaft wahr, konnte sich aber sicher sein, dass der nächste Hieb ihn zumindest kampfunfähig machen würde.

Eine rasche Drehung und sein hammerharter Tritt nach hinten traf seinen Gegner in die Magengegend, und zwar genau in dem Moment, als dieser tatsächlich zum nächsten Schlag ausholte.

Der Angreifer gab einen dumpfen Schrei von sich und stürzte zu Boden.

Berger nahm links davon einen weiteren Angreifer wahr, der sich offensichtlich bis zu diesem Zeitpunkt mit Luiz beschäftigt hatte.

Dieser hatte das Ungemach seines Kombattanten bemerkt und hielt kurz inne.

Das war genau der Zeitpunkt als er von Bergers, mit aller Kraft ausgeführtem Frontalkick am Kopf getroffen wurde. Auch er stürzte zu Boden.

Berger, trotz seines Alkoholisierungsgrades schlagartig ausgenüchtert, verspürte nun auch einen stechenden Schmerz in der rechten Wade. Erst Minuten später bemerkte er das Blut an seiner Hose. Sein Bein war bei dem massiven Gegenangriff in unliebsamen Kontakt mit dem Messer seines Angreifers geraten und er hatte sich dabei eine klaffende Wunde zugezogen.

Erst dann nahm Berger einen dritten Mann wahr, der etwas auf Russisch schrie. Die beiden Männer am Boden wälzten sich stöhnend zur Seite und kamen allein nicht auf die Beine.

Berger wusste nicht, was er tun sollte. Er rief nach Luiz, bekam aber keine Antwort. Er schrie seinen Namen – keine Antwort.

Nun fuhr es Berger in alle Glieder und kalter Schweiß überströmte ihn.

Luiz lag wenige Meter hinter ihm am Boden und rührte sich nicht.

»Luiz! Verdammt, Luiz!«

17. Abschied

»Sind Sie Frau Marques?«

Die grazile, dunkelhaarige Frau saß mit verweinten Augen vor dem Stationszimmer auf einem Stuhl.

»Ja, ich Ana Marques. Sie deutsch Polizei – Lenz?«

»Ja, ich bin Lenz! Ach, dann hat Ihnen Luiz von mir erzählt?!«

»Oh, ich sprechen nicht gut Ihre Sprache ... verstehen?«

»Ach, ich verstehe! Kann man Luiz denn schon besuchen? Ich meine, wie geht es Luiz? Ist er schon wieder wach? Hat er die Operation gut überstanden?«

»Ich ... Lenz, ich verstehe nicht, viele Worte!«

Lenz fand die junge hübsche Frau sehr sympathisch, wenn sie ihn auch kaum verstand. Er entschloss sich, einen Arzt zu suchen und mit diesem zu sprechen.

Tatsächlich traf er den Stationsarzt und unterhielt sich auf Englisch mit ihm. Zuerst fand der junge Arzt es merkwürdig, dass sich ein deutscher Polizist nach seinem portugiesischen Kollegen erkundigte. Nach einer kurzen und gestenreichen Erklärung von Berger gab er jedoch bereitwillig Auskunft.

An ihm schien durchaus ein Gerichtsmediziner verlorengegangen zu sein.

»Luiz Marques hat bei dem unvermittelten Angriff den ersten Stich, der in Richtung seines Bauches ausgeführt worden ist, mit dem linken Arm abwehren können. Dabei zog er sich eine oberflächliche Schnittwunde der Bauchdecke und tiefere Schnittwunden an Arm und Hand zu. Dem Angreifer ist es allem Anschein nach gelungen, das Messer sofort nach oben zu reißen und Marques an der rechten Schulter eine tiefe Stichwunde zuzufügen, die vom Schulterblatt aufgehalten wurde.

Er hat großes Glück gehabt, dass seine Lunge durch das Messer nicht verletzt wurde. Die Blutung konnten wir stillen, aber da das Messer offenbar sehr verschmutzt war, sind die Wunden mit Bakterien infiziert. Herr Berger, ich weiß nicht, ob Sie damit was anfangen können, aber die Stellen, an denen das Messer die Kleidungsstücke durchtrennte, rochen eindeutig nach Fisch!«

»Was, nach Fisch?«, frage Berger erstaunt.

»Ja, es war eindeutig Fischgeruch an der Bekleidung, besonders am linken Ärmel seiner Jacke.«

»Wird Luiz Marques wieder gesund, Doktor?«

»Oh ja, wenn wir die beginnende Infektion unter Kontrolle bekommen, und davon gehe ich aus, ist er in vier bis sechs Wochen wieder der Alte. Nur ein paar Zentimeter tiefer und es hätte anders ausgehen können.«

»Danke Doktor, Sie haben mir wirklich sehr geholfen! Kann ich zu ihm ins Zimmer?«

»Mmh … von mir aus. Aber bitte nicht lange. Das Sprechen strengt Herrn Marques sehr an und er ist nach der Narkose noch nicht ganz klar!«

»Danke! Kann ich seine Frau mit ins Zimmer nehmen?«

»Ich denke Frau Marques will sich ein wenig ausruhen, sie war die ganze Zeit vor und nach der Operation bei ihm.«

Berger klopfte – nichts rührte sich, dann betrat er das Zimmer auf leisen Sohlen.

In dem schlauchartig langen Raum stand nur ganz hinten, vor dem Fester, ein einziges Bett, in dem Marques lag.

Berger dachte, dass er wohl schlafen würde und war gerade dabei, vorsichtig den Rückzug anzutreten, als er angesprochen wurde.

»Na, Lenz, wie geht es Dir?«

»Halt, halt das wollte ich doch gerade dich fragen! Das bei mir ist halb so wild. Ein dicker Bluterguss an der Schulter und der Arm schmerzt bei jeder Bewegung. Ich bin froh, dass er mir nicht das Schlüsselbein zertrümmert hat! Den Schnitt an der Wade hat man mir genäht. Es brennt zwar ein wenig, aber ist nicht so schlimm! Nun sag aber, wie fühlst du dich?«

»Das siehst du ja, wie ich daliege. Das wäre mir vor zehn Jahren noch nicht passiert. Ich werde träge und langsam!«

»Ach was, du bist doch noch ein junger Mann! Sieh mich an, dann siehst du jemanden, der alt wird!« Marques verzog den Mund zu einem gequälten Lächeln.

»Lenz, ich weiß, wer das war!«

Berger zuckte zusammen, um dann diese Aussage etwas herunterzuspielen.

»Natürlich weißt du, wer von den über 500 000 Menschen in Lissabon uns überfallen hat. Ich glaube, bei Dir wirkt die Narkose noch ein wenig nach.«

»Lenz, es waren Matrosen von der Blue Sky! Der mich mit dem Messer gestochen hat, an den kann ich mich genau erinnern. In seiner Kabine wurde Marihuana und Haschisch gefunden und dann die Stimme, als ich am Boden lag. Das war Golokow! Da bin ich sicher!«

Marques stöhnte, denn das Sprechen hatte ihn wirklich sehr angestrengt.

Aber jetzt, wo Luiz den Namen des Kapitäns nannte, jetzt war sich Berger auch plötzlich wieder klar darüber, woher er die Stimme kannte.

»Aber natürlich! Du hast recht, mein Freund! Golokow! Der Drecksack, dem werd ich …«

»Herr Kommissar, Ihre Besuchszeit ist beendet. So kurz

nach seiner schweren Operation braucht der Patient jetzt Ruhe!«

Die Tür war aufgegangen, und der junge Arzt bedeutete Berger, dass er nun besser gehen solle.

»Lenz, flieg du nach Hause! Heut Nachmittag, wenn du schon wieder in deiner Maschine sitzt, kommt Kommissar Rodriguez vorbei. Er hat schon auf der Station angerufen. Ihm werde ich alles erzählen und er wird sich diesen Golokow vornehmen.«

»Also gut Luiz, mein Freund, wenn du meinst …«

»Ja, das ist der bessere Weg. Sonst bekommst Du noch Schwierigkeiten. Du vergisst, wir sind nicht in Stuttgart!«

Luiz lächelte ihn verschmitzt an.

»Du hast wie immer recht. Inspektor Luiz Marques! Es war mir eine Freude, dich kennenzulernen. Wenn alles gut geht, komme ich im nächsten Frühjahr noch mal auf eine verlängertes Wochenende in Lissabon vorbei.«

»Ja, dann gehen wir wieder auf Tour von Bar zu Bar, und dann hoffentlich ohne Überfall!

Beide lächelten, denn zu mehr war Marques nicht fähig. Berger ließ sich eilig von einem Taxi zum Hotel und von dort sofort weiter zum Flughafen fahren.

18. Schock

»Na, du Weltenbummler?! Mich hier im trüben Stuttgart sitzen lassen und sich selbst in der Sonne aalen! Schön, dass du wieder da bist! Ohne dich war es zu ruhig auf der Dienststelle.«

Werner Mäurer saß am Besprechungstisch in Bergers Büro. Ihm gegenüber die hübsche, junge Kollegin Christiane Beck, die erst vor zweieinhalb Jahren als Kriminalkommissarin von der Polizeihochschule zu ihnen gekommen war.

Eine fähige und fleißige junge Kollegin, die etwas Licht ins triste K3 Dunkel gebracht hatte.

Irgendwie fand es Berger immer wieder erfrischend, mit ihr zusammenzuarbeiten.

Ja, sie konnte mit ihrem freundlichen Lächeln, ihrem blonden Pferdeschwanz und ihrer super knackigen Jeansfigur selbst Bergers depressive Anwandlungen mildern.

»Na, das ist ja typisch, kaum ist man aus dem Haus, schon wird einem das Büro besetzt!«

Berger legte seine Umhängetasche auf den halbhohen Aktenschrank, der wie die übrigen Möbel in Bergers Büro in schäbigem ›Plastik-Eichehell-Furnier‹ gehalten war.

»Na, wie war dein Trip? Erzähl schon, wir sind gespannt! Du wirst das Wochenende gebraucht haben, um dich zu erholen?«, fragte Mäurer.

»Oh, ist da eine Party im Gange und ich bin nicht eingeladen?«

Oberkommissar Rudi Wimmer, der Spaßvogel, hatte die Stimme von Oberrat Höll imitiert und den Anwesenden einen gehörigen Schrecken eingejagt.

»Hi Lenz, toll, dass du wieder zurück bist. Jetzt ist das K3-Schiff nicht mehr ganz so führerlos!«

»Na, ihr scheint euch ja wirklich zu freuen? Ich bin gerührt, aber hör du mir auf mit Schiff! Ich kann euch sagen, das war schon so ein Ding im Lissabonner Hafen!«

Und Berger begann weitschweifig und blumig zu erzählen, so dass sich nach wenigen Minuten die K3-Sekretärin, Frau Bolz, und drei weitere Kollegen in Bergers Büro einfanden und sich gespannt um Lenz Berger scharten, wie früher die Kinder um einen orientalischen Märchenerzähler.

Berger war es vergönnt, ohne sich erzählerisch bereits in Wiederholungen und Bekräftigungen ergangen zu haben, seine Geschichte zu beenden, als eine wohl bekannte Stimme ertönte.

»Na, ist hier vielleicht eine Party im Gange und man hat vergessen mich einzuladen?«

Diesmal war es allerdings der echte Höll, der sich vergeblich bemühte, den Türrahmen mit seiner kugeligen Gestalt auszufüllen.

»Berger, ich bin schon sehr erstaunt, dass sie von einer Dienstreise kommen, ohne Ihrem Vorgesetzten umgehend Bericht zu erstatten! Stattdessen dieser Volksauflauf?! Ich bemühe gerade mein Gedächtnis, aber es will mir nicht in den Sinn kommen, das gesamte K3 jemals traut vereint in einem einzigen Zimmer gesehen zu haben.«

»Da müssen Sie nur Freitagnachmittag kommen, da steigt nämlich immer unsere Kommissariats-Party!«, sagte Rudi Wimmer in einem jähen Anfall von Wahnsinn.

Das explosionsartige Lachen aller Anwesender erstarb nicht einmal, als Höll unter üblicher Zornesröte trompetete …

»Berger zu mir, aber ein bisschen plötzlich, wenn ich bitten darf!«

Im weitläufigen Büro des Höll saß dieser verschwindend hinter seinem monströsen Schreibtisch und Berger ihm heftig schmunzelnd gegenüber. Er dachte ständig an die Party, zu der Höll nicht eingeladen worden war.

»Na Berger, dann war die ganze Angelegenheit in Lissabon eine einzige Aktion Wasserschlag?! Alles ohne zählbaren Erfolg?«

»Ganz so würde ich das nicht formulieren. Nachdem die VP (Vertrauensperson) an Bord des Frachters allem Anschein nach enttarnt und beseitig worden war, hat man offenbar Mittel und Wege gefunden sich der heißen Ware zu entledigen und mit lupenreiner Weste in den Hafen einzulaufen. Dafür kann niemand etwas, nur das arme Schwein von VP ist jetzt Fischfutter!«

»Der kannte das Risiko seiner Tätigkeit und so etwas geht irgendwann immer schief. Da haben wir ja genügend Beispiele aus der VP-Führung in unserer eigenen Dienststelle.

Und was höre ich, Sie sind überfallen worden? Nachts im Hafen unterwegs zu sein, war vielleicht doch keine so gute Idee von Ihnen? Haben Sie sich und ihre Karatekünste doch etwas überschätzt?«

Berger wurde augenblicklich sehr, sehr zornig, sprang auf, stützte sich drohend auf Hölls Schreibtisch und beugte sich nach vorn – »Sparen Sie sich Ihr zynisches Gequatsche, selbst als Inspektionsleiter darf man sich nicht jede Unverschämtheit erlauben! Ich habe meinem portugiesischen Kollegen die Haut gerettet und wir haben die Täter identifiziert. Vermutlich sind sie bereits festgenommen worden!«

»So, Sie haben Ihrem Kollegen die Haut gerettet? Hieß dieser Kollege etwa …«

– Höll suchte kurz in der Ablage auf seinem Schreibtisch um eine E-Mail zu Tage zu fördern – »Inspektor Luiz Marques?«

»Ja, wieso, was ist mit ihm?«

»Man hat ihn tot in seinem Krankenbett gefunden. Offenbar wurde ihm eine Überdosis Heroin gespritzt und das Ganze muss wohl gewaltsam vor sich gegangen sein. Der oder die Täter hatten ihn mit kurzen Spanngurten ans Bett gefesselt und ihm Papierhandtücher als Knebel in den Mund gestopft. Die Täter haben sich nicht einmal die Mühe gemacht, die Spritze zu beseitigen, die lag neben dem Bett am Boden.«

Lenz Berger hatte das Gefühl, als habe man ihm soeben einen Fuß in den Magen getreten. Er konnte nicht fassen, was ihm Höll da ins Gesicht geschleudert hatte, ließ sich rückwärts auf den Stuhl fallen und sackte in sich zusammen.

»Damit bin ich noch nicht zu Ende! Auf einen Kommissar Rodriguez wurde ein Sprengstoffanschlag verübt! Er ist direkt vor seinem Wohnhaus durch eine Autobombe getötet worden. Seine Familie war noch im Haus, als er den Wagen startete. Deshalb haben die den Anschlag überlebt.

Ganz schön was los übers Wochenende in Lissabon, Berger, was meinen Sie?«

Höll hatte natürlich gemerkt, dass Berger durch die schlimmen Nachrichten schwer angeschlagen war. Er genoss es fast ein wenig, dieses Großmaul endlich da zu haben, wo er ihn schon lange gern gehabt hätte, als braves gehorsames Hündchen auf seinem zugewiesenen Platz.

Berger starrte minutenlang ins Leere.

»Herr Oberrat, ich fühle mich nicht gut und melde mich hiermit krank!«

»Was krank? Das können Sie doch nicht machen! Die ganze Soko-Arbeit ist liegengeblieben als Sie in Lissabon waren und am Mittwoch um 10:00 Uhr ist große Besprechung mit dem Innenministerium, BKA, Staatsanwaltschaft und Verfassungsschutz, da müssen wir präsent und gut vorbereitet sein.

Sie können jetzt nicht einfach krank machen!«

»Sie haben doch keine Ahnung, Sie bürokratischer Sessel-furzer! Sie in Ihrem Elfenbeinturm! Luiz war mein Freund!«

»Also Berger, das will ich nun wirklich überhört haben! Sie haben Glück gehabt, dass ich das eben von Ihnen Gesagte Ihrer emotionalen Verwirrung zurechne! Außerdem habe ich bei Ihnen eine seltsame Vorliebe für das Wort ›Sesselfurzer‹ ausgemacht. Vielleicht sollten Sie ihr Repertoire etwas er-weitern?!«

»Reden Sie was Sie wollen, das ist mir egal! Ich gehe jetzt nach Hause! Ich brauche Ruhe und ich muss nachdenken, aber so etwas können Sie ja nicht verstehen.

Von mir aus bin ich am Mittwoch zur Stelle, aber nicht weil Sie es gefordert haben.

Ich will wissen, was da gespielt wird! Da läuft irgendetwas Großes! Keine Ahnung was.

Da werden zwei portugiesische Polizei-Offiziere ermor-det, buchstäblich hingerichtet, weil sie in einem Feld-Wald-und-Wiesen-Waffenschmuggel ermitteln?

Warum werden deutsche Militärwaffen von einem Frach-ter angeliefert, der aus dem Libanon kommt? Woher stam-men diese Waffen? Für wen sind sie bestimmt? Warum hängt da die Russen-Mafia mit drin? Ich will Antworten, und ich lasse mich nicht mehr für dumm verkaufen! Am al-lerwenigsten von Ihnen!

Sie schicken mich nach Lissabon, obwohl die Soko voll im Gange ist, tun so, als ob es auf eine Vergnügungsreise ginge und lassen mich am Haken zappeln?!

So läuft das nicht!

Ich will jetzt augenblicklich wissen, ob es da irgendeinen Zusammenhang zwischen den Vorgängen in Lissabon und unserer Soko gibt.

Höll! Verheimlichen Sie mir etwas?«

»Was wollen Sie, Berger? Glauben Sie vielleicht, dass jedes kleine Licht mit top-secret-Infos versorgt wird, weil man ihm gerade mal einen Fall wie Obertürkheim zur Bearbeitung zugewiesen hat? Glauben Sie das wirklich, Berger? Wenn ja, dann befinden Sie sich auf dem Holzweg! Man hat mir von allerhöchster Stelle einen Maulkorb verpasst, und ich werde den Teufel tun, mir durch eine Indiskretion meine Karriere zu versauen!

So, und nun gehen Sie nach Hause und weinen sich aus!

Am Mittwoch will ich Sie spätestens um 07:30 Uhr auf der Matte sehen! Ist das klar? Sonst hänge ich Ihnen ein Disziplinarverfahren an, das sich gewaschen hat!

Berger, haben wir uns verstanden?«

»Ach wissen Sie, was Sie mich können, Sie mit Ihrer Karriere-Geilheit?«

»Ich will es gar nicht wissen, Berger!«

»Höll! Wenn ich sage, ich komme am Mittwoch, dann komme ich auch!«

Als Berger wie ein geprügelter Hund Hölls Büro verließ, begegnete er auf dem Gang dem neugierigen Werner Mäurer. Berger sprach ihn an.

»Mein Alter! Alles läuft gerade total daneben. Mach Du meinen Kram bis Mittwoch. Ich brauch dringend eine Auszeit! Wenn du was wirklich Wichtiges hast, kriegst du mich über mein Handy – aber nur dann!«

»He, alles klar Junge! Mach ich für dich, aber irgendwann erzählst du mir, was los ist! Ja? Wenn ich schon deinen Job mache, will auch ich wissen, was vor sich geht! Das ist doch nicht zuviel verlangt – oder?

Vergiss nicht, wer dein Bärenführer bei der Mordkommission war und vergiss nicht, dass wir Freunde sind!«

19. Politik

»Meine Herren Abgeordnete, sehr verehrter Herr Landtagspräsident! Ich spreche zu diesem hohen Hause mit einem dringenden Anliegen auf dem Herzen. Sie sehen, ich habe keine Rede vorbereitet und ich weiß, dass ich vom Protokoll abweiche. Zumindest kann ich Ihnen versichern, dass ich meine zugewiesene Redezeit nicht überschreiten werde.«

So eröffnete der Abgeordnete Dr. med. Winfried Pröttel den Sitzungstag. Der Plenarsaal war ordentlich besetzt, da heute Haushaltsfragen und eine Gesetzesinitiative des Landes zur Abänderung des Ausländerrechts anstanden.

Zudem wurde erwartet, dass die Presse davon ausführlich berichten würde.

»Liebe Kollegen aller Fraktionen! Wir als politische Entscheidungsträger dürfen nun endlich nicht mehr die Augen davor verschließen, dass eine ungezügelte Zuwanderung in unsere Bundesrepublik die bestehenden Ressourcen überfordert.

Von 1970 bis 2000 haben sich über 7,5 Millionen Ausländer bei uns angesiedelt. Von diesen 7,5 Millionen Menschen stehen 3,8 Millionen im Erwerbsprozess. Davon wiederum arbeiten nur 3,1 Millionen, und das mit steil fallender Tendenz.

Derzeit sind also über 700 000 bei uns lebende Ausländer arbeitslos und belasten die öffentlichen Kassen. Diese Zahl wächst stetig.

Die 3,7 Millionen Rest-Zuwanderer setzen sich aus den verschiedensten Gruppierungen zusammen. 1992 hatten wir beispielsweise den Höchststand von Asylsuchenden von fast einer halben Million Menschen. Stellen Sie sich vor, eine halbe Million Menschen sucht in einem übervölkerten Lande wie unserer Republik allein in einem Jahr um Asyl nach. Stellen Sie sich allein den zu bewältigenden verwaltungstechnischen, medizinischen und juristischen Arbeitsaufwand vor! Nicht zu sprechen von den entstandenen und weiterhin erwachsenden Kosten für Unterbringung, Verpflegung, ärztliche Leistungen und Anschaffung von notwendigen Gütern.

Angesichts einer weltweiten Wirtschaftskrise und einer dramatisch einbrechenden Konjunktur ist es an der Zeit, über weitreichende Maßnahmen laut nachdenken zu dürfen ohne augenblicklich ins äußerste rechte Lager verbannt zu werden.

Meine Damen und Herrn Kolleginnen und Kollegen, wir können uns diesen Luxus, uns weiterhin als Einwanderungsland zu betrachten, einfach nicht mehr leisten!«

Erste Zwischenrufe der Grünen-Fraktion unterbrachen Pröttel nicht in seinem rhetorischen Eifer.

»Ja, ja rufen Sie nur dazwischen und stören Sie mich bei meiner Wahrheitsfindung! Stören Sie, so wie Sie es gewöhnt sind zu stören, denn mehr bringen Sie als Opposition ohnehin nicht zustande! Mehr haben Sie meinen Fakten auch nicht entgegenzusetzen.

Es wurde der Öffentlichkeit gegenüber bisher viel zu wenig aufgezeigt, dass die Kriminalität bei unseren ausländischen ›Mitbürgern‹ erheblich über der durchschnittlichen Kriminalitätsrate der deutschen Bevölkerung liegt.

Ja, ich vertrete innerhalb meiner Partei eine eindeutige Richtung, was eine Verschärfung des Ausländerrechts anbetrifft.

Hiermit meine ich nicht die EU-Staatler, sondern Zuwanderer aus Asien und Afrika, die bei uns ohnehin kaum integrierbar sind. Dieser Personenkreis wird sich bei uns in Deutschland wohl kaum heimisch fühlen und deshalb versuchen, durch eine immer massiver werdende Enklavenbildung, einen Staat im Staate zu schaffen. Gettoartige Zusammenballungen von Landsleuten, die auch sicherheitstechnisch große Anforderungen an uns stellen. In manchen Randsiedlungen traut sich die Polizei gar nicht mehr aus dem Streifenwagen auszusteigen, weil sie Aggressionen befürchten muss.

In der letzten Zeit häufen sich Berichte aus ganz Deutschland, wonach Einbrüche erheblich zugenommen haben und Bürger attackiert, geschlagen und beraubt werden. Beraubt am helllichten Tage in aller Öffentlichkeit.

Meist handelt es sich bei den Tätern um Schwarzafrikaner, vermutlich eine überregionale Bande, die ihr Unwesen treibt.

Werte Kollegen! Ich war selbst Betroffener einer rüden Attacke gegen mich und meinen Besitz. Sie kennen den Fall sicherlich aus der Presse.

Es wurde in mein Wohnhaus eingebrochen und alles blindwütig verwüstet. Meine Frau hat einen Nervenzusammenbruch erlitten und ich konnte mein eigenes Haus erst Wochen später wieder bewohnen. Die Polizei ist sich inzwischen fast sicher, dass der vandalistische Anschlag mit meiner eindeutigen politischen Position in Zusammenhang zu bringen ist.

Nachbarn sahen eine Gruppe Schwarzafrikaner aus meinem Haus davonlaufen.

Eine Gruppe schwarzafrikanischer Krimineller hat demnach mein Haus in einer ruhigen, gut bürgerlichen Frankfurter Wohngegend nahezu zerstört, offenbar weil ich ausländerpolitisch klare Positionen vertrete, ohne jeden Populismus.

Meine Damen und Herren! Die Situation eskaliert immer

mehr und wir müssen uns als Mandatsträger vom Bürger fragen lassen, was wir dagegen tun!

Zwischenzeitlich sind drei Viertel der deutschen Bürger der Meinung, dass Zuwanderung auf bestimmte Berufssparten begrenzt werden sollte und das Instrument der Ausweisung sowie alle anderen Instrumente des Ausländerrechts nachdrücklicher genutzt werden müssen, um missliebige Ausländer wieder loszuwerden!

Ich darf in diesem Zusammenhang noch auf die von mir ins Leben gerufene Aktion ›Meine sichere Stadt‹ verweisen, die von den Bürgern in Hessen sehr gut angenommen wurde. Diese Aktion hatte Signalwirkung für ganz Deutschland.

Meine Partei hat immer versucht mäßigend einzuwirken, aber nun ist eine andere Zeit gekommen und die verlangt nach anderen politischen Methoden!

Wir müssen uns wieder auf unsere originären Aufgaben als Volksvertreter besinnen und unseren Bürgern das verlorene Vertrauen zurückgeben!

Bei den bevorstehenden Wahlen werde ich persönlich dafür eintreten und ich hoffe, dass überparteilich alle bürgerlichen Parteien meinem Beispiel folgen werden!«

20. Absturz

»Sag mal, Vince, wann bist du das letzte mal so richtig versumpft?«, fragte Berger seinen Freund.

»Wie, versumpft?«

»Ja, ich meine versackt, abgeschmiert, gestrandet – einfach abgestürzt?«

»Ist ja gut! Ich hab's verstanden! Du musst dir keine weitere Mühe geben, meine Ohren mit deinem ›Bullen-Jargon‹ zu beleidigen!

Oh, das ist schon lang her! Ich glaub, das war vor neun Jahren, als ich einem Informanten aufgesessen bin!«

»Wie, aufgesessen? Du treibst es etwa auch mit deinen Informanten?«

»Ja sag mal, spinnst du heute? Was ist denn mit dir los? Wenn du so läppisch-zynisch drauf bist, dann geht's dir überhaupt nicht gut.

So gut habe ich dich in all den Jahren kennen gelernt, aber es nervt mich immer noch.

Das letzte Mal hattest du solche Anfälle, lass mich überlegen … ja, jetzt weiß ich es wieder, das war bei deiner Scheidung.«

»Ja natürlich, jetzt musst du meine Scheidung wieder rauskramen und mir die Stimmung versauen! Immer wieder müssen sich meine besten Freunde über meine Scheidung auslassen, die im Übrigen keine echte Scheidung, wohl eher eine ›Ent-Scheidung‹ war. Wie du ja weißt, war ich da kaum mit einbezogen, sondern die Entscheidung hat Rita mit sich allein im stillen Kämmerchen ausgemacht und mich vor vollendete Tatsachen gestellt. Die Kinder waren damals noch relativ klein. Tom war komplett durch den Wind, als ihn seine Mutter wie ein Möbelstück eingepackt hat, und mit ihm und Silke in die andere Wohnung gezogen ist. Silke hat davon wenig mitbekommen. Alles von langer Hand geplant; so wie manche Frauen nun mal drauf sind. Haben sie sich erst mal entschieden, gibt es kein Zurück mehr.

Im Grunde hast du ja recht. Damals ging es mir ähnlich wie jetzt, mit dem Unterschied, dass ich reifer und erfahrener geworden bin mit den Jahren. Ich war felsenfest der Meinung, dass ich cooler mit dem Schicksal und seinen Nackenschlägen umgehen kann. Denkste!«

»Also Junge, wo drückt der Schuh? Raus damit, vielleicht kann ich dir ja helfen?«, fragte Vince.

»Ach, ich weiß nicht ob du mir da weiterhelfen kannst, bei diesem verdammten Mist! Das ist was anderes, als die Scheidung damals! Eigentlich trifft es mich noch brutaler, noch endgültiger! Ich bin total wütend und absolut hilflos, und das macht mich vollkommen fertig!«

Vince Penn, nun endgültig hellhörig geworden, bohrte weiter.

»He Lenz, du weißt, dass du der einzige Hetero bist, den ich in meine Nähe lasse! Alles verklemmte, ängstliche Spießer, deren einzige Wonne darin liegt, sich mit allen Fasern ihrer armen Seele an ihre Lebenslüge zu klammern. Lenz, ich weiß, du bist anders, das hab ich damals sofort gespürt.

Du bist ein mitfühlender Mensch mit einem großen Herzen und hast ein feines Näschen dafür entwickelt, deine ›Vögel nicht nur an ihren Federn zu erkennen‹, nicht nur auf Äußerlichkeiten zu achten, und deshalb bist du auch so ein guter Bulle.

Aber irgendwie passt es einfach nicht zusammen, mitzufühlen und trotzdem professionelle Distanz zu wahren.

Deshalb deine gescheiterte Ehe, dein Suff, die Frauen, das Leben über deine engen finanziellen Verhältnisse, deine ewigen Streitigkeiten mit deinem Boss, das andauernde Ringen um die Wahrheit, dein ausgeprägter Gerechtigkeitssinn.

Es gibt eine Wahrheit, die sich dir nie offenbaren wird, wenn du nicht akzeptieren lernst, dass dein Beruf dich langsam, ganz langsam, frühzeitig in die Klapse oder unter die Erde bringt. Genau betrachtet hast nicht einmal die Wahl!

Also brauchst du gute Freunde wie mich, um zu überleben! Ist es nicht so?«

»Ich weiß, dass du recht hast, aber was soll ich denn deiner Meinung nach tun?

Ich gehe stramm auf die 50 zu und ich hab nichts anderes gelernt als Bulle zu sein.

Auf eine unerklärliche Weise erfüllt mich der Beruf als Kriminalist ja auch irgendwie. Es ist nur so, dass sich in letzter Zeit so viel zum Negativen hin verändert hat.«

»Lenz, unsere Zeit ist eine seltsame Zeit. Hast du das nicht schon selbst bemerkt? Alles verändert sich rasend schnell, zumindest kommt es uns, sagen wir mal älteren Menschen, die noch die fünfziger oder sechziger Jahre kennengelernt haben, so vor.

Wir zwei spüren es am deutlichsten. Du mit deiner ›Bullerei‹ und ich bei meinen Reportagen. Alles wird undurchschaubarer, hektischer, verwirrender und dadurch auch beängstigender. Die Menschen reagieren oft aus Angst und Frust heraus. Dadurch steigern sich letztlich Gewalt und Brutalität immer mehr. Ich hab es selbst oft genug miterlebt, wie speziell einfach gestrickte Menschen schnell an ihre Grenzen kommen und ausrasten. Die blicken es nicht mehr, fühlen sich vom Leben verarscht, weil das mit dem Lottogewinn doch nicht so klappt. Die vernachlässigten Computer-Kids sind aufsässig und werden immer aggressiver. Die gehen in ihre Schulen und killen ihre Mitschüler und die Lehrer genau so easy wie im PC-Game.

Frau und Kinder stellen Ansprüche, der Job ist stressig und du weißt nicht, ob du ihn morgen noch hast oder dich mit Hartz IV durchs Leben schlagen musst.

Stell dir mal das Frustrationspotenzial vor, das in unserm Volke schlummert. Wenn da einer ein Streichholz wirft, na dann gute Nacht Deutschland! Wir sind im Auge des Sturmes und versuchen jede seiner Bewegungen mitzumachen. Ein Fehler und er fegt uns alle weg. »

»Ja, das mag schon sein, aber …«

»He Lenz, da gibt's kein ›aber‹! Ich bin noch nicht fertig, denn das Wichtigste fehlt noch. Früher mit ARD, ZDF und deiner Tageszeitung hast du nicht so stark wahrgenommen, was alles auf der Welt so passiert.

Heute ballern dir zig private Sender die grauslichsten Sensationen rund um den Erdball den ganzen langen Tag ins Wohnzimmer.

An den Krimis merkst du die Veränderung am deutlichsten! Früher gab es den ›Kommissar‹, den alten Eric Ode mit seiner Mannschaft, ›der Alte‹, Siegfried Lowitz, Derrick, Horst Tappert. Du meine Güte waren das alles ›nette Morde‹ von nebenan. Fast hatte man ein wenig Verständnis für die Beziehungstat, die da abgelaufen ist. Schon mit ›Schimanski‹, diesem Götz George, wurde es ein wenig anders. Schimanski der Schmuddel-Kommissar ohne Krawatte. Aber der zeigte wenigstens noch echte Gefühle, die man ihm glauben konnte und war selbst ein Grenzgänger, fast ein Außenseiter in seinem Beruf.

Beim Tatort hat man in den letzten Jahren immer stärker versucht, sich dem Zeitgeist, mehr Action und weniger

Handlung, anzupassen. Da gab es dann schon sehr verschiedene Charaktere von Kommissaren und Kommissarinnen und die Verbrechen wurden immer nebulöser und verzwickter. Menschenhandel, Mafia, Rauschgift, Waffenhandel und so weiter. Fast ein wenig irreal für den braven Zuschauer, denn der hat sein Bedürfnis nach Wohnzimmer-Kriminalität auf einmal nicht mehr wiedererkannt.«

Lenz hatte nachdenklich zugehört.

»Warte mal Vince, du bringst mich da auf eine Idee! Sag mal, kannst du mit deinen Kontakten für mich feststellen, ob irgendwo bei der Bundeswehr Waffen geklaut wurden?

Du hast mir doch vor einiger Zeit das mit der alten Dame erzählt, deren Sohn beim ISAF-Einsatz in Afghanistan unter mysteriösen Umständen ums Leben gekommen ist. Sag mal, was hat sich denn bei deinen Recherchen ergeben?«

»Ach so, ja natürlich, die arme Frau war völlig mit den Nerven fertig. Zuerst stirbt der Mann an Krebs und kurze Zeit später soll der Sohn bei einem Unfall ums Leben gekommen sein. Die Sache hatte tatsächlich ein ›Gschmäckle‹, weil die Frau, ach ich komm nicht mehr auf ihren Namen, aber der wird mir schon noch einfallen … na ja, auf jeden Fall war die bei einem Anwalt. Der Anwalt wandte sich an die Staatsanwaltschaft. Die waren natürlich wieder mal nicht zuständig für Bundeswehr-Angelegenheiten im Ausland, weil sie keine Straftat eines deutschen Soldaten sahen, die es zu ermitteln gäbe.

Dann wandte sich der Anwalt ans Heeresoberkommando. Lapidare Antwort – Unfalltod –, also wie gehabt.

Dann schrieb der Anwalt diesen Herrn Verteidigungsminister an, die wohl krasseste Fehlbesetzung eines Ministeramtes, die sich das Deutsche Volk wünschen konnte, na sagen wir bis auf die Gesundheitsministerin. Also das Verteidigungsministerium bedauert zutiefst den Vorfall, schreibt aber keine Details. Antwort – Unfall –.

Durch einen glücklichen Umstand hatte ich bei Google im Internet etwas entdeckt.

Da gibt es ein Forum, wo sich Hinterbliebene von gefallenen deutschen Soldaten zu einer Interessengemeinschaft zusammengeschlossen haben, weil sie es nicht einsehen, dass deutsche Söhne bei der Verteidigung unseres Vaterlandes am Hindukusch sterben müssen.

Dabei habe ich herausgefunden, dass so um dieselbe Zeit über zehn deutsche Soldaten ums Leben kamen, und nichts in der Presse, absolut nichts! Seltsam, nicht wahr?

Das Verteidigungsministerium spricht noch immer nicht von gefallenen Soldaten, weil es sich nach Meinung der Politiker ja nicht um einen Kampfeinsatz, sondern um eine Friedensmission handelt.

Ich glaube, die haben in Berlin einerseits gehörig Schiss vor dem ›Volkszorn‹. Besonders immer so um die Wahlen herum, aber andererseits fühlen sie sich den Amis doch sehr verpflichtet.

Vielleicht haben sie Angst, dass man ihnen sonst dutzende von amerikanischen Galeerensträflingen aus Guantanamo aufhalst oder sie für General Motors Staatsbürgschaften leisten müssen, wenn sie nicht brav militärisch mitmischen. Ganz einfach, dass Uncle Sam die Deutschen nicht mehr mag und uns schutzlos der GAZPROM überlässt? He Du, das sollte ein Witz sein!«

»Ja Vince, ich lach ja schon, aber das schlimme ist ja, die Frage, ob man über diese Form unserer politischen Realität überhaupt noch Lachen kann oder das Lachen die vielleicht letzte Bastion ist, um nicht nach Berlin zu fahren und heftig am Zaun zu rütteln?«

Vince erzählte weiter.

»Na, auf alle Fälle stinkt da was ganz gewaltig. Ich bin zum Chefredakteur, und der hat sich, vorsichtig wie er ist, mit dem Verleger besprochen. Dann hat man mich zurückgepfiffen – das seien Angelegenheiten von staatstragendem Interesse und da sollten wir uns an die öffentliche Darstellung des Ministeriums halten! Punkt und fertig.

Da ich meinen Job eigentlich gern behalten möchte, weil ich in meinem Alter kaum mehr was Vernünftiges bekomme, habe ich gekuscht.«

»Was, du hast gekuscht? Seit wann läuft denn so was bei dir?«

»Seitdem ich in der Realität angekommen bin – noch nicht so lange.«

»Also Vince, mein liebster, schwuler Freund, dann bleibt uns beiden doch nur der Suff!«

Kaum ausgesprochen, fischte er auch schon die Flasche Tullamore Dew Irish Whiskey aus seiner Einkaufstüte.

»Aber Vince, du bleibst doch an der Story dran? Sonst muss ich dir leider die Freundschaft kündigen und zu trinken gibt's auch nichts!«

Der Morgen danach war für Lenz von seltsamen Gefühlen geprägt, denn er wachte in der Morgendämmerung auf, wie aus einer tiefen Ohnmacht.

Ein Tick, und er war wach, spürte allerdings die bleierne Schwere seines Körpers, insbesondere die ›Pipes and Drums‹ in seinem Kopf.

Er hatte schwer geträumt, war wieder und wieder mit Luiz durch Lissabons Altstadt gezogen, sie waren immer wieder aufs Neue überfallen worden. Die gesichtslosen Angreifer waren stets in der Überzahl. Luiz und er stellten sich dem Kampf, konnten sich aber kaum rühren, bewegten sich wie unter Wasser. Lenz hörte sich um Hilfe rufen, die Angreifer lösten sich zusammen mit seinem Freund in Rauch auf, und das Furchtbarste war, dass Höll das Geschehen immer Hohn lachend beobachtete und rief – ›Berger, du Pfeife! Wusste doch, dass du nichts drauf hast!‹

Das plüschige Riesensofa in Pink war ihm seit jeher ein Gräuel gewesen. Dass er je einmal darauf schlafen würde, hätte er nicht gedacht. Eine Flasche Whiskey zu zweit und er war vollkommen fertig. Jetzt begann unweigerlich das Alter.

Die breite vorhanglose Balkontür wies ihm diesen einzigartigen ›Weinsteigen-Blick‹ über die Dächer der noch dösenden Schwabenmetropole.

Er hatte diesen Blick von Anfang an geliebt und Vince um seine, für Polizisten unbezahlbare Wohnung beneidet.

Doch er musste jetzt gehen, er brauchte die frische Morgenluft. Meine Güte, war das schwer, hochzukommen aus diesem plüschigen Albtraum. Er trank die restliche Wasserflasche, die auf dem Couchtisch stand, leer und zog die Wohnungstür leise hinter sich zu. Seine Schritte lenkte er Richtung Stadtmitte den steilen Berg hinunter. Es war kein Mensch unterwegs und er fühlte sich von Schritt zu Schritt besser.

In seinem von Sauerstoff durchtränkten Kopf schwirrte es von glasklaren Gedanken.

›Was muss ich jetzt zuerst tun, wie gehe ich vor, an wen wende ich mich? Luiz ermordet, Rodriguez ermordet, der Überfall im Hafen, der Spitzel tot, Kriegswaffen der Bundeswehr, Schmuggler, die Russen-Mafia, der Tote im Neckar – ein ehemaliger Zeitsoldat, die verschwundene Akte, der aggressive Spieß in der Kaserne, die Mutter mit ihrem toten

Soldaten-Sohn, Vince und seine Abfuhr beim Chefredakteur und natürlich Höll, der karrieregeile Schleimer mit seinem ›Versprecher‹ – er wisse mehr, müsse aber aus Geheimhaltungsgründen schweigen. Warum hatte Höll ausgerechnet ihn, den Leiter der Soko »Afrika«, nach Portugal geschickt? Wollte er ihn damit aus dem Weg haben oder wollte er ihn mit der Nase auf Zusammenhänge stoßen, ohne selbst in Erscheinung zu treten? Was hatte das alles mit dem zweifelsfrei ausländerfeindlichen Anschlag auf das Wohnheim der Schwarzafrikaner in Obertürkheim zu tun?‹

In Bergers Kopf ging es zu wie in einer Achterbahn in voller Fahrt. Alles kreischt durcheinander, rauf und runter aber es geht dennoch fast immer nur in Richtung der Schienen.

21. Die Zeugin

»He Lenz, na endlich erreiche ich dich! Verdammt, gehst du nie an dein Handy?!«

Mäurer war aufgebracht und fast ein wenig sauer auf Berger.

»Du nimmst dir einfach so eine Auszeit und ich hab den ganzen Tag Terror pur! Bei uns geht es drunter und drüber! Der Höll steht die ganze Zeit auf der Matte und ich hab da eine ganz heiße Sache am Kochen! Die muss ich aber erst mit dir besprechen, bevor ich sie dem Höll stecke. Können wir uns irgendwo treffen, so zum Mittagessen? Am besten da, wo keine Kollegen um den Weg sind?!«

»Wenn du es so dringend machst, kann ich ja gar nicht anders. Also, wo können wir uns treffen? Irgendwo in der Innenstadt? Da gibt's im Schwabenzentrum so ein vegetarisches Restaurant. Ich hab den Namen vergessen.«

»Ja kenn ich, aber das ist nicht so besonders. Außerdem krieg ich von dem Zeug immer Blähungen.«

»Mein lieber Werner, deine Blähungen in allen Ehren, aber frage, welches Opfer du für dein Land bringen kannst! Eigentlich wird dabei ja eher deine Mitwelt belästigt, also solltest du bei der Entsorgung deiner Abwinde vorsichtig agieren. Du kennst die harten Stuttgarter Umweltvorschriften.«

Kurzes Schweigen

»Du scheinst mir ja schon fast wieder hergestellt zu sein?! Du mit deinem frechen Mundwerk, aber weil die Sache wirklich heiß ist, bringe ich das Opfer. Also um 12:30 Uhr?«

»OK, ich bin da!«

Stunden später vor dem Restaurant.

»Sag mal, wo kommst du denn jetzt her? Ich warte schon über eine viertel Stunde auf dich?! Eigentlich hätte ich es mir ja denken können, weil du ja immer zu spät kommst. Mein Fehler ist, dass ich halt noch immer an eine positive Veränderung glaube, auch bei hoffnungslosen Fällen, wie dir!«

»Mensch Werner, jetzt hab dich nicht so wegen den paar Minuten!«

»Ja, ja, du bist ja offiziell krank gemeldet, und ich opfere meine Mittagspause.

Wir kriegen heute Abend Besuch und Dorothee erwürgt mich eigenhändig, wenn ich zu spät komme und ihr die ganze Arbeit überlasse.«

»Oh ja, ich hatte fast vergessen, wie schön es ist verheiratet zu sein und von der Ehefrau erwürgt zu werden. Sicher hat das was?!«

»Lass den Quatsch! Du kennst doch Dorothee, wenn die sauer ist, dann gleich für ein bis zwei Wochen und das auf allen Ebenen!«

»Meine Güte, Werner, man könnte meinen, du kommst ins Geschäft um Kraft für deine Ehe zu sammeln. Du meine Güte, du hast dich ja ganz schön unterbuttern lassen. Ich wusste gar nicht, dass es so schlimm um dich steht.

Sag mal, du hast doch vier Kinder. Können die im Haushalt nicht auch mal mit Hand anlegen?«

»Lenz, bei Mäurer's gibt es einen Dienstplan, wer, wann was zu tun hat!«

»Wow, und Deine Dorothee als Innendienst-Leiterin. Ja so geht's auch, das Familienleben. Genauso stellt man es sich vor. Hast du etwa auch einen Dienstplan, wann du darfst oder musst du schon?«

»Jetzt ist aber Schluss! Du machst dich immer auf meine

Kosten lustig, das geht mir aufs Gemüt. Ein klein wenig Verständnis wäre doch eher angebracht?! Aber jetzt zur Sache!«

Beide Männer nahmen an einem Tisch außerhalb des Lokals Platz.

Mäurer nestelte in der Innentasche seines Sakkos und förderte ein säuberlich zusammengefaltetes Stück Papier zum Vorschein. »Also ...«

Er faltete es auseinander, dann bemerkte er, dass er seine Lesebrille nicht auf hatte und suchte in allen Sakkotaschen danach.

»Na, verdammt, wo ist sie denn, vorher hab ich sie noch gehabt ... ach da! Also ...«

»Da waren wir schon vorbei!« merkte Berger ironisch an.

»Wie, da waren wir schon vorbei?«

»Na beim ... ›also‹.«

»Soll ich besser gleich wieder gehen, oder möchtest du so weitermachen mit deinen Sticheleien? Du kannst froh sein, dass du mich hast, und dass ich dir zur Seite stehe und nicht dem Inspektionsleiter zuarbeite, obwohl mir das mehr Vorteile brächte. Weißt du eigentlich, dass der Höll mich vor zwei Jahren zu Spitzeldiensten gegen dich dingen wollte, hä? Wusstest du das etwa auch schon, du ›Obergscheitle‹?«

Eigentlich konnte man Berger nicht mehr so leicht verblüffen, aber das war wieder so ein Moment, in dem es Mäurer gelang.

»Was hat der Sauhund? Der hat tatsächlich ...«

»Ja, ja Lenz, nun beruhige dich mal wieder! Ich bin nicht gekommen um dir das zu sagen, aber ich dachte in dieser Situation wäre es angebracht, dich auf den Teppich zurückzuholen!«

»Wie jetzt? Hat er oder hat er nicht?«

»Ja, er hat! Kurz nachdem er den Inspektioner-Job übernommen hat. Du kannst dich doch sicher auch noch an die ›Personalgespräche‹ erinnern?! Bei diesen Personalgesprächen damals hat er ausgelotet, mit wem er es treiben kann, und auf wen er ein besonderes Augenmerk haben muss.«

»So ein ›Schmutzvogel‹, aber bei dem hätte ich es mir ja denken können.«

»Schluss jetzt mit dem ollen Mist!«, grantelte Mäurer, der endlich mit seiner Neuigkeit herauswollte.

»Du ich habe eine Zeugin!«, sagte Mäurer und geriet dabei nahezu in Verzückung. Er rutschte unruhig auf seinem Stuhl hin und her, rieb sich die Hände und strahlte wie ein Atom-Meiler.

»Wie, ich hab eine Zeugin? Kannst du dich nicht etwas deutlicher ausdrücken?«, bohrte Lenz, wurde aber von Mäurer sofort ausgebremst.

»Ja, ja, nun mal langsam. Lass mich halt erzählen und sei nicht so ungeduldig. Also, ich hab eine Zeugin für das Attentat auf das Asylanten-Heim!«

»Was hast du? Du hast eine Zeugin für das Attentat?«

»Ja genau! Das hab ich doch gerade gesagt.«

»Ja gibt es denn noch Zeichen und Wunder? Nun schieß schon los, was für eine Zeugin? Wer ist das und was ist an der Aussage dran?«

»Na ja, eine alte Dame aus Obertürkheim!«

»Wie alt ist denn deine Dame?«

»87!«

»Was 87? Die willst du als Zeugin nehmen? In einem Kapitalverbrechen, womöglich mit politischem Hintergrund? Die sieht doch vermutlich nicht mehr die Hand vor Augen, und das Ganze noch mitten in der Nacht. Außerdem ist sie in dem Alter sicher nicht mehr geistig und gesundheitlich auf der Höhe. Also erlebt sie den Gerichtsprozess gar nicht

mehr oder sie wird vom Anwalt vor Gericht in ihre Bestand-
teile zerlegt! Das kannst du vergessen!«

»Ja, ich muss zugeben, sie ist etwas sonderlich, aber noch
echt fit, geistig meine ich. Laufen und hören kann sie wirklich nicht mehr so gut, aber Augen wie ein Adler. Die
braucht nicht mal eine Brille für die Tageszeitung, da hab ja
ich schon seit zehn Jahren eine.«

»Oh Mann, oh Mann! Das sind echte Wechselbäder. Ich
hatte mich schon echt gefreut. Aber jetzt erzähl schon, vielleicht können wir ja doch etwas mit der Aussage anfangen.«

»Na ja, die alte Dame konnte nicht schlafen und ihr Hündchen, ich glaub das ist schon genauso alt wie sie selbst, musste
auch wieder mal Gassi. Der alte Junge hat es auf der Blase.«

»Wieso Junge? Ich dachte es wäre eine Zeugin?«

»Nein, der Hund! Ach, das ist doch auch egal! Mann, lass
mich jetzt erzählen und unterbrich mich nicht dauernd!«

»OK! Ich will's versuchen, aber bitte, Werner, komm irgendwann zum Punkt und hol nicht immer aus bis zu Adam
und Eva!«

»Als sie so gegen halb zwei ihren Hund Gassi führt, und
Bruno ist wählerisch, er macht nicht gleich sein kleines Geschäft an jeden Baum …«

»Was, Bruno heißt die Töle? Du kennst tatsächlich den
Namen und die Gebräuche dieses Fußwärmers … ich fass es
nicht!«

»Ja, Bruno geht mit Frauchen spazieren und nicht umge-
kehrt. Also Bruno zieht die alte Dame hinter einen Busch
und schnüffelt so vor sich hin, da … ratatatatat … ballert jemand rum. Die Oma hört wirklich schlecht, aber das hat sie
gehört und sich fast in die Hose gemacht, sagte sie.«

»So genau wollte ich es auch nun wieder nicht wissen, aber
erzähl weiter!«

»Sie fühlte sich wie im 2. Weltkrieg als die Russen in Berlin einmarschiert sind und alles niedergemäht haben was sich bewegte. Genau das waren ihre Worte, und dann sah sie, wie mehrere schwarz gekleidete Männer in ihre Wagen stiegen und direkt an ihr vorbeirasen. Sie stand hinter einem großen Busch, an dem Bruno gerade Pipi machen wollte.«

»Und, ist das alles?«

»Die Oma besteht darauf, dass es zwei schwarze BMW X5 Geländewagen waren mit Münchner Kennzeichen.«

»Hä? Wie? Du willst mich wohl veräppeln? Die Oma kann doch sicher einen Traktor nicht von einem Geländewagen unterscheiden?«

»Da täusch dich mal nicht! Frau Jeskulke hat einen Enkel und der hat genau so ein Auto, einen BMW X5. Da besteht sie darauf, auch auf die Münchner Kennzeichen. Die hatten zwar kein Licht an, sind aber unter einer hellen Straßenleuchte durchgefahren und da glaubt sie das ›M‹ für München erkannt zu haben. Mehr hätte sie nicht lesen können, weil die so schnell gefahren seien. Sie glaubt sogar, dass es jüngere Männer waren, weil die sich im Auto die Masken vom Kopf gerissen hätten. Die Gesichter konnte sie aber nur schemenhaft erkennen. Wie viele es waren, wusste sie nicht genau, aber sie vermutet, dass es vier bis fünf Leute pro Auto waren.«

»Mann, wenn die alte Dame tatsächlich als Zeugin zu gebrauchen wäre?! Wow! Aber zuerst musst du sie testen, ob sie vor Gericht standhalten wird.«

»Lenz, bis es in dem Fall zu einer Verhandlung kommt, gibt es vielleicht keine Frau Jeskulke mehr!

Wir müssen sie unbedingt richterlich vernehmen lassen um die Aussage abzusichern!«

»Gute Idee Alter, aber sei vorsichtig. Besprich das Ganze

mit Oberstaatsanwalt Dr. Kiesel. Nein, lass es! Das mach ich selbst, gleich am Mittwoch, nach der Besprechung!

Sag der alten Dame, sie soll den Mund halten und niemandem davon erzählen. Das könnte für sie verdammt gefährlich werden. Sag ihr das ganz eindringlich, und Werner, danke, dass du zu mir gekommen bist! Du bist doch der Beste!«

22. Die Macht der Frauen

Montagnacht. Ein älteres, vornehmes Wohnhaus mit acht Parteien in Zuffenhausen.

An der edlen, beleuchteten Messing-Klingeltafel nur Doktoren, Professoren und Diplomingenieure. Lenz zögerte einen Augenblick, bevor er doch entschlossen den Klingelknopf drückte. Nach wenigen Sekunden …

»Ja, wer ist da?«

Es lag erwartungsvolle Zurückweisung in der weichen Frauenstimme, die aus der Sprechanlage tönte.

»N'abend Ella, ich bin's, Lenz! Du … äh … ich hätte dich gern gesprochen!«

Ein kurzer Moment angestrengter Antwort-Suche.

»Na, dann komm einfach mal irgendwann wieder ins Büro! Mach deine Arbeit wie ein braver Polizist, und dann kannst du mich den ganzen Tag dienstlich sprechen.

Heut hatte ich um 19:00 Uhr Dienstschluss!«

»Nein, Du verstehst mich falsch! Das können wir nicht im Büro besprechen, vollkommen unmöglich! Es ist total wichtig, dass wir jetzt miteinander reden und nicht auf der Dienststelle!«

»Sag mal, hast du getrunken? Kommst ohne Vorankündigung, nachts um elf an meine Haustür und …«

Lenz wurde eindringlicher und fiel ihr ins Wort –

»Ella, bitte! Du liegst vollkommen falsch! Ich habe weder getrunken noch will ich mich bei dir ranschmeißen! Du, ich hab wichtige Informationen, die ich nur mit dir und zwar jetzt durchsprechen muss. Ich brauch dringend deinen Rat und deine Rückendeckung, und wenn du mich jetzt weiter vor der Tür zappeln und dienstliche Geheimnisse ausplaudern lässt, klingle ich deine ganze Nachbarschaft zusammen und frag, in welcher Wohnung das blonde Callgirl zu finden ist!«

»Oh du mieser Schuft, das würdest du tun?«

Ein typischer Charakterzug Ellas lag schon seit jeher in ihrem aufbrausenden Wesen, doch Lenz ließ ihr keine Wahl.

»Du kennst mich, ich würde!«

Nach anfänglich erzürnter Denkpause überwog die aufkeimende Neugier. Sie kannte Lenz und wusste in mancher Hinsicht um seine Qualitäten.

»OK! Dann komm hoch, aber nur 15 Minuten!«

»Lenz war froh, wenigstens die erste Hürde genommen zu haben, obwohl ihn bei jeder Treppenstufe der Mut mehr und mehr verließ. Wie mochte sie sich in den Jahren verändert haben? War sie wirklich das kaltschnäuzige Karriereluder der Staatsanwaltschaft, das viele zu kennen glaubten? Hatte sie eine Beziehung oder war sie noch allein? Seine diesbezüglichen Nachforschungen waren lückenhaft geblieben.

So, wie er sie neulich auf der Dienststelle wahrgenommen hatte, waren da durchaus unterschiedliche Signale, die er noch nicht zu deuten vermochte.

Er musste auf jeden Fall äußerste Zurückhaltung üben und Vorsicht walten lassen.

Ihre Wohnungstür im zweiten Stock war angelehnt.

»Komm rein und setz dich ins Wohnzimmer!«, tönte Ellas Stimme dünn an der nur einen winzigen Spalt geöffneten Schlafzimmertür vorbei. »Ich zieh mir nur was anderes an!«

»Wegen mir keine Umstände bitte, ich ertrage dich auch im Jogginganzug!«

Mist, schon wieder ein Fettnäpfchen. Warum hatte er sich nicht einfach nur bedanken können?

Sie antwortete nicht, und er hoffte, sie habe es nicht gehört oder großzügig überhört.

Zumindest hatte er erreicht, dass eben jenes ungute Gefühl aus dem Treppenhaus weiterhin in ihm aufstieg, bevor er überhaupt begann die Wohnung als solche wahrzunehmen.

Offensichtlich eine Dreizimmerwohnung, mit großzügigem Flur, einem schätzungsweise 30–35 qm großem Wohnzimmer, hohen Decken und großen Fenstern mit Sprossen, Parkettboden, einer hellen, modernen Sitzlandschaft, die in Richtung eines gigantischen Loewe Plasma-Fernsehers ausgerichtet war. Der ergänzte sich perfekt mit einer schwarzen Marantz Design-Anlage, und als Sahnehäubchen riesige Nubert-Boxen. Meine Güte! Lenz kam aus dem Staunen nicht heraus. Nichts, außer dem aufgeräumten Zustand mutete ihn an, als befände er sich in der Wohnung einer Frau.

Kein Firlefanz, nichts Unnötiges stand herum, kein verspielter Traum in Rosa, sondern nüchterne, todschicke Sachlichkeit und Eleganz, die dennoch einen deutlichen Hauch von Heimeligkeit versprühte.

Lenz fühlte sich, als hätte er diese Wohnung soeben in Beschlag genommen, als Eroberer eines Wohnstils, der eigentlich seiner hätte sein können, wenn ihn Rita nicht verlassen hätte, unter Mitnahme eines Großteils der gemeinsamen Möbel.

Er ließ sich auf einem super bequemen Leder-Ohrensessel nieder, den er sofort als englischen Libary's-Chair identifizierte. Antikbraunes Leder, im Rücken geknöpft, etwas hart, aber bequem gepolstert, eben im Britischen Stil.

Erst jetzt realisierte er die dezent eingestreuten Antiquitäten, die über den Raum verteilt waren, sich aber perfekt ins Ganze schmiegten.

Donnerwetter hatte diese Frau Geschmack und Geld, wenn nun noch – tatsächlich! Zunächst von der gigantischen Lehne des Sessels verdeckt, stand dort, so als habe jemand seine Wunsch-Gedanken gelesen, ein kleines antikes Tischchen mit vier wundervoll gedrechselten Beinen. Diese dienten ausschließlich dazu, die angenehme Last von Kristallkaraffen diverser Inhalte zu tragen.

Schon der erste Glasstöpsel gab den Duft von Eichfässern und einem mindestens 12 Jahre alten Schottischen Whisky frei. Lenz begann unweigerlich zu schlucken.

»Na, immer noch alte Vorlieben? Nur zu, bedien dich!«

Ella war im Zuge seiner Verzückung nahezu unmerklich zu ihm getreten.

Sie trug einen dunkelgrauen, seidig glänzenden Nicki-Hausanzug, der zwar hoch geschlossen war, aber dennoch jede kleinste Körperrundung preisgab.

Eine traumhafte Figur verbarg sich darunter.

Lenz sinnierte kurz darüber, was sie wohl zuvor getragen haben musste.

»Also, was hast du denn Wichtiges, dass du mir meine knappe Freizeit damit stehlen willst?«

Ella ließ sich weich auf die großflächige Ebene der raumbestimmenden Sitzgruppe gleiten.

»Oh, ich soll gleich mit der Tür ins Haus fallen? Lass mich zuerst diesen Tropfen probieren, das löst die Zunge besser. Darf ich dir auch …?«

»Wo du schon mal dabei bist, kannst du mir einen Cherry einschenken. Die runde geschliffene Karaffe hinter dem Whiskey!«

Neben den Karaffen standen, mit dem Boden nach oben ein Whisky- und ein Cherry-Glas, so als ob – aber wie konnte sie wissen, dass er kommen würde?

Nein, unmöglich. Er verwarf diesen Gedanken gleich, bevor er sich festsetzen konnte.

Lenz sollte an diesem Abend aus dem Wundern nicht herauskommen.

»Ich weiß nicht, in wie weit du die Vorgänge der letzten ein bis zwei Wochen mitbekommen hast?«, begann Lenz seinen Kurz-Monolog.

»Erzähl erst mal der Reihe nach und dann sehen wir weiter!«, gab ihm Ella zurück.

»Ich weiß nicht genau wo ich anfangen soll, denn ich hab ja nur eine viertel Stunde!«, flocht Lenz, wieder einmal vollkommen sinnlos ein und ärgerte sich postwendend über seine Unfähigkeit, scheinbar unbeeindruckt, locker und sachlich mit der Situation umgehen zu können.

Er erzählte Ella Stork, der jungen Staatsanwältin, seiner vor Ewigkeiten heftig begehrten und heutigen Ex-Beziehung, in lauschiger Atmosphäre eine für ihn haarsträubende Fiktion und erwartete zumindest verspottet und der Wohnung verwiesen zu werden.

Aber nichts dergleichen geschah. Sie hörte aufmerksam, aber schweigend zu, nippte ab und zu an ihrem Cherry-Glas und legte nach einiger Zeit den Kopf zur Seite, so dass ihr dichtes, schulterlanges, blondes Haar weich nach unten fiel, so als ob sie dessen Beschaffenheit prüfen wollte.

So schien es auch nur logisch, die Mähne mit mehreren sanften Handbewegungen wieder nach hinten zu streichen, so dass sich Lenz im Satzbau verhaspelte.

Sie quittierte seine vorhersehbare Reaktion mit einem verschmitzt-sinnlichen Lächeln.

Von nun an versuchte Lenz den Boden seines einen Finger breit gefüllten Glases zu ergründen und Blickkontakt möglichst zu vermeiden, weil er sich unweigerlich ertappt fühlte.

Bei seinen ernsthaften Versuchen, seine Gedanken nicht zu offenbaren, wusste er nicht, dass Ella Stork bereits über fast alle Details der Erzählung genauestens im Bilde war. Sie ließ ihn dennoch gewähren, um die Ernsthaftigkeit seines Anliegens auf die Probe zu stellen und Details seines Vortrags mit ihrem Wissen abzugleichen.

»So, und nun kommst du zu mir, weil du nicht mehr weiter weißt? Oder sehe ich das falsch?«, fragte sie beinah schnippisch.

»Nein, absolut nicht! Ich hab mich in noch keinem anderen Fall so hilflos gefühlt!

Weißt du, dieser feige Massenmord in Obertürkheim und der Tod der beiden portugiesischen Kollegen haben mich so tief betroffen gemacht, dass es mich an meine Grenzen gebracht hat. Das Schlimme ist, dass ich absolut nichts tun kann!

Viele Spuren, mögliche Motive und denkbare Zusammenhänge, aber nichts Konkretes, kein Täter!

Überall Mauern! In Portugal kann ich nicht ermitteln, die Bundeswehr lässt nichts raus, warum auch immer. Die Politik hüllt sich in Schweigen. Besonders jetzt vor der Wahl können sie keinen Skandal brauchen. Mein Polizeipräsident verpasst meinem Inspektionsleiter einen Maulkorb und ich hab den Eindruck, man blockiert mich absichtlich. Es ist ganz so, als wären mögliche Ermittlungsergebnisse unerwünscht?!

Ich weiß wirklich nicht mehr, wo mir der Kopf steht, und ich kann einfach nicht so tun, als könne ich meinen Job professionell so weitermachen, als würde mich das Ganze persönlich gar nicht anrühren.

Da hat jemand Frauen und Kinder abgeschlachtet und meinen kleinen Inspektor aus Lissabon bestialisch ermordet und ich kann nicht mehr schlafen und werde von meinen Gedanken wie ein Hund durch die Straßen getrieben! Verstehst du mich?«

Lenz bemühte sich, seine Wut und seine Trauer im Zaum zu halten, doch es gelang ihm nur mit Mühe, so dass Ella seine feuchten Augen bemerkte.

Sie hatte geahnt, dass er nach seinem lauten Abgang auf der Dienststelle, der von allen Seiten kolportiert und kommentiert wurde, irgendwann bei ihr auftauchen würde.

Vor vielen Jahren hatte er in einem Mordfall schon einmal ihren Rat eingeholt und damals, sie war noch Referendarin gewesen, hatte sie sich in ihn verliebt.

Leider war er zu der Zeit ein verheirateter Mann mit Kind und Haus.

Sie hatte ihn im Dunklen gelassen und ihre Verliebtheit mit ihrer Ratio verdrängen können. Es war damals das Beste, was sie hatte tun können.

Und nun, welch groteske Situation, nun war er frei und eigentlich als Mann noch interessanter als damals, doch nun stand sie unter Beobachtung von Oberstaatsanwalt Dr. Kiesel und ihre sorgfältig geplante Karriere schien in Gefahr.

Wenn der nur das geringste Kollaborieren ihrer Person mit Berger bemerkte, würde er sie von dem Fall abziehen und ihre mögliche Beförderung zur Oberstaatsanwältin wäre für lange Zeit hinfällig.

Eine diffizile Situation, die sie allerdings nach einiger Überlegung so einschätzte, dass sie sie durchstehen und zu ihrem Vorteil werde nutzen können.

»Gut, mein lieber Soko-Leiter, Kriminalhauptkommissar Lenz-Arthur Berger!

Wir schließen nun einen Pakt, und du allein entscheidest,

ob es für dich ein Pakt mit dem Teufel wird oder ob du die himmlische Pforte aufstoßen kannst!

Ich sage dir nun etwas, was ich dir besser nicht sagen sollte, und zwar deshalb, weil ich mich dir damit absolut in die Hand gebe. Es hängt wahnsinnig viel für mich und für meinen Job bei der Staatsanwaltschaft davon ab, ob wir das gemeinsam hinkriegen, oder ob wir scheitern.

Um dir den Ernst der Lage vor Augen zu führen und deine Entscheidungsfindung etwas zu erleichtern, gebe ich dir nun eine wichtige Information. Ich war neulich bei einer Besprechung zwischen Polizeipräsident Dr. Kunze, meinem Chef, Dr. Kiesel, und deinem Inspektionsleiter Kriminaloberrat Höll als Mäuschen dabei, und du wirst es nicht glauben, es ging auch um dich!

Als Tenor hat man sich darauf geeinigt, deine Verhaltensweisen nicht länger ungestraft hinzunehmen. Solltest du auch nur die geringsten Anzeichen von emotionaler Schwäche, persönlicher Betroffenheit oder eigenmächtigem Verhalten abseits der Befehlskette an den Tag legen, dann haben sie einen Anlass, dich als Soko-Leiter abzusägen und dir im Dezernat, bei der Mordkommission einen jungen Kriminalrat vor die Nase zu setzen.

Dabei hoffen die, dass du dann den Bettel beim Mord hinschmeißt, und sie dich ins Kriminalarchiv oder die Datenstation umsetzen können. Am liebsten würden sie dich in die Frühpension entsorgen. Du siehst, es hängt viel für uns beide dran. Aber irgendwie sagt mir meine weibliche Intuition, dass ich dir trauen kann, weil du mich immer noch liebst.«

Lenz riss die Augen auf und ein Dampfhammer entwaffnender Offenheit traf ihn in der Magengegend. Ella Stork fuhr fort:

»Von meinen Gefühlen dir gegenüber und vor allem, was

vor zehn Jahren zwischen uns passiert ist, wollen wir zu diesem Zeitpunkt noch nicht reden. Das sparen wir uns für ruhigere Zeiten auf.

Du warst offen und ehrlich zu mir und ich glaube dir deine Betroffenheit. Also kann ich dir momentan mehr trauen, als meinem eignen Chef, dem alten Kiesel.

Vor einiger Zeit wandte sich irgend so ein Winkeladvokat aus München an Dr. Kiesel und brachte vor, seine Mandantin einer staatsanwaltschaftlichen Vernehmung zuführen zu wollen. Der Anwalt wolle den üblichen Weg einer polizeilichen Anzeige und der folgenden Vernehmung durch die Kriminalpolizei umgehen, da seiner Mandantin sonst erhebliche Gefahren daraus erwachsen könnten.

Sein Ziel war, eben diese Mandantin, nach ihrer Aussage, ins Zeugenschutzprogramm aufnehmen zu lassen.

Genauso hat er sich geäußert, sehr undurchsichtig und geheimnisvoll. Dr. Kiesel hat natürlich sofort angebissen.

Ich will es kurz machen. Die Frau, ein verdammt hübsches Callgirl aus München, war zusammen mit weiteren ›Hostessen‹ in ein Münchner Nobel-Hotel gebeten worden.

Lauter komische Vögel, meist alte Knacker. Die fürstliche Entlohnung für bestimmte Dienste hatte sie vorher bereits in bar ausgehändigt bekommen.

Doch der Abend verlief nicht ganz nach Plan und sie wurde zunächst zu Leistungen aufgefordert, die sie nicht bereit war zu erbringen. Daraufhin wurde sie, auch zusammen mit anderen Mädchen, geschlagen und hintereinander von mehreren dieser Typen vergewaltigt.

Danach hat man sie in eine Limousine gesetzt und irgendwo in der Stadt rausgeworfen.

Es hat sich herausgestellt, dass der Anwalt aus München ebenfalls seit Jahren ein schwer verheirateter Kunde von ihr war, dem sie ohne weiteres ihre Rechtsvertretung aufs Auge drücken konnte. So, das war der Einstieg.«

Lenz war bereits eins geworden mit dem Leder-Ohren-sessel, der ihn so freundlich aufgenommen hatte und hörte ihr, diesem immer reizvoller werdenden Wesen, gespannt zu.

»Die Vernehmung führte OStA Dr. Kiesel persönlich. Da es sich allerdings um eine äußerst attraktive, wenn auch leicht blessierte Dame handelte, wollte er mich als Frau vorsichtshalber bei der Vernehmung dabei haben.

Eine vollkommen unspektakuläre Aussage, wie sie eigentlich in diesem Milieu üblich ist.

Als Dr. Kiesel die Dame fragte, ob sie etwas über den Hintergrund der Auftraggeber, also der Täter wisse, verneinte sie es plötzlich, obwohl sie noch eine Stunde zuvor gesagt hatte, dass sie schon öfter in dieses Hotel eingeladen worden sei und es sich im Wesentlichen fast immer um den selben Personenkreis gehandelt habe.

Der alte Fuchs hakte nach, und die Dame wurde merklich unruhiger, bis sie begann, sich hilfesuchend an ihren Anwalt zu wenden.

Dieser bat um ein Vier-Augen-Gespräch mit seiner Mandantin, die anschließend zögernd von seltsamen Ritualen berichtete, die in dieser Hotel-Suite abgehalten worden waren.

Es kristallisierte sich heraus, dass es sich bei den Liedern, die sie besoffen grölten und bei sonstigen Verhaltensweisen, eindeutig um nationalsozialistisches Gebaren handelte.

Zuerst wurde immer nur getrunken, geknutscht und gefummelt, aber je betrunkener die Kerle waren, desto ausschweifender und unkontrollierter wurde deren Verhalten.

Die Zeugin hatte aus den gegenseitigen Zurufen der Männer mehrmals den Eindruck gewonnen, als würden alle einer einzigen Organisation zugehörig sein und sich gegenseitig damit brüsten, welche Politiker, Wirtschaftsbosse, Soldaten und Polizisten sie in dieser Organisation hätten und dass sie gerade dabei wären, die Justiz systematisch zu unterwandern.

Bald sei der Tag der erneuten Machtübernahme gekommen!

Das war natürlich ein Hammer. Der Kiesel ist immer ruhiger geworden und fast hinter seinem Schreibtisch versunken.

Dabei ging fast unter, dass es den Mädchen, die sich dem Treiben zu widersetzen begannen oder die Party verlassen wollten, übel erging.

Sie wurden geschlagen und zum Geschlechtsverkehr oder zu anderen sexuellen Handlungen gezwungen.

Ich hatte den Eindruck, dass Kiesel froh war, sich erst in der mündlichen Vorbesprechung zu befinden und den brisanten Stoff nicht bereits irgendeiner Schreibkraft diktiert zu haben.

Er verdonnerte alle Beteiligten zu absolutem Stillschweigen, solange bis er den Wahrheitsgehalt der Aussage detailliert geprüft habe.

Er schickte die Frau vor die Tür und sagte zu ihrem Anwalt, dass er bislang der Auffassung sei, es würde sich wohl um den Racheakt einer Dirne an ihren Freiern handeln, die sicherlich etwas über den vereinbarten sexuellen Rahmen hinausgegangen wären . Dennoch werde er die Aussage gewissenhaft prüfen. Er werde sich jedoch nicht lächerlich machen und eine derart unglaubwürdige Zeugin in irgendein Schutzprogramm aufnehmen zu lassen. Dazu sei der Tatverdacht noch viel zu vage.

Nach Abschluss seiner Erhebungen würde man sich erneut ins Benehmen setzen.«

Lenz hatte sich bereits das dritte Glas Whiskey eingefüllt und Ella Stork reichte ihm das ihre.

»Ich auch, bitte!«

»Noch einen Cherry?«

»Ja, bitte.«

Berger sammelte, während er versuchte mit ruhiger Hand einzuschenken, seine restlichen denkfähigen Hirnzellen und sagte:

»Du willst damit andeuten, es gibt irgendeinen Zusammenhang zwischen dem Anschlag auf das Ausländerwohnheim, dem Münchner Hotel und womöglich Lissabon?!«

»Nicht andeuten Lenz, das Ganze nimmt für mich bereits reale Gestalt an, meinst du etwa nicht? Also ich finde das ganz schön gruselig, alte Nazis, die eine nicht mal unserem Verfassungsschutz bekannte Gruppierung aufgebaut haben. Eine Organisation, die über unsere Landesgrenzen hinaus tätig zu sein scheint, vor dem Gebrauch von Waffengewalt nicht zurückschreckt und womöglich nach der politischen Macht im Lande greift! Da läuft es mir eiskalt den Rücken runter! Die Brüder schrecken vor nichts zurück, wer sich denen in den Weg stellt wird ausgeknipst.

Hattest du nicht vor einiger Zeit einen ehemaligen Bundeswehrsoldaten, den man aus dem Neckar gefischt hat. Seine Akte beim Bund war verschwunden und soweit ich weiß, hat man euch, den Mäurer und dich, in der Kaserne nicht sehr freundlich behandelt.

Der alte Prof. Rabe hatte in der Hosentasche des Toten eine Patrone gefunden, die exakt zum Anschlag von Obertürkheim passt und eindeutig aus Bundeswehrbeständen stammt.

Ich vermute inzwischen, dass es seine eigenen Leute waren, die aus irgendeinem Grund einen abtrünnigen Mitwisser beseitigt haben.

Du weißt sicher noch nicht, dass der Staatsanwaltschaft

anonym Fotokopien aus der Personalakte der Bundeswehr zugeschickt wurden. Na, wie hieß er denn gleich wieder …?«

»Das Opfer hieß Emil Heim und wurde nach seiner Bundeswehrzeit Dauerkunde bei der Polizei. Ein echt schwerer Junge, direkt aus der rechten Szene heraus.«

»Ja, Heim, Emil Heim, das war sein Name. Dem anonymen Aktenpäckchen war ein Zettel mit einer nachgemachten Kinderschrift beigelegt »Emil war nicht der letzte! Macht endlich den Sack zu mit dem Rattenpack!«

»Macht endlich den Sack zu? Was hat der gemeint?«, fragte Lenz.

»Na, das kann viel heißen, aber am wahrscheinlichsten ist wohl die Bedeutung … macht die Verantwortlichen dingfest sonst geht das Morden weiter.«

»Und wie sollen wir nun weiterkommen? Wir haben dank deines Vertrauens und deines Mutes nun eine Super-Theorie, aber was sonst?«

»Wir haben Autonummern! Das Callgirl war so clever und hat sich, bevor sie ihr Auto in der Hotel-Tiefgarage parkte, von insgesamt 20 dicken Schlitten die Kennzeichen notiert, und jetzt kommt der Clou! Das Hotel, es ist der Bodenberger Hof, wird gar nicht mehr als klassisches Hotel für alle Gäste genutzt. Es gehört einer Gesellschaft des Bürgerlichen Rechts, drei älteren Herren, die mehrere Kaufhäuser besitzen und denen man seit Jahrzehnten rechte Kontakte nachsagt.

Zu diesem Hotel hat man nur Zugang durch persönliche Bekanntschaft mit den Besitzern oder durch entsprechende Empfehlung, die jedes Mal nachgeprüft wird.

Die Kennzeichen der Fahrzeuge habe ich vorsichtshalber beim Kraftfahrtbundesamt geprüft und nicht bei den zuständigen Landratsämtern. Das war mir zu wenig anonym.

Geländewagen, die zu diesem Hotel gehören und andere

Privatwagen, große Limousinen der Luxusklasse, alles Wirtschaftsbosse, Politiker des äußerst rechten Lagers, aber auch aus bürgerlichen Parteien, Bundeswehr, Bewachungsgewerbe, Polizei. Tatsächlich auch Polizei und zwar Führungskräfte aus Bayern und Baden-Württemberg, und du wirst es nicht glauben, auch der Landesjustiz!«

Berger dachte noch bei sich, Mensch was für eine Frau! Die hat's drauf, die hat mehr als nur ihre Hausaufgaben gemacht. Bei ihm stellte sich mehr und mehr ein ungewohntes Gefühl der Nähe und Vertrautheit ein. Sie hatte ihm die entscheidenden Informationen zukommen lassen Vielleicht endlich die Wende in der Soko »Afrika«?

»Mensch Ella, ich bin so froh, dass ich heut zu dir gekommen bin und meinen verdammten Stolz überwinden konnte. Wir beide gemeinsam, wir kriegen das hin! Da bin ich mir seit eben absolut sicher!

Aber jetzt wird es Zeit für mich! Ich werd mich auf den Heimweg machen.

Du musst morgen ins Büro und ich hab noch Zeit bis übermorgen, mir die Sache noch einmal durch den Kopf gehen zu lassen und mir ein paar Möglichkeiten und Ansätze zurechtzulegen. Wann treffen wir uns wieder?«

»Lenz, bist du eigentlich immer noch der Super-Bulle von damals, der nur für seinen Job lebt?«

»Du, ich hab mich sehr ändern müssen, zwangsweise, weil Rita mich verlassen hat … hauptsächlich wegen meines Jobs.

Ich hab fast alles verloren, wofür ich früher geackert habe.

Meine Familie, mein Haus, einen Teil meiner ›Freunde‹, die sich in Richtung Rita orientiert haben und nicht zuletzt eine Menge Geld.

Zu meinem Glück hatte sie ein Einsehen bei unserem Sohn. Tom durfte wenigstens selbst entscheiden, bei wem er wohnen will. Gut, er hat sich für seine Mutter entschieden, aber wir sehen uns jede Woche, manchmal sogar mehrmals, ganz wie wir beide Zeit haben. Silke will nichts von mir wissen, obwohl ich mich bemüht habe.

Aber das Schlimmste für mich, irgendwie kann ich immer noch nicht gut allein sein. Job, Job, Job, manchmal bis in die Nacht und in der kurzen Freizeit massenweise VHS-Kurse, die ganze Palette, Sportverein, Kneipe, Kumpels, Hauptsache nicht allein!«

»Lenz, ich bin auch meistens allein mit mir und meiner Arbeit, aber heute fühl mich seit langer, langer Zeit endlich mal wieder so richtig wohl und lebendig. Wenn du schon mal nach zehn Jahren wieder vorbeischaust, können wir ja versuchen unsere Zusammenarbeit noch etwas zu vertiefen und unseren neuen Bund besiegeln. Das soll kein unmoralisches Angebot sein, nur eine gemeinsame Arbeitsgrundlage! Na, krieg ich dich heut noch aus dem Sessel raus?«

23. Die Übung

Irgendwo in einem ausgedehnten Waldgebiet der mecklen-
burg-vorpommernschen Seenplatte wurde ein enormes Zelt-
lager der Vereinigten Deutschen Jugend abgehalten, wobei es
sich bei den Teilnehmern fast ausschließlich um Betreuer, ge-
schätzte 300 Männer im wehrfähigen Alter handelte.

Als Zweck der Anmietung des städtischen Grundstücks
wurde die Aus- und Fortbildung von Jugendbetreuern ange-
geben.

In unmittelbarer Nähe des kleinen, verträumten Städt-
chens war vor drei Jahren eine gigantische Lagerhalle für
mehrere Speditionen in massiver Betonbauweise erstellt worden, die gut und gerne 100 auf 50 Meter maß.

Niemand schöpfte Verdacht, da ständig Lastzüge ein und
aus fuhren, so dass das erhöhte Verkehrsaufkommen die Bürger zunehmend erregte.

Die erhofften Arbeitsplätze für die Region indes waren
ausgeblieben.

Anwohner, die zufällig einen Blick auf die peinlich genau
überwachte und abgesperrte Baustelle werfen konnten, wun-
derten sich über den enormen Aushub, der für ein bloßes Be-
ton-Fundament auch diesen Ausmaßes ungewöhnlich war.

Über Monate hinweg bestimmten Kolonnen von Beton-
mixern das Ortsbild.

Unter dem Hallenboden war ein ausladendes, mehrstö-
ckiges Bunkersystem installiert worden. Atomwaffensichere
Bunker, die bis zu 500 Menschen mehrere Jahre ein auto-
nomes Dasein weit unter der Erde gewährleisteten.

In ›ruhigeren‹ Zeiten wurde der erste Stock des unterirdischen Systems als vollkommen lärmisolierter Schießstand und zur Lagerung von Kriegswaffen aller Art und Munition genutzt.

Im unteren Trakt befanden sich die Wohn-Lager und Aufenthaltsräume sowie der unterirdische Befehlsstand.

Im ebenerdigen Bereich der gigantischen Lagerhalle durchzogen riesige, in Straßen angeordnete Hochregale den Raum, wobei eine Raumecke für den Bürobereich abgetrennt war.

In diesen schall- und abhörsicheren Räumlichkeiten waren der oberirdische Befehlsstand mit angeschlossenem Informations- und Lagezentrum und ein großer Besprechungsraum angesiedelt.

Diese Räume konnten nur durch eine kamerasicherte Schleuse mit zwei kräftigen Stahltüren und biometrischer Zugangsberechtigung betreten werden.

An dieser Schleuse waren 24 Stunden, rund um die Uhr, zusätzlich zwei mit Pump-Action-Flinten und großkalibrigen Revolvern bewaffnete Wachen postiert, die im Vier-Stunden-Rhythmus abgelöst wurden.

Nur über diese Schleuse gelangte man an den großen Lastenaufzug, der weit nach unten ins Bunkersystem führte.

Dem Ganzen vorgeschaltet war ein tatsächlich als Speditions-Büro genutzter Raum mit mehreren PC Arbeitsplätzen und den Büro-üblichen Aktenschränken.

Als einzige innovative Einrichtung in diesem ansonsten unscheinbaren Raum hätte ein unbefangener Betrachter das riesige Flachbild-Panel beschrieben, auf dem permanent mittels GPS die Standorte aller Lastzüge europaweit ersichtlich waren.

Jeden Montag um 09:00 Uhr wurde eine Lagebesprechung im oberirdischen Lagezentrum abgehalten. Anwesend waren ausschließlich die Mitglieder des inneren Zirkels, die stellvertretenden Sektionsleiter für Mitteleuropa und die beiden Leiter der Anlage, der eine zuständig für Personalführung, der andere für Logistik und Finanzen.

Aus Sorge vor polizeilicher Beobachtung bzw. verfassungsschützerischer Überwachung nahmen die erste Garde des Ältestenrates, des Fördervereins und auch die führenden Köpfe der Schwesterorganisationen, nicht an diesen Sitzungen teil.

Nur zweimal jährlich, zum 1. Januar und 1. Juli, wurde der große Zirkel einberufen.

Ansonsten waren von Fall zu Fall, je nach Lage und Anlass, einzelne übergeordnete Personen per Video-Konferenz zugeschaltet.

»Alles antreten! In sechs Reihen und nach rechts ausrichten!«, tönte die harte Männerstimme über das weite Areal. Alle Männer trugen ihre Uniform in Camouflage und waren von Bundeswehrsoldaten nur durch die fehlenden Dienstgradabzeichen zu unterscheiden.

»Geht das auch ein wenig schneller? Ihr lahmen Säcke!«

Die Stimme wurde durchdringender und der Befehl nachdrücklicher.

Es dauerte fast zwei Minuten, bis jeder seinen Platz gefunden hatte.

»Du meine Güte! Was war denn das? Wie soll man denn mit euch einen Krieg gewinnen, bei diesem Trauerspiel, das ihr gerade abgeliefert habt?

Nochmals alles auseinander und verteilt euch über den Platz wie eben!

Aber zack-zack, … und Ausführung!«

Jeder versuchte so fix wie möglich ungefähr in den Bereich zu kommen, in dem er zuvor gestanden hatte, sich jedoch dabei nicht allzu weit vom Antrittsplatz zu entfernen und bereits Sekunden später, der neue Befehl.

»Alles antreten! In sechs Reihen! Marsch-marsch!«

Nun stob alles durcheinander und jeder versuchte, sich rasch seinen Platz in den Reihen zu ergattern.

»Ja, so war es schon besser! Etwa auf Armlänge Distanz zum Nebenmann gehen und darauf achten, dass jeder einen Vordermann hat!«

Nach einer weiteren Minute stand der gesamte Verband in Reih und Glied.

Der kräftige, untersetzte Mann mit Glatze und einem extrem starken Bartwuchs richtete erneut das Wort an die Männer.

»Aufgepasst Männer! Ich bin euer Ausbildungsleiter für diese Woche! Die meisten von euch werde mich bereits kennen! Mein Name ist Rudi Baumeister! Ihr redet mich allerdings die gesamte Woche mit ›Kommandeur‹ an!

Eure Theorie-Ausbildung zum Gruppenführer habt ihr alle mit Erfolg abgeschlossen.

Nun wollen wir sehen, wie es um eure körperliche Fitness und eure Kampfkraft bestellt ist!

Wir haben einen 30-Kilometer-Marsch mit schwerem Gepäck, Orientierungsübungen, Geländekampfübungen mit Gotcha-Waffen, Selbstverteidigung mit und ohne Waffen und natürlich Combat-Schießtechniken mit scharfen Waffen auf dem Programm. Glaubt mir, wenn ich euch sage, es wird eine harte Woche für euch werden!

Es wird euch nichts geschenkt! Aber ich darf euch daran erinnern, dass ihr eure Ausbildung freiwillig angetreten habt, weil ihr euch einer großen Aufgabe, einem höheren Ziel verpflichtet fühlt!

Es werden nun eure Namen verlesen und ihr antwortet

laut und vernehmlich mit ›hier‹! Dann wird eine Nummer verlesen! Das ist dann für diese ganze Woche eure Nummer, die ihr euch merken müsst!

Der ganze Haufen ist in sechs Züge, zu je 50, eingeteilt!

Die Zugführer sind in einer Vorauswahl bereits festgelegt worden. Jeder Zug ist wiederum in fünf Gruppen à zehn Mann untergliedert. Die Gruppenführer bestimmt ihr im Laufe des heutigen Tages in eigener Zuständigkeit. Sie müssen heute zum Abendessen an mich gemeldet werden.

Jeder Zug hat sein eigenes Mannschaftszelt und eine eigene Fahne, die es zu verteidigen gilt. Die sechs Züge stehen im Wettstreit zueinander, und es wird am Ende der Woche ein Sieger gekürt.

Dennoch sind Kameradschaft und die absolute Eides-Treue oberstes Gebot!

Habt ihr mich verstanden?«

»Jawohl, Kommandeur!«, tönte es fast wie aus einer Kehle. Er las Namen und vor und ordnete ihnen jeweils Zahlen zu.

»Gut, nachdem nun jeder seine Identität hat, verlese ich jetzt die Namen der Zugführer mit der jeweiligen Zug-Nummer.

Diese treten dann vor und stellen sich in Linie zu einem Glied hinter mich!

Zug 1 – Hans Potzke, Sachsen-Anhalt

Zug 2 – Eugen Kaiser, Thüringen

Zug 3 – Thomas Brandegger, Bayern

Zug 4 – Dieter Betz, Hessen

Zug 5 – Franz Huber, Bayern und

Zug 6 – Karl Pfleiderer, Baden-Württemberg.

So, nachdem die Einteilung vorgenommen wurde, erfahrt ihr alles Weitere über eure Ausbildung von euren Zugführern.

Die Zugführer bleiben bei mir, der Rest in die Zug-Zelte weggetreten!«

Die Übung war gut durchorganisiert, so dass jeder Zug seinen eigenen Ausbildungs-Rhythmus hatte und alle Anlagen, Aufbauten und Gelände-Eigenschaften optimal genutzt werden konnten.

In den Folgetagen absolvierten die 300 Männer ein schweißtreibendes Programm von Orientierungsmärschen, Gelände-Kampf-Übungen mit Gotcha-Farb-Markierungswaffen, Turmsprüngen, Hochseilgarten-Training, Hindernisparcours, Selbstverteidigungstraining mit und ohne Waffen und Belastungs-Schießtraining mit Pistolen, Maschinenpistolen und Schnellfeuergewehren in der Halle.

Morgens, mittags und abends wurde zusammen auf dem zwischenzeitlich mit Biertischgarnituren versehenen Appellplatz gegessen. Einfache Speisen aus der Feldküche. Alkohol war verboten. Abends bekam jeder eine Flasche Bier zugeteilt.

Man saß zusammen um das große Feuer, das inmitten des Platzes allabendlich entfacht wurde und sang alte deutsche Militärlieder.

Nachts musste bei den Zelten Wache geschoben werden. Hierbei versuchten die Züge sich untereinander die Fahne zu entwenden. Dabei ging man mitunter recht ruppig zu Werke, so dass sich Verletzungen häuften.

Nach Beendigung der einwöchigen Übung wurden alle Beteiligten zur Abschlussbesprechung in den großen Saal der Lagerhalle zitiert.

»Männer! Ihr könnt stolz auf eure Leistungen sein! Wir hatten keinen Ausfall, alles hat reibungslos funktioniert und ihr habt eure jahrelange Ausbildung nun zu einem vorläufigen Abschluss gebracht!

Zug 3 von Zugführer Brandegger hat den internen Wettbewerb mit nur wenigen Punkten Vorsprung vor Zug 5, Huber, gewonnen. Meine Anerkennung!

Die harte Stimme des Kommandeurs war auch ohne Mikrofon in der Halle gut zu hören.

Kameraden, nun habe ich die Ehre, euch den Höhepunkt unserer Ausbildungsveranstaltung anzukündigen!« Baumeister hielt kurz inne.

Thomas Goppel, den ihr alle seit Jahren als unseren führenden Kopf, unsere charismatische Leitfigur kennengelernt habt, wird euch nun in bislang geheime Details unserer künftigen, gemeinsamen Operation einweihen! Bitte Kamerad Goppel!«

Baumeister hatte die Stimme wie ein Jahrmarktschreier erhoben und ein Raunen ging durch die 300 Kombattanten.

Goppel betrat den Raum aus dem abgeteilten Bürotrakt, so dass er nur wenige Meter bis zum Rednerpult zurückzulegen hatte.

In seinem Schlepptau, wie immer, die ihm treu ergebenen vier Gorillas.

»Kameraden, Freunde! Heute ist ein ganz besonderer Tag für mich und auch für euch! Ihr habt eure hochklassige und schwierige Ausbildung in hervorragender Weise abschließen können und euch so für höhere Aufgaben empfohlen.

Außerdem steht ein Jubiläum an, denn ihr seid der zehnte Jahrgang, der diese Tortur überstanden hat.

Ein Dank an unsere Ausbilder, allen voran Kollege Baumeister, für die gezeigte große Arbeitsleistung, die überragende Qualität des Schulungsplanes und dessen konsequente Umsetzung.

Lieber Rudi, ich bitte dich nun zu mir ans Rednerpult!«

Baumeister, der sich in die erste Reihe des Auditoriums

gesetzt hatte, sprang auf und eilte in einer Art Stechschritt nach vorn.

»Mein lieber Rudi Baumeister! Nachdem du unsere Verdienstmedaille schon vor Jahren verliehen bekommen hast, war die gesamte Führung nun einhellig der Meinung, dich in unseren Kreis der Ritter aufzunehmen.

Hiermit verleihe ich dir das Ehrenkreuz der Deutsch Nationalen Bewegung, die höchste Auszeichnung, die wir an verdiente Kameraden zu vergeben haben!«

Er öffnete eine Schatulle und heftete Baumeister den roten Orden, der eine Mischung aus Eisernem Kreuz und Bundesverdienstkreuz zu sein schien, an die linke Brusttasche des Kampfanzuges.

Beifallsstürme seitens der 300 Auserwählten kamen auf, schwollen an und steigerten sich zu ›Standing Ovations‹.

Goppel und Baumeister genossen den frenetischen Beifall der Männer, wobei Goppel nach wenigen Minuten durch entsprechende Handbewegungen bedeutete, dass es nun genug sei der Begeisterung.

»Meine Kameraden, Freunde! Ihr steht unserer nationalen Organisation treu zur Seite. So, wie es die neun Generationen Kämpfer vor euch auch tun!

Durch ständiges Training in allen uns zur Verfügung stehenden Kampfkünsten können wir uns jederzeit vollkommen auf jeden einzelnen verlassen, und das in jeder denkbaren Situation! Neben unserem hohen Ausbildungsstand ist genau das unsere wahre Stärke! Mut, Disziplin, Treue, Achtung voreinander, Hilfsbereitschaft, füreinander einstehen im alltäglichen Leben und im Kampf, der uns bevorsteht.

Wir brauchen eure absolute Integrität, eure Kampfkraft und absolute Verschwiegenheit bis zum Tag X, der nun bevorsteht.

Kräfte rund um den Erdball werden derzeit zusammengezogen um letzte Instruktionen zu erhalten.

Die Machtübernahme wird nun nach Jahrzehnten der Bevormundung, Entrechtung und Unterdrückung für uns alle wahr!

Weltweit wird in vielen Ländern zeitgleich vorgegangen, um den bestehenden kapitalistischen, zionistischen und schein-demokratischen Unrechtssystemen keine Möglichkeit für Gegenmaßnahmen zu bieten.

Unser internes Kommunikationssystem bietet vollkommen hinreichende Möglichkeiten der Mobilmachung. Deshalb, ruft die Informationen der euch bekannten, verschlüsselten Internetseiten morgens und abends ab und vor allem, tragt eure Alarmierungs-Piepser ständig bei euch.

Im Fall des Falles ist eure örtliche Leitzentrale immer der erste Meldeort. Dort erhaltet ihr dann weitere Instruktionen über Verwendung, Einsatzort und Einsatzzeit!«

Ich danke euch allen und wünsche eine gute Rückreise an eure Heimatorte!«

24. Besprechung im Präsidium

Der Mittwoch war schneller da, als es Berger lieb sein konnte. Er hatte schlecht geschlafen, denn er war in einer unmöglichen Position in seinem Bett erwacht und spürte jeden verspannten Muskel seines geschundenen Rückens.

Außerdem erinnerte er sich bruchstückhaft an wirre, scheinbar zusammenhanglose Träume. Träume, die keinerlei Sinn zu ergeben schienen. Er hatte von seinem Vater geträumt, der schon lange tot war, von seiner Familie, die es nicht mehr gab, von dem toten Schmuggler, den er nicht kannte. Ella war auch vorgekommen, aber als junges Mädchen von 16, 17 Jahren obwohl er sie zu dieser Zeit noch gar nicht kannte.

Es passierte ihm selten, dass er verwirrt und irgendwie seltsam berührt seinen Tag begann.

An diesem trüben Morgen saß er gedankenverloren an der Straßenbahnhaltestelle und wartete mit vielen anderen Menschen auf seine Linie.

Er hatte seine Wunden noch nicht ausreichend lecken können, denn es waren seit dem Abend bei Ella noch mehr geworden!

Diese überaus reizvolle Frau hatte sich ihm angeboten und er hatte sie zurückgewiesen, obwohl er von Herzen gern auf sie eingegangen wäre. Doch da war sie wieder gewesen, ihre herrische, bestimmende Art.

Entweder alles lief nach ihrem Kopf oder sie wurde kühl und abweisend. Sie hatte immer noch kein Gespür für Menschen und Situationen.

Diese dumme Pute, was hatte sie denn da für eine Show

abgezogen? Was wollte sie mit ihrem undurchschaubaren Verhalten erreichen? Vielleicht war sie am Ende doch irgendwie durchgeknallt?

Erst die perfekte Darstellung der unnahbaren, überheblichen Zicke und dann plötzlich das unmissverständliche Angebot eines ›one-night-stands‹?! So etwas war ihm auch noch nie passiert. Hatte sie mit ihm nur ein perfides Spielchen gespielt? Wollte sie ihn testen?

Ähnliche Charakterzüge hatte er früher auch an sich selbst festgestellt. Menschen wegstoßen und herziehen wie er es brauchte, ganz nach Belieben, aber nach diversen Schicksalsschlägen und vielen harten Berufsjahren war er davon abgekommen. Zwangsläufig. Um zu überleben. Zumindest erlebte er sich bis gestern als einigermaßen abgeklärt. Dennoch war er wieder einmal nicht in der Lage gewesen über der Sache zu stehen. Er hatte manche Liebschaft in seinem Leben schlecht behandelt und meist seine eigenen Maßstäbe durchgesetzt. Wenn er aber den Fehler beging, zu sehr zu lieben, dann war es ihm schon ähnlich ergangen, wie gestern bei Ella. Orientierungslosigkeit und Frust.

Die Frauen hatten auch mit ihm ihre seltsamen Spielchen gespielt, und daran war er im Laufe der Jahre gewachsen. Nach mehreren Sackgassen hatte er geglaubt, seinen Weg gefunden zu haben.

Auch wenn er noch nicht so weit war, zu verstehen, dass er schon mit einer gewissen Erwartung an Ellas Tür geklingelt hatte, so musste er sich nun eingestehen, dass er Ella noch begehrte. Noch heftiger als vor zehn Jahren, als sie noch jung und unerfahren schien.

Er konnte nicht auf sie eingehen und sich mit dem Spatz in der Hand zufrieden geben. Er wollte den Paradiesvogel auf dem Dach und das ganz ohne Konditionen, einfach so.

Gleichzeitig suchte er nach Entschuldigungen für das Wechselbad der Gefühle, das sie in ihm verursacht hatte.

Vielleicht hatte sie ja letztendlich doch der Mut verlassen, und sie musste ihn provozieren und vor den Kopf stoßen? Auf einer Ebene, von der Ella wusste, dass er empfindlich war?

Ja, so könnte es gewesen sein. Sie hat Angst vor ihrer Courage bekommen. Ihr Chef, der alte Kiesel, war bei seiner Drohung nicht zimperlich gewesen.

Sein versunkenes Sinnieren hatte ihm eine Haltestelle gekostet. Zurücklaufen war zwar weit, aber es war ja noch genügend Zeit bis zum Besprechungsbeginn. Glücklicherweise kam gerade die Gegenbahn, wohl etwas verspätet, aber so, dass er sie noch an der Haltestelle erwischte.

Was würde ihn heute Morgen erwarten? Wie musste, durfte, konnte er sich verhalten? Würde sie ihm wegen vorgestern Abend gar die Zusammenarbeit verweigern, ihn vom Informationsfluss abschneiden? Gestern hatte sie sich den ganzen Tag nicht gemeldet, obwohl eine kurze Absprache des gemeinsamen Vorgehens oder wenigstens einer koordinierten Verhaltensweise für den Lauf der Besprechung notwendig gewesen wäre.

Er hatte sich auch nicht getraut aus der Deckung zu springen, weil er nicht wusste, was ihn erwartete.

»Einen guten Morgen, liebe Frau Bolz!«

»Na Herr Berger, wenn Sie schon am frühen Morgen so freundlich sind, ist immer was im Busch!«

»Aber, aber, Frau Bolz! Schon am frühen Morgen wüste Verdächtigungen? Haben Sie keine Vertrauen in die Menschheit?«

»Seitdem ich für die Kripo arbeite, ist mein Vertrauen restlos verschwunden!«

»Frau Bolz, Frau Bolz, Sie machen mir ernsthafte Sorgen! Sehen Sie mich an, ich bin auch nach all den Jahren noch der Menschenfreund schlechthin! Würde ich meinem Beruf sonst mit einer solchen Hingabe nachgehen?«

»Lieber Herr Berger, das mit der Hingabe lasse ich noch irgendwie gelten, aber der ›vertrauensvolle Menschenfreund‹, der geht nicht mehr durch! Da muss ich aber herzhaft lachen! Wem würden Sie denn vertrauen? Manchmal hab ich die letzten Jahre so bei mir gedacht, ›da schau einer an, der Chef vertraut wohl nicht mal mehr sich selbst‹.«

»Bölzchen, Bölzchen, damit haben Sie zwar den Nagel auf den Kopf getroffen und die einhundertste ›Waschmaschine‹ im Laufe Ihrer Tätigkeit beim K3 gewonnen, aber Frau Bolz, ich vertraue vollkommen auf Ihre Fähigkeiten allmorgendlich den duftendsten und würzigsten Kaffee in ganz Stuttgart zu brauen! Ist zufällig noch ein Tässchen für mich da?«

»Och Sie! Nun haben Sie mich wieder dran gekriegt! Sie schaffen es immer wieder, mich mit Ihren uralten Sprüchen zum Schmunzeln zu bringen! Na, dann holen Sie mal Ihre Tasse. Ich habe extra diesen Hochlandkaffee aus Bolivien gekauft, der hat einfach das beste Aroma. Er ist gerade frisch durchgelaufen. Ich habe ihn extra für Sie aufgebrüht!«

»Morgen Lenz!«

»Morgen Werner, altes Haus!«

»Du immer mit deinem ›alten Haus‹! Lass dir doch mal was Neues einfallen, als immer auf mein Alter anzuspielen!«

»Hoi, hoi, was ist denn heute los? Sind wir heut etwas gereizt?«

»Ach was! Der Höll geht mir am frühen Morgen schon wieder auf den Keks! Der rotiert wie ein Kreisel, weil heut einige ›Großkopferte‹ im Haus sind und ihm wieder einmal die Düse geht!«

»Wer ist denn schon da?«

»LKA, BKA, die Brüder kenn ich nicht. Verfassungsschutz und zwar oberste Ebene, IM und Staatsanwaltschaft, unser Präses, der alte Kunze, und natürlich ›Mister Oberwichtig‹, der Herr Inspektionsleiter.«

»Stramm sage ich! Da geht heut mal die Post ab in unserem Gemäuer, bei dieser Starbesetzung kann das ja dauern, weil jeder seinen Senf in epischer Breite …«

»Berger zu mir, aber hurtig!«

Höll kam an der offenen Bürotür vorbeigeflogen und war auch schon wieder verschwunden.

»Wenn der so weitermacht, kriegt er bestimmt bald einen Herzinfarkt!«, orakelte Frau Bolz.

»Oh liebe Frau Bolz, ich hoffe, Ihre medizinischen Kenntnisse sind so ausgereift, wie Ihr allmorgendliches Kaffee-Wunder!«, entgegnete Berger trocken und trottete dem entflogenen Höll nach.

In Hölls Büro schloss dieser hinter Berger die Tür und bedeutete ihm, sich hinzusetzen.

»Und Berger? Haben Sie sich wieder berappelt? Kann man Sie heute wieder unter Menschen lassen, ohne dass Sie Flurschaden anrichten?«

»Unter Menschen schon. Aber sollten Sie die anwesenden Herren der ›Elefanten-Runde‹ meinen, so kann ich Ihnen nichts versprechen!«

»Berger, nun reißen Sie sich zusammen! Ich lasse Sie nur da mit rein, wenn Sie mir versprechen …«

»Was soll ich Ihnen versprechen?«, unterbrach ihn Berger unwirsch.

»Soll ich Ihnen versprechen, das Maul zu halten um Ihrer Karriere nicht zu schaden? Wissen Sie eigentlich noch, dass Sie Polizist sind und einen Eid geleistet haben?

Wir müssen alles tun um die Dreckschweine zu fassen, die so skrupellos über Leichen gehen! Wer weiß, vielleicht sind Sie ja der Nächste auf deren Abschussliste? Dass ich da drauf stehe, da bin ich mir zwischenzeitlich sicher!«

Höll hatte sich zurückgelehnt und war Berger nicht ins Wort gefallen. Nicht einmal der zynische Gesichtsausdruck, den er so gerne bei Bergers Wutausbrüchen aufsetzte, lag auf seinem Gesicht. Er wirkte eher nachdenklich.

Berger schien erstaunt, wartete Sekunde um Sekunde, nichts von all dem erwarteten Repertoire geschah, und Bergers Puls bewegte sich allmählich wieder im normalen Rahmen.

»OK, Berger! Sie haben mich von Ihrer Redlichkeit überzeugt, nun überzeugen Sie mich auch von Ihrer Loyalität, sofern das kein Fremdwort für Sie ist. Wir reden nach der Besprechung unter vier Augen, und Berger, es wird Ihnen nicht gefallen, was ich Ihnen zu sagen habe! Das Ganze wird aber nur dann geschehen, wenn Sie sich jetzt strikt an meine Anweisung halten! Können Sie das mittragen?«

Berger war versucht dieses sonderbare Angebot umgehend zu entlarven, aber Irgendetwas in ihm fühlte sich wahrgenommen, fast ein wenig gebauchpinselt.

»Wenn ich auf ihr Angebot eingehen soll, müssen Sie mir schon etwas mehr liefern!«, entgegnete er forsch und erwartungsvoll.

»Also gut! Nun zur Taktik für nachher. Ich vermute, dass heute jeder Amtsleiter oder dessen Adlatus versuchen wird, sich so bedeckt wie nur möglich zu halten. Jeder will dem anderen in die Karten sehen, ohne seine dabei aufzudecken. Synergie-Effekte können wir vergessen. Zudem wissen wir nicht, wie sehr und wie weit infiltriert wurde und wem wir überhaupt noch trauen können. Vermutlich geht das einigen Kollegen heute ähnlich.

Mir scheint, wir befinden uns in einer Krise erheblichen Ausmaßes und niemand wagt es, offen darüber zu sprechen, aus Furcht, als Spinner abgetan zu werden oder gar selbst ins Fadenkreuz gewisser Kreise zu geraten. Die Situation ist deshalb so brisant, weil viele Stellen etwas wissen, manche mehr, manche weniger, aber es wird nicht koordiniert.

Man könnte selbst bei vorsichtiger Betrachtungsweise zu dem Schluss kommen, dass da eine systematische Handlungsweise dahinter zu vermuten ist. Der heutige Versuch einer koordinierten Vorgehensweise unter Führung egal welcher Stelle, ist vermutlich nicht von ernsthafter Natur. Berger, deshalb halten Sie an sich mit ihrem weltverbesserischen Sendungsbewusstsein!

Wir sind heute das kleinste Licht und können nur profitieren, wenn wir uns bei unserem Vortrag auf die Ermittlungsergebnisse der Soko ›Afrika‹ beschränken und ansonsten den Mund halten! Sind wir uns soweit einig, Berger, oder wollen Sie weiterhin den wilden Mann geben und dabei alles aufs Spiel setzen?«

Berger war sprachlos. Was war denn das gewesen? Höll lenkt ein und schlägt dabei Töne an, die ihn als klugen Taktierer und moderaten Chef ausweisen? Wo war der Pferdefuß? Wollte der ihn nur mundtot machen? Aber eigentlich war die von ihm unterbreitete Vorgehensweise auch genau die, auf die er sich mit Ella Stork geeinigt hatte. Also warum nicht darauf eingehen?

»Geht in Ordnung, Herr Höll! Jetzt haben Sie mich wirklich neugierig gemacht, und gegen mein Naturell komm ich nun mal nicht an, wie Sie ja wissen. Ich werde also brav sein, nichts sagen und nichts fragen, auch wenn mir der Kragen schwillt!«

Höll stand auf und reichte Berger über den Schreibtisch hinweg seine kleine, feuchte Hand.

»Berger, ich habe trotz unserer Differenzen immer gewusst, dass Sie nicht auf den Kopf gefallen sind und erkennen, wann es besser ist denselben einzuziehen! Aber jetzt müssen wir los!«

Als beide im großen Besprechungsraum des Präsidiums ankamen, waren alle Augen auf sie gerichtet, denn die hochkarätige Runde hatte sich bereits, bewaffnet mit großen Namensschildern, an ihre Plätze begeben. Das Gemurmel verstummte urplötzlich und selbst Höll wurde es etwas mulmig, als sie die lange Reihe durchschritten um die beiden letzten leeren Plätze neben Polizeipräsident Dr. Kunze einzunehmen.

Dieser ergriff umgehend das Wort.

»So, meine Herren, nachdem unsere beiden Hauptpersonen zu uns gestoßen sind, darf ich Sie alle herzlich beim Polizeipräsidium Stuttgart begrüßen und unserer Besprechung einen erfolgreichen Verlauf wünschen.

Als Hausherr habe ich die Funktion des Vorsitzenden übernommen und erteile zunächst dem Leiter des Landesamtes für Verfassungsschutz, Herrn Dr. Schmälzle, das Wort, auf dessen Initiative diese Besprechung einberufen wurde. Herr Dr. Schmälzle bitte!«

Berger war es nicht wohl in seiner Haut und irgendwie hatte ihn Höll derart verdutzt, dass er erst langsam aus seinem Gedankengewirr auftauchte und begann, seine Mitstreiter wahrzunehmen.

Für die Staatsanwaltschaft war nur Dr. Kiesel anwesend, der Berger keines Blickes würdigte. Wo war Ella? War etwas passiert oder wollte der alte Fuchs die Informationen allein abschöpfen?

Bei Dr. Schmälzle musste Berger schmunzeln, denn selten

passten Name und Person derart zusammen. Die letzten fünf Haare des Dr. Schmälzle führten in akribischer Genauigkeit, versehen mit irgendeiner glibberigen Masse, von der linken zur rechten Seite des voluminösen Schädels. Irgendwie ohne Anfang und ohne Ende.

»Meine Herren! Damen scheinen nicht anwesend zu sein?!

Er schaute bedeutungsvoll in die Runde, legte die hohe Stirn in Falten und gönnte sich eine ausgiebige Pause, wohl um die Spannung und Aufmerksamkeit der Anwesenden zu steigern.

»Meine Behörde hat Kenntnis von rechtradikalen Umtrieben erheblichen Umfanges erlangt.«

Wieder die Pause, ein Räuspern, dem das Unbehagen förmlich anzumerken war.

»Über die näheren Umstände kann ich aus Gründen der inneren Sicherheit unserer Republik keine Auskünfte geben. Ich bitte um Ihr Verständnis. Ich kann Ihnen nur andeuten, dass wir uns im Bereich höchster Geheimhaltung bewegen, wobei in diesem Raum nur mein Stellvertreter und ich über den vollen Informationsstand verfügen!«

Erster Unmut der Besprechungsteilnehmer, der sich in heftigem Gemurmel Luft machte, kam bereits an dieser frühen Stelle auf.

»Meine Herrn, ich bitte Sie! Nachdem wir bei der gegebenen Lage nicht einfach eine taktische E-Mail-Anfrage bei Ihren Dienststellen durchführen können, bitten wir Sie um Mitteilung sachdienlicher Erkenntnisse im Bereich Staatsschutz, Ausländerkriminalität und Organisierte Kriminalität, die uns bei der vorliegenden Sachlage in irgendeiner Form zuträglich sein könnten.«

Der Vertreter des BKA, ein hochgewachsener, breitschultriger Mittvierziger mit markantem Gesicht ergriff mit fester Stimme das Wort.

»Dass sich die Herrn Verfassungsschützer bedeckt halten, ist ja bekannt, aber das hier ist nun wirklich die Höhe! Glauben Sie ich komme eigens aus Wiesbaden angereist, um meine knapp bemessene Zeit mit einer allgemeinen Ratestunde zu vergeuden?«

Genau das war der Startschuss für ein Minuten währendes wildes Durcheinander, in dem selbst der Schlichtungsversuch des Vorsitzenden unterging.

Berger schaute Höll an und Höll konnte sich ein wissendes Grinsen nicht verkneifen.

Nachdem die Stimmung derart aufgeheizt war, dümpelte die restliche Veranstaltung im luftleeren Raum vor sich hin, und es verhielt sich letztendlich genauso, wie Höll es prophezeit hatte.

Zu Bergers Glück klingelte sein dienstliches Handy und er verließ, nach einem kurzen Blickkontakt mit Höll den Raum durch den Seiteneingang.

25. Das Böse

»Meine Herren, wie mir berichtet wurde, gab es in letzter Zeit einige Vorfälle, die uns zum Handeln zwingen. Ich denke da in erster Linie an eine junge Staatsanwältin namens Stork und an den Leiter der Mordkommission in Stuttgart, diesen Berger.«

Hiller, Goppel, Baumeister und Dr. Pröttel saßen in München in einer vornehmen Suite des Hotels Bodenberger Hof und diskutierten über die bevorstehende Großaktion und über aktuell anstehende Maßnahmen.

Auch das äußere Gefährdungspotenzial wurde dabei unter die Lupe genommen.

»Goppel, sind Sie vollkommen übergeschnappt! Sie wollen sich an zwei deutschen Beamten vergehen, zu einem so heiklen Zeitpunkt?

Ja denken Sie doch, was das nach sich ziehen kann! Neue Sonderkommissionen, ein gigantischer Personalapparat wird in Gang gesetzt, es wird überall herumgestochert, unangenehme Fragen werden gestellt. Womöglich haben wir noch einen oder mehrere ›Emil Heims‹ in unseren Reihen? Sie wissen, was durch die Exekution der beiden Polizisten in Portugal für eine Lawine losgetreten wurde. Zu unserem Glück ist die dortige Landesgruppe eine unserer weniger bedeutsamen, aber die mussten sich komplett zurückziehen und untertauchen. Wenn Sie jetzt gegen die Stork oder den Berger eine Aktion starten, gefährden Sie die gesamte Operation!«

»Ja, ja Pröttel, nun mal langsam! Es gibt keinen Grund sich derart zu ereifern!«, fuhr ihn Goppel an.

»Und wenn wir nichts in dieser Richtung unternehmen?

Wer sagt uns, dass die nicht irgendwie doch fündig werden? Wir sollten die beiden nicht unterschätzen!«

»Dass Sie auch immer zu derart drastischen Maßnahmen neigen, hat uns bisher mehr Schwierigkeiten als Nutzen eingebracht!«

Dr. Pröttel wurde jetzt seinerseits massiv, wusste allerdings gleichzeitig, dass er den Bogen nicht überspannen durfte. Goppel war in seinen Augen nicht mehr als ein psychopathischer Killer mit immensem Geltungsbedürfnis, aber eben genau der Mann fürs Grobe, wie er in dieser Situation gebraucht wurde.

»Mein lieber Goppel, Sie reagieren nur etwas übernervös, was ich durchaus verstehen kann. Aber wir können nicht wahllos Leute umbringen, nur weil wir denken, sie könnten irgendwann mal eine Gefahr darstellen.

Wir müssen letztendlich eine schwerwiegende Gratwanderung überstehen, um auch für das Volk eine akzeptable politische Alternative darzustellen. Sie können nicht 80 Millionen Menschen auf Dauer mit dem Gewehr in die Knie zwingen.

Die Stimmung in Deutschland und auch bei unseren Nachbarn ist reif für einen Umsturz. Die Leute haben Angst. Ganz reale Ängste, die wir ohne ihr Wissen in ihrem Leben installiert haben. Eine immens gestiegene Ausländerkriminalität initiiert durch unsere schwarzafrikanischen Söldner-Trupps. Eine Kriminalität, die jeden an allen Ecken und Kanten des Lebens, jederzeit selbst treffen kann.

Eine Weltwirtschaft, die am Boden liegt. Banker und Manager als Feindbilder für das Volk. Permanent drohender Jobverlust, dauerhafte Arbeitslosigkeit, Hartz IV und Sozialhilfe im Gefolge.

Arbeitsdruck, permanente Überforderung, Orientierungslosigkeit, soziale Abkapselung, gepaart mit künstlich, durch die Werbung geschürter Habsucht der Menschen untereinander, der zunehmende Neid des Prekariats auf die Besitzenden, eng verbunden mit besinnungsloser Aggression unserer Jugend. Diese Jugend, die wir mit erschwinglichen Reality-War-Games überfüttern, solange bis unsere kleinen und großen Looser nicht mehr in ihre beschissene Realität zurückkehren wollen und für unsere Zwecke zur Verfügung stehen. Da können wir ansetzen. Das ist unser künftiges politisches Kapital!

Die ständige Gewaltberieselung über das Fernsehen zeigt ihre Wirkung. Es hat über 20 Jahre Privatfernsehen gebraucht, bis wir diese Menschen einerseits zu dem medialen Konsumverhalten, der Politikverdrossenheit, zu der Gleichgültigkeit erzogen und andererseits Unzufriedenheit gesät haben. Unsere Stunde ist fast da! Es ist nur noch eine Frage der Koordination, mein lieber Goppel.

Wir dürfen uns nicht allein auf unser paramilitärisches Umsturz-Kapital verlassen, nein, wir müssen diplomatisch vorgehen! Goppel, Sie haben doch gesehen, was mit unseren amerikanischen Brüdern passiert ist.

Da schwingt sich so ein kleiner farbiger Advokat, den niemand auf seiner Rechnung hatte, in kurzer Zeit zum Retter der Nation auf und dieses Fieber hat fast sogar uns Deutsche infiziert. Zum guten Glück haben wir keine einzige Politiker-Persönlichkeit, die diese Welle für sich nutzen konnte.

Unseren amerikanischen Kameraden sind über Jahre hinaus die Hände gebunden, zumindest so lange, bis dieser ›Yes we can‹-Traum zerplatzt ist. Wenn er das nicht von allein tun sollte, müssen wir wohl ein wenig nachhelfen, wie damals im November 1963 in Dallas.

Im Übrigen, mein lieber Goppel, damit ich es nicht vergesse, hat unser Kontaktmann in der Großbesprechung beim

Stuttgarter Polizeipräsidium eindeutig berichtet, dass die Stork kalt gestellt wurde und der Berger so mit Soko-Kleinkram zugeschaufelt ist, dass der uns sicher nicht mehr gefährlich werden kann. Falls er es doch schaffen sollte, kriegt er eine aufs Dach und verschwindet in der Versenkung. Dafür habe ich persönlich gesorgt.«

Goppel dachte angestrengt nach.

»Pröttel, was wollen Sie mir wirklich sagen? Ich versuche die ganze Zeit schon zwischen den Zeilen zu lesen, denn sie haben mir überhaupt nichts Neues erzählen können. Ich habe große Teile dieser Entwicklung selbst mit auf den Weg gebracht, falls Sie das vergessen haben sollten.

Warum entwickeln Sie ein so großes Interesse bei einer kleinen Staatsanwältin und einem Bullen? Das frage ich mich ernstlich. Aber nun gut, Sie sollen Ihr Recht kriegen, allerdings behalte ich mir vor, beide Zielpersonen eingehend observieren zu lassen und nötigenfalls zu liquidieren, auch ohne Ihr OK vorher einzuholen.

Sie scheinen immer wieder verdrängen zu wollen, dass ihre politische Lösung allein wertlos ist! Bis sich unser nationales Bewusstsein im Wahlvolk durchsetzt, sind Sie ein uralter Mann im Rollstuhl!

Und nun entschuldigen Sie mich! Ich denke, unseren Kaffeeplausch sollten wir nun beenden und uns Wesentlicherem zuwenden! Meine Herren!«

Goppel schaute jedem der Anwesenden tief in die Augen, als wolle er sie hypnotisieren, drehte sich zackig zur Tür und verließ den Raum.

Hiller und Baumeister schienen ebenfalls merklich aufzuatmen, als sich die Tür schloss. Obwohl Baumeister als treuer Gefolgsmann Goppels galt, empfand er eher Furcht als Bewunderung für seinen Verbandsleiter in Zentraleuropa.

Goppel hatte es geschafft, erstmals seine Wut zu besiegen, denn er empfand es als äußerst unklug gegenüber Pröttel, Baumeister und Hiller seine wahre Überzeugung kund zu tun. Eigentlich war ihm danach gewesen, diesem aufgeblasenen Fatzke von Ex-Bundeswehrarzt, der sich dank seiner Hilfe zum Bundestagsabgeordneten hatte aufschwingen können, seine Pistole an den Kopf zu halten um ihn wie einen Hund winseln zu lassen oder ihm wenigstens seine Faust ins Gesicht zu rammen um ein für alle mal klar zu stellen, wer in der Organisation das Sagen hat.

Für die Kameraden war es allerdings wichtig, dass Pröttel ein hohes Tier beim Bund war, im Range eines Obristen, dazu Mediziner und jetzt auch noch Abgeordneter. Goppel war es klüger erschienen, ihn vor den anderen nur verbal zu bestrafen, indem er ihm die Liquidierung der Personen in Aussicht stellte, für die er sich so vehement eingesetzt hatte. Diesen Berger und diese ›Justiznutte‹, um die es beide nicht schade war.

»Jungs wir fahren zurück zur Basis!«, herrschte er seine Bodyguards an, die vor der Tür gewartet hatten und sich keinen Reim darauf machen konnten, warum ihr Herr und Meister nun plötzlich derart schlechter Laune war. Allerdings hatten sie schon Schlimmeres über sich ergehen lassen müssen.

Goppel betrieb zur Tarnung einen Gebrauchtwagenhandel für Luxusfahrzeuge in München und Stuttgart und pendelte immer hin und her. Allerdings war München sein erkorenes ›Hauptquartier‹.

Diese beiden Firmen benutzte er auch als Geldwaschanlage für die Organisation und für seine eignen illegalen Geschäfte, beispielsweise abgewrackte Autos mit gefälschten Papieren, zumeist über Portugal nach Afrika zu verschiffen, oder gestohlene Luxuskarossen in die Staaten des ehemaligen Warschauer Paktes auszuliefern.

Seine Russisch-Kenntnisse waren hierbei von größtem Nutzen.

Darüber hinaus unterhielt Goppel in München einen großen Recyclinghof, also einen Schrottplatz für Fahrzeuge aller Art.

Auf diesem Schrottplatz hatte er sich eine wehrhafte Behausung eingerichtet – das alte Haus des Vorbesitzers, der auf unerklärliche Weise direkt nach einem sehr überstürzten Verkauf der Firma an Goppel von einem Schrott-Pkw erschlagen wurde. Das zur Verschrottung bestimmte Fahrzeug hatte sich beim Schwenk vom Magnetkran gelöst und den Mann unter sich begraben. Die Kripo hatte damals das Geschehen als bedauerlichen Unfall eingestuft, was es allerdings nicht war.

Das Haus war besser gesichert als das Verteidigungsministerium.

Zudem waren rings herum viele Meter hoch, hunderte von Autoleichen gestapelt. Das große Gelände war mit einem drei Meter hohen Zaun eingefriedet, der noch zusätzlich von gerolltem Stacheldraht gekrönt wurde.

Tagsüber patrouillierten uniformierte Sicherheitsleute mit Schäferhunden über das Gelände. Nachts liefen scharfe Rottweiler und Dobermänner frei umher und duldeten keinerlei Eindringling. Ob Mensch, ob Tier, alles wurde umgehend attackiert.

Diese beiden wirtschaftlichen Standbeine hatten Goppel schon Unmengen an Geld eingebracht, erschienen ihm aber noch zu einseitig, um seinen Gelüsten nach Macht und Geld gerecht werden zu können.

Aus diesem Grund hatte er bereits vor Jahren ein zwischenzeitlich recht florierendes Bewachungs-Unternehmen namens ›SECURE Safe and Life Guards‹ gegründet. Und das bestand aus Männern, die seiner rechtsnationalen Bewegung entstammten, und auf die Verlass war. Männern, die er selbst ausgebildet hatte und die durch seine infiltrativ-politische und menschenverachtend-martialische Schule gegangen waren.

Es waren selbstredend auch Männer seiner eigenen Firma, die das Recycling-Gelände in München, die Autohäuser in Stuttgart und München, sowie den Gebäudekomplex in Mecklenburg-Vorpommern bewachten.

Furchterregende Gesellen in ihren schwarzen Uniformen, mit zumeist langen Vorstrafenregistern. Mit ihrem Fahrzeugpark von Mercedes- und BMW-Geländewagen, ihrer perfekten technischen Ausrüstung und Bewaffnung überboten sie die Schlagkraft der Polizei um ein Vielfaches.

Bei so mancher Festzeltschlägerei, bei Einsätzen gegen Hooligans in Fußballstadien oder auch politisch motivierten und eskalierenden Großeinsätzen hatte der Wach- und Schutzdienst des Thomas Goppel den Länderpolizeien oftmals hilfreich zur Seite gestanden. Der so in Kreisen der Polizei erworbene gute Ruf, war für viele Beamte, speziell des mittleren Dienstes, Anlass gewesen, ihre magere staatliche Alimentation durch ein Zubrot bei Goppels Security-Truppe aufzubessern.

Da Goppel stets um den förderlichen Aspekt einer Verwebung seiner Firma mit den staatlichen Schutzorganen besorgt war, verstand er es, die Beamten bei Dienstleistungen für sein Unternehmen so einzusetzen, dass sie nicht kompromittierend der Öffentlichkeit ausgesetzt waren. Er beschäftigte sie deshalb auch nicht allzu heimatnah um Interessenkollisionen zu vermeiden.

Wenn gewünscht, betätigten sich die Polizeibeamten auch nur sporadisch und er zahlte ihre Entlohnung bar auf die Hand aus.

Die höheren Dienstgrade, bis hin zum pensionierten Leitenden Polizeidirektor, fanden ihre Verwendung im Rahmen von Beraterverträgen. Goppel zahlte gut, auf allen Ebenen der Beschäftigung in seinem Imperium.

Zu seinen Kunden zählten zwischenzeitlich selbst Personen des Hoch- und Geldadels, Banker, Geschäftsleute und Künstler.

Im Rahmen des Personen- und Objektschutzes hatte Goppel Zugang zu den gehobenen Gesellschaftsschichten, deren Privat- und Geschäftshäuser wie auch vielen öffentlichen Gebäuden.

So war es ihm im Laufe von Jahren gelungen, durch gezielte Ausspähung von Personen und Sozialkontakten, durch Sammlung von Daten, Fakten, Zusammenhängen und Hintergründen auch staatliche und private Geheimnisse in Erfahrung zu bringen. Von Fall zu Fall setzte er seine Kenntnisse auch ein, um Entscheidungsträger an sich zu binden, zu beeinflussen oder entsprechend unter Druck zu setzen. Dr. Thomas Goppel war ein geachteter, gar gefürchteter Mann geworden.

Goppel wurde als einziges Kind eines gutbürgerlichen Lehrerehepaares in Heidelberg geboren. Seine überbehütete Kindheit endete jäh im Alter von acht Jahren als er seine Eltern durch einen Autounfall verlor. Er wuchs bei seinem Onkel in Mannheim auf. Nachdem dieser Onkel, Albert Goppel, der ältere Bruder seines Vaters, bereits Frau und seine vier Kinder aufs heftigste drangsalierte, machte er nun auch vor seinem Neffen nicht halt. Thomas lernte früh, was es hieß, aus nichtigem Anlass drakonisch bestraft zu werden, etwa wenn ihn dieser Onkel stundenlang in den dunklen Keller sperrte oder ihn, je nach Laune und Trunkenheitsgrad prügelte, wie man selbst seinen Hund nicht prügelt.

Am 16. Geburtstag von Thomas kam es auf der Kellertreppe zwischen dem zwischenzeitlich erstarkten Teenager und dem schwer alkoholisierten Mit-Fünfziger zu einer Rangelei, wobei sich der Onkel zu Tode stürzte.

Kurze Zeit später verunglückte Thomas mit seinem Moped und zog sich einen offenen Bruch des linken Beines zu. Man fand ihn nicht gleich und die verunreinigte Wunde zog einen schweren Infekt nach sich. Thomas war lange krank und das Bein heilte nie vollkommen ab.

Nach einem mit wenig Interesse absolvierten Abitur studierte der an sich hochbegabte Thomas Goppel an den Unis Tübingen und München, Psychologie, Philosophie und katholische Theologie. Das Theologiestudium brach er aber schon nach wenigen Semestern ab.

Als wissenschaftlicher Mitarbeiter promovierte Goppel zum Dr. phil., und sein Mentor sagte dem jungen Mann eine grandiose wissenschaftliche Karriere voraus, die Goppel allerdings nicht im Geringsten interessierte.

Sein anfänglicher Hang zu traditionellem Denken und Handeln, flankiert von einem fast schon pathologischen Gerechtigkeitsdrang, war im Laufe der Jahre einer seltsamen Wut gewichen. Er hatte sich sein Studium selbst verdienen müssen, weil seine Tante noch vier andere Kinder zu unterstützen hatte, während ausländische Studenten Stipendien oder sonstige staatliche Unterstützungen nachgeworfen bekamen. Zudem verhielten sich seiner Meinung nach Ausländer in Deutschland zunehmend so, wie sie sich in ihren Heimatländern nicht aufführen durften, frech, fordernd, aufsässig und aggressiv.

Diese Wut fand ihren Kanal, als er mit der Nationaldemokratischen Partei in Kontakt kam und dort Gleichgesinnte fand.

Bald merkte er, dass die Anhänger dieser politischen Richtung nicht ausschließlich mit Intelligenz gesegnet waren.

Durch seine studentische Verbindung wurde er zusätzlich mit rechts-konservativ populistischen Inhalten konfrontiert, so dass seine wachsenden rhetorischen Fähigkeiten ihn rasch an die vorderste Parteifront führten.

Nach ersten Aktionen gegen ausländische Institutionen und Einzelpersonen, war ihm das harte Vorgehen der deutschen Polizei ein Rätsel, weil er geglaubt hatte, die Polizei sei auf diesem Auge blind.

Enttäuscht verließ er Deutschland, das offenbar nach den verlorenen großen Kriegen in seinem Identitätszentrum getroffen war und sich davon nicht erholt hatte. Deutschland war noch nicht reif für Autonomie und Selbstbestimmung.

Amerika hatte einen Teil Deutschlands vor dem Kommunismus gerettet, doch dieser Teil hatte weltpolitisch keine Bedeutung mehr und war in seinem Selbstverständnis in amerikanische Sklaverei geführt worden.

Goppel ging für Jahre nach Brasilien, wo er als psychologischer Berater für das Militär tätig war.

Wie sich erst vor Ort herausstellte, bestand seine Aufgabe darin, Soldaten von Spezialeinheiten zu desensibilisieren, ihnen die Hemmungen zu nehmen, auch Zivilisten zu töten.

Zuerst behagte ihm sein neuer Job überhaupt nicht, doch als er erstmals zu einem ›Feldversuch‹ mitgenommen wurde, platzte bei ihm der Knoten.

Ein Großgrundbesitzer, der an verschiedenen Stellen seines Besitzes mit Landbesetzern zu kämpfen hatte, rief das Militär zu Hilfe.

Erst nach dem blutigen Einsatz stellte sich heraus, dass die sogenannten Landbesetzer in Wirklichkeit Kleinbauern waren, denen man Land versprochen hatte.

An anderer Stelle wurden Indios ›zwangsumgesiedelt‹ um mit Hochdruckpumpen besser Gold waschen zu können. Wenn die Buschbewohner sich zur Wehr setzten, wurden sie umgebracht.

Irgendwann kam ein Major zu Goppel, drückte ihm eine Pistole in die Hand und sagte zu ihm, dass seine Leute ihm das, was er ihnen erzählen würde, nur dann glauben, wenn er sich ihnen zum Genossen macht, also ebenfalls Menschen tötet.

Es war heiß und schwül im Urwald, aber Goppel wurde es noch heißer und der Angstschweiß rann ihm in Strömen vom Körper. Er zeigte Panik-Reaktionen, die er so bisher nicht an sich kannte. Selbst die allabendlichen Prügel-Anfälle seines Onkels waren nichts im Vergleich zu dieser Form der Panik. Sein Herz raste, als ihn die Soldaten anfeuerten und ihm durch lautes Zurufen signalisierten, dass sie nun auf seinen Beitrag zu der Aktion warteten und sie wurden immer ungeduldiger und lauter.

Es kostete ihn mehr Überwindung, als diesen versoffenen, brutalen Onkel Albert die Kellertreppe hinunter zu stoßen, aber er überwand sich und drückte ab.

Zuerst ein alter Mann, völlig hilflos, wie er dastand und sich mit seiner Faust auf die Brust klopfte und unverständliche Laute von sich gab. Nur eine kleine Bewegung seines Zeigefingers brachten ihn zu Tode.

Na ja, ein alter Mann, der hätte ohnehin nicht mehr lange gehabt, und wenn er ihn nicht getötet hätte, wären es halt die Soldaten gewesen, also war er ja schon so gut wie tot.

Aber nun setzte die entscheidende Wendung in Goppels

Persönlichkeit ein. Ein bösartiger Trieb wurde mit einem Mal freigesetzt. Tief in seinem Inneren hatte es ihm Freude gemacht, Herr über Leben und Tod zu sein.

Von nun an begleitete er jeden Einsatz und tat sich gnadenlos als der größte Killer von Männern, aber auch von Frauen und Kindern hervor, so dass selbst seine Soldaten begannen, ihren Ausbilder zu fürchten. Dutzende von diesen kleinen braunhäutigen Gestalten hatte er eigenhändig erschossen.

Durch diese Erlebnisse wurde er im Laufe der Jahre immer skrupelloser und brutaler. Es reichte ihm nicht mehr Indios zu töten, weil dieses Volk in seinen Augen am Rande der menschlichen Rasse stand und in der heutigen Welt ohnehin nicht überlebensfähig schien.

Es steigerte seine Begehrlichkeiten, Menschen zu töten, als er Umweltaktivisten aus Brasilien und aus europäischen Ländern, die im Urwald gegen die Zerstörung des Regenwaldes demonstrierten und die Fällarbeiten behinderten, durch Kopfschüsse tötete. Nun wurde es sogar den Militärs zu heiß, die ihn bisher protegiert hatten. Da sie politische Verwicklungen befürchteten, trennten sie sich umgehend von ihm.

So war er nach Deutschland zurückgekehrt, um wesentliche Erfahrungen reicher.

Es war ihm ein Genuss gewesen, nach all der lauten Musik aus den Schnellfeuergewehren, mit der Panzerfaust den finalen Paukenschlag zu setzen und das ›Asylantenheim‹ in Obertürkheim in Schutt und Asche zu legen.

Durch diese Aktion konnte er ein Fanal setzen gegen die Überfremdung Deutschlands durch zigtausende von Asylsuchenden. Gleichzeitig konnte er sich so auf bequeme

Weise einiger aufsässiger, schwarzafrikanischer Söldner entledigen, die in diesem Heim untergetaucht waren.

Er hatte sich wie Gott gefühlt – inmitten seines Heimatlandes zu richten, ohne Folgen für sich selbst oder seine Organisation befürchten zu müssen, denn bald hielt er alle Macht in seinen Händen.

Was zählten da eine kleine Staatsanwältin und ein dummer Bulle. Es würden seine Appetit-Happen sein, vor dem großen Festmahl.

26. Die Warnung

Nachts um 00:35 Uhr klingelte das Telefon in Lenz Bergers Schlafzimmer. Lenz war gerade entschlummert und wusste zunächst nicht, wie ihm geschah.

»Ja, Berger!«, krächzte er in den Hörer.

»Spreche ich mit Hauptkommissar Lenz Berger?«, fragte ihn eine junge Stimme.

»Ja, verdammt, was ist denn? Wer sind Sie?«

»Polizeirevier Stuttgart Mitte, Jens – äh – Polizeikommissar Jens! Ich bin stellvertretender Schichtführer bei der A-Schicht!«

»Ja gut, und was wollen Sie? Ich hab heute keine Bereitschaft!«, grantelte Berger ins Telefon.

»Nein, nein, das weiß ich, aber mein Schichtführer, Hauptkommissar Keller, hat mir den Auftrag erteilt, Sie anzurufen – und zwar haben wir einen sonderbaren Fall der Entführung, Körperverletzung und Nötigung!«

»Das gehört absolut nicht zu meinem Aufgabenbereich! Ich bin von der Mordkommission, aber das müsste der Keller doch wissen!«

»Ja, das weiß er ja auch, aber es handelt sich um einen Mitarbeiter aus Ihrem Dezernat, besser noch um eine Mitarbeiterin, Frau Kriminaloberkommissarin Christiane Beck!«

»Wie, was, Christiane, was ist mit ihr?« Berger war mit einem Mal glockenwach.

»Das sehen Sie sich besser selbst an! So was hab ich noch nie gesehen, und ich glaube, Frau Beck hat speziell nach Ihnen verlangt.«

»OK, ich komme sofort! Wo ist Christiane jetzt?«

»Momentan ist sie im Bürgerhospital zur Untersuchung eingeliefert worden, in der Notaufnahme der Inneren Ambulanz.«

»Danke Kollege – bin schon unterwegs!«

Berger stürzte förmlich in seine Klamotten, die er erst vor Kurzem achtlos aufs Sofa geworfen hatte und die noch den Geruch des Vortages an sich trugen.

Er schwang sich in den alten Mercedes, den er vor dem Haus abgestellt hatte und fuhr wie der Teufel ins Krankenhaus, was ihm einen Blitz wegen zu hoher Geschwindigkeit und einen zweiten an einer rot beampelten Kreuzung einbrachte. Ihm graute schon vor dem sich abzeichnenden Theater mit dem Ordnungsamt, bis er wieder alles gerade gebogen hätte.

Eigentlich hätte er nach gut drei Gläsern Rotwein ja gar nicht mehr fahren dürfen, aber das hier war ein Notfall.

»Frau Christiane Beck habe ich nicht in meiner Datei!«, sagte die dicke Dame am Nachtschalter der Klinik, »… ich habe nur Roswitha, Ludmilla und Frieda Beck!«

»Nein, Sie verstehen mich falsch! Ich suche eine Kollegin, die erst kürzlich eingeliefert wurde. Innere Ambulanz, sagte man mir.«

»Ach so, den Gang hinter, dann links und dann sehen Sie schon das Schild ›Innere Ambulanz‹.«

Lenz hatte die letzten Worte nur noch im Davoneilen gehört.

Da sah er auch schon zwei uniformierte Kollegen vor dem Untersuchungsraum stehen.

»N'abend Jungs, wo ist sie?«

»Ach Sie sind wohl der Berger vom Mord?«

»Oh ja, der bin ich – und jetzt, wo ist sie?«

»Ja was glauben Sie, warum wir hier vor der Tür stehen? Wir durften da leider nicht mit rein!«, sagte der bullige Hauptmeister, den Berger nicht kannte, etwas flapsig.

Lenz reagierte in derart abstrusen Situationen, zudem unausgeschlafen, meist leicht gereizt.

»Sagen Sie mal, Sie Komiker, was soll der Quatsch?«

»Na, Sie kommen einfach daher, ohne sich auszuweisen, und fragen, wo ist sie? Sie hätten ja genauso gut von der Presse sein können oder sonst wo her?!«

»Also gut, Sie haben seit 20 Uhr Nachtschicht und ich komme geradewegs aus meinem Bett und bin noch verschlafen – und jetzt fangen wir noch mal von vorne an – ich bin Kriminalhauptkommissar Berger, Leiter der Stuttgarter Mordkommission, hier meine Dienstmarke. Darf ich Sie höflichst fragen …

1. wo sich meine Mitarbeiterin, Frau Kriminaloberkommissarin Christiane Beck befindet?

2. ob man schon zu ihr kann und

3. wenn nicht, was eigentlich vorgefallen ist?«

»Also …

1. Frau Beck befindet sich im Untersuchungsraum, direkt hinter Ihnen!

2. Nein, man kann nicht zu Ihr und

3. Wir wissen auch nicht genau, was vorgefallen ist. Irgendwelche Penner haben sie gefesselt und im Breuninger Parkhaus, neben ihrem Wagen abgelegt. Dort wurde sie am Boden liegend aufgefunden. Sie muss vollkommen nackt gewesen sein und irgendjemand hat sie mit weißer Farbe angemalt und ihr sehr unschöne Worte in roten Buchstaben auf den Körper geschrieben.«

»Was …? Wer macht denn so einen verdammten Scheiß?« Berger schwoll augenblicklich der Kamm.

»Wissen wir nicht, weil sie nichts sagen konnte. Sie stand irgendwie unter Drogen … ach übrigens Drogen! Sie riechen ja ordentlich nach Wein, als kämen Sie gerade aus der Kelter?!«

Berger war zwar kurzfristig leicht verunsichert, konterte aber dann umso nachhaltiger.

»Also gut, Sie wollen es ja nicht anders! Ich übernehme den Fall als Einsatzleiter, solange bis ich weitere Maßnahmen mit dem Kripo-Dauerdienst abgesprochen habe.

Ich spreche mit Ihrem Schichtführer und löse Sie für diese Nacht aus der Schicht heraus und Sie unterstehen ab sofort meiner Anordnungsbefugnis!

Sie bleiben jetzt solange hier, bis feststeht, was mit der Kollegin passiert. Wenn die Ärzte sie zur Beobachtung hierbehalten, stellen Sie sich als Wache vors Zimmer und geben mir unverzüglich Nachricht. Ich bin im Präsidium unter der Durchwahl 3003 erreichbar. Haben Sie meine Anordnung verstanden?«

Nun lag es an den beiden uniformierten Kollegen, um ihre Fassung zu ringen, aber sie beugten sich zähneknirschend, da Berger ziemlich überzeugend auf sie wirkte.

Das Präsidium war menschenleer, so wie es Berger eigentlich am meisten mochte, aber er war mit seinen 47 Jahren nicht mehr der Jüngste und würde den fehlenden Schlaf spätestens so gegen 10 oder 11 Uhr an seiner Konzentrationsfähigkeit merken. In etwa so, wie unlängst schon einmal, als ihm beim Diktat bei seiner Schreibkraft, Frau Bolz, der Kaffeebecher aus der Hand gefallen war.

Nach fast drei Stunden erreichte Berger im Präsidium der Anruf aus dem Krankenhaus, dass Christiane Beck nun auf ihr Zimmer gebracht würde und man sie zumindest über Nacht zur Beobachtung behalten wolle.

Man habe ihr ein Beruhigungsmittel gegeben und sie müsse nun erst einmal schlafen.

»Das kann doch nicht wahr sein! Diese Ärzte haben doch kein bisschen Gespür für polizeiliche Belange! Jetzt legt sich das Mädchen schlafen und keiner weiß wirklich, was passiert ist. Christiane könnte auch ein wenig professioneller denken. Aber die jungen Dinger von heute sind einfach viel zu ›Ich-bezogen‹. Die Ermittlungen können wir vergessen! Bis die wieder vernehmungsfähig ist, sind alle Spuren kalt«, brummte er vor sich hin, wissend, dass niemand ihn hörte.

Plötzlich unterbrach ihn der ekelhaft schrille Klingelton seines neuen hellgrauen Leichtplastik-Schreibtischtelefons in seinem Gedankengang.

»Berger ...«

»Hi Lenz! Ich bin's ... Christiane!«, hörte er das dünne Stimmchen vom anderen Ende der Leitung sagen.

»Ja wie? Ich denke du schläfst schon lange?!«

»Ach was, ich hab die Tabletten noch gar nicht genommen! Eigentlich wollte ich gleich mit dir sprechen, aber die haben mich nicht gelassen. Jetzt ist der Arzt rausgegangen und wir können reden.«

»Aber nicht, dass es dich zu sehr anstrengt, das möcht ich wirklich nicht!«

»Ach was, du weißt doch, ich bin hart im Nehmen! Aber ich sag dir, mir geht's auch nicht besonders gut, denn mein Selbstwertgefühl hat schwer was abbekommen!

Die Schweine haben mich genau in der Sekunde im Parkhaus abgepasst, als ich meine Sporttasche im Kofferraum deponieren wollte.

In dem Augenblick, als ich mich in den Wagen beuge, packt mich jemand von Hinten, reißt mich herum und haut mir einen in die Magengrube, dass ich zu Boden gegangen bin. Dann ging alles rasend schnell. Weil ich nach dem Fitness-Studio nur leichte Sportklamotten an hatte, haben die mir ratz fatz die Kleider mit einem Messer zerschnitten und sie weggerissen. Zuerst dachte ich, die wollen mich abstechen und die hätten das auch locker tun können, weil ich durch den Angriff aus dem Nichts heraus und den harten Schlag vollkommen neben der Mütze war.

Dann glaubte ich, die wollen mich ins Auto zerren um mich zu vergewaltigen! Haben sie aber auch nicht gemacht. Ich wollte mich wehren, hatte aber keine Chance, denn es waren drei Typen in schwarz, mit so Motorradhauben über dem Kopf. Meine Güte, waren die drauf! Ich hatte keine Chance. Als ich mich wehren wollte, hat mir einer links und rechts Ohrfeigen verpasst, dass ich fast die Besinnung verlor. Irgendwie hab ich dann gespürt, dass ich gefesselt wurde und irgendetwas Feuchtes auf meine Haut kam. Zuerst haben sie mich weiß angemalt, von Kopf bis Fuß ... sogar meine Haare, diese Dreckschweine. Ich hab mit angehört, wie die sich lustig gemacht haben. Einer hat schwäbisch gesprochen, ich glaube es war Stuttgarter Singsang und die beiden anderen waren eindeutig Bayern.«

»Was, Bayern, bist du da sicher?«

»Lenz, ich werde doch noch bayerischen Dialekt erkennen?! Ich sag dir, das waren irgendwelche Nazis! Das hat man genau rausgehört ›So, Du Bullen-Nutte, jetzt zeigen wir dir mal, wer hier was zu sagen hat! Jetzt kriegst du dein Fett weg!‹, haben die zuerst gesagt und dann ›Sag' deinem Oberbullen, diesem Berger, wir kriegen jeden, wann und wo wir wollen. Wenn der so weitermacht, kann er sich schon mal im Krematorium anmelden!‹, und ich hatte das Gefühl, die meinen das ernst!«

»Oh verdammt, du Arme, was haben die mit dir gemacht?

Die meinten eigentlich mich und haben sich stellvertretend dich gegriffen, weil sie wussten, dass sie mich dadurch empfindlich treffen würden, ohne direkt Hand anzulegen!«

»Aber Lenz, warum machen die das, was ist da eigentlich los? Ich weiß gar nicht, um was es da geht! Die haben mich an Händen und Füßen gefesselt und mir ›Bullen-Sau‹ auf den Rücken gemalt … stell dir das mal vor!«

Christiane fing an zu schluchzen und Lenz rutsche das Löwenherz in den Bauch und er hatte einfach nur Mitleid mit der jungen Kollegin, die ihm in den letzten Jahren ans Herz gewachsen war.

Noch leicht weinerlich redete sie weiter »der ältere Mann, der neben mir den Parkplatz hatte, kümmerte sich rührend um mich. Er holte eine Decke aus seinem Wagen und half mir vom Boden auf. Dann hat er mir die Decke um die Schultern gelegt und mit seinem Taschenmesser die Plastikfesseln, das waren so Kabelbinder, durchtrennt. Er hat mich in die Decke eingewickelt und auf den Rücksitz seines Wagens verfrachtet. Über sein Handy hat er den Notruf gewählt und jetzt bin ich hier!« Erst nach einem tiefen Seufzer redete sie weiter –

»Ach Lenz, es tut mir so wahnsinnig leid, dass ich mich hab so überfahren lassen!«

»Sag mal, spinnst du? Du bist unheimlich tapfer und mutig gewesen! Du bist meine beste Mitarbeiterin und ich bin wahnsinnig stolz auf dich und … ich mag dich echt sehr gern! Das wollt ich dir schon lange mal sagen, obwohl ich mir einen passenderen Anlass dazu gewünscht hätte.

»Och Lenz … ich danke dir … aber sagst du das nicht bloß, weil ich Mist gebaut hab und du mir wieder Mut machen möchtest? Und … Lenz, ich hab nicht vergessen, dass ich zusammen mit Frau Bolz die einzige Frau im Dezernat bin, da ist es nicht sonderlich schwer, die Beste zu sein!«

Lenz stutzte eine Sekunde und musste dann aus tiefster Überzeugung lachen … und Christiane gluckste zuerst ein wenig, um dann doch in sein herzhaftes Lachen einzustimmen.

Gott sei Dank war Christiane nicht wirklich etwas geschehen, aber sie wirkte trotz ihrer positiven Haltung doch psychisch sehr angeschlagen. Die Dreistigkeit, mit der diese Drecksäcke zugeschlagen hatten, empfand er als äußerst provozierend. Wer gab ihnen die Sicherheit unerkannt zu bleiben, ungestraft davon zu kommen?

Es musste etwas geschehen und zwar sofort, aber wo sollte er ansetzen? Er hatte noch zwei Asse im Ärmel, die er jetzt ausspielen musste, um wenigstens eine geringe Chance auf den Gewinn dieser Partie zu haben.

Vince Penn und Ella Stork. Der Höll hatte ihn zwar neugierig gemacht, aber die avisierte Aussprache zwischen ihnen beiden hatte Höll aus terminlichen Gründen kurzfristig abgesagt.

Irgendwie hatte die Absage ehrlich und bedauernd geklungen. Nur konnte er Höll wirklich trauen oder wollte er es nur einfach und war dabei, seine Vorsicht zu vergessen? Bis dato war Höll ihm immer als aalglatter Karrierist erschienen, was sollte seine wundersame Wandlung bewirkt haben?

Sein Handy brummte in der Hosentasche und als er aufs Display schaute, schlug sein Herz abrupt doppelt so schnell wie zuvor – Ella – um diese nachtschlafende Zeit?

»Ja, Berger!«

»Morgen Lenz, ich bin's, Ella! Tut mir leid, wenn ich dich wecke, aber ich kann nicht schlafen und muss dringend mit dir reden!«

»Einen guten Morgen kann ich dir leider nicht wünschen! Meine Mitarbeiterin aus dem Dezernat wurde überfallen. Drei unbekannte männliche Täter haben ihr übel zugesetzt. Ich bin seit Stunden unterwegs, habe kaum geschlafen und sitze momentan im Präsidium herum und warte auf den Dauerdienst. Die sind gerade bei einer Leichensache.«

»Oh je, was ist deiner Kollegin denn passiert?«

»Erspare mir momentan Einzelheiten, ich hab gerade Wichtigeres im Kopf, aber da passt dein Anruf genau hinein! So, als ob du es gewusst hättest?! Manchmal ist es schon komisch zwischen uns beiden, meinst du nicht auch?!«

»Oh Lenz … dieser miese alte Sack von Kiesel!«

»Wie, du meinst deinen Chef … Dr. Kiesel?«

»Ja, zum Donnerwetter, wen denn sonst? Der Alte hat doch tatsächlich herausgefunden, dass ich auf eigene Faust in München und in Flensburg beim Kraftfahrtbundesamt recherchiert habe, ohne ihm Bescheid zu sagen.

Stell dir vor, der hat mich doch tatsächlich von der Soko ›Afrika‹ abgezogen und mich massenweise mit Fällen der mittleren Kriminalität zugeschaufelt. Lauter Haftprüfungen, Fälle an der Verjährungsgrenze, Fälle, die nicht das Papier hergeben, auf dem sie geschrieben sind!«

»Verdammt, das war nicht geplant! Und was machen wir jetzt? Ohne deine Kontakte über die Staatsanwaltschaft sind wir aufgeschmissen!«

»Es wird das Beste sein, wir treffen uns heut Abend nochmals bei mir und halten Kriegsrat«, bot Ella an.

»Vielleicht fällt mir inzwischen was ein?! Aber Lenz, ich weiß, Du neigst zu emotionalen Verhaltensweisen! Verhalte dich dienstlich im Rahmen deiner Möglichkeiten neutral! Lass dir nichts anmerken! Betroffenheit ja, aber mach keine Dummheiten! Ich will dem alten Kiesel eine vors Knie treten, aber seit heute schaffe ich das nicht mehr allein! Ich brauch deine Hilfe! Sagen wir um 20 Uhr bei mir?«

»Plus, minus 15–20 Minuten, denn du weißt ja, ich und meine Pünktlichkeit. Und noch was Ella. Du erinnerst dich daran, wie wir den letzten Abend beschlossen haben! Ich möchte auf keinen Fall mehr das beschissene Gefühl haben, hin und her geschubst zu werden. Du weißt, ich mag dich viel zu sehr, und das macht es mir nicht leicht, überhaupt mit dir umzugehen. Es wäre schön, wenn wir beide es mit uns ›gaaanz langsam‹ angehen, und alles Persönliche momentan zurückstellen könnten! Die Soko hat momentan einfach Vorrang! Oder wie siehst du das?«

Ella nutzte eine kurze Sammlungs-Pause.

»Mein Güte, Lenz! Du verblüffst mich immer wieder und das zu dieser Tageszeit.

Du bist nicht mehr der Lenz Berger von damals! Du bist als Mann reifer geworden und kannst sogar über deine Gefühle reden. Außerdem hast du absolut recht! Wir verhalten uns professionell, wie es die Situation erfordert.

Jetzt leg ich mich noch einmal hin und hoffe, dass ich wenigstens ein paar Stunden Schlaf finden kann.

Bis heut Abend Lenz … und danke! Danke, dass du mir zur Seite stehst! Ich weiß, das ist nicht selbstverständlich!«

Lenz war fast peinlich berührt, aber es tat ihm auch gut.

»Schlaf gut, Ella, und glaub mir, du wirst deine Nerven noch brauchen können …«

– ›und ich auch‹ – fügte er ungesagt hinzu.

27. Dunkle Mächte

Im neu renovierten Hause des Dr. Pröttel in Frankfurt traf sich eine erlauchte Gesellschaft von zwölf Männern. Pröttel war sich nicht sicher gewesen, ob alle seiner Einladung folgen würden.

Industrielle, Politiker, Geschäftsleute, Justiz und Militär, der Ältestenrat der Deutsch Nationalen Bewegung.

»Liebe Freunde! Ich habe euch heute zu mir gebeten, in erster Linie natürlich, um meinen politischen Triumph gebührend zu feiern und in zweiter Linie um unsere Bindung untereinander zu erneuern und zu stärken.

Wir sind der Personenkreis, auf den sich unsere künftige Ordnung stützen wird.

Die Führung eines neuen Deutschlands!«

Zustimmender Applaus kam auf, als die Angesprochenen ihre Champagnergläser abgestellt hatten.

»Wir halten schon jetzt einen Teil der politischen und einen Großteil der wirtschaftlichen Macht in unseren Händen und die ›Operation Nemesis‹ wird uns die Basis verschaffen auch die politischen Kräfteverhältnisse zurecht zu rücken!

Aber meine lieben Freunde, wir müssen uns leider vor Augen führen, dass der militärisch-operative Teil unserer Organisation zunehmend außer Kontrolle gerät!«

Beunruhigtes Gemurmel unter den Anwesenden.

»Ich musste zu meinem Bedauern schon mehrfach feststellen, dass unser Operationsleiter und designierter Chef des künftigen Super-Ministeriums für Fragen der Außen- und Verteidigungspolitik, Thomas Goppel, schon mehrfach eigenmächtige Entscheidungen getroffen hat, die durch unser

190

Führungsgremium nicht mitgetragen oder genehmigt waren.

Er hat es einerseits nicht für nötig befunden, uns im Vorfeld zu informieren oder er hat sich gar über eindeutige Handlungsanweisungen hinweggesetzt.

Sein eigenmächtiges Handeln, was den Anschlag auf dieses ›Asylantenheim‹ anbetrifft war schon unverzeihlich und hat uns großen Schaden zugefügt.

Seine Rechtfertigung, er habe eine Strafaktion gegen abtrünnige schwarzafrikanische Söldner durchführen wollen, die unter seinem Kommando standen, war inakzeptabel.

Es genügte ihm nicht mit entwendeten Bundeswehr-Schnellfeuergewehren das Haus zu durchlöchern, nein, er musste eine Panzerfaust einsetzen und das ganze Gebäude in Schutt und Asche legen. Damit hat er uns die gesamten Ermittlungsorgane auf den Hals gehetzt, und es bedurfte großer Anstrengungen durch gezielte Intervention bei unseren Mitgliedern in den entsprechenden Positionen, die Ermittlungen zu torpedieren und ins Stocken zu bringen.

Dann die Liquidierung dieses Mitarbeiters der unteren Führungsebene, dieses Oberfeldwebels Heim, auf den bloßen Verdacht hin, er sei ein Spitzel des Verfassungsschutzes, was sich im Nachhinein nicht einmal bewahrheitet hat. Wie sich durch Befragung von SECURE-Mitarbeitern herausstellte, hat Heim nach dem Anschlag gegen Goppel Partei ergriffen, weil er den Einsatz schweren Kriegsgeräts gegen Frauen und Kinder nicht befürwortete. Ein weiterer schwerer Fehler, der auch die Basis massiv verunsichert hat.

Der Söldnereinsatz in Afghanistan war ebenfalls ein Desaster für uns, weil es nie vorgesehen war, deutsche Soldaten zu töten. Obwohl es Goppels Idee war, Waffen aus dem Krisengebiet zu beschaffen, hat er die Verantwortung dafür von sich gewiesen.

Die gesamte Führungsebene unserer Organisation glaubt zusehends, dass Goppel, lassen Sie mich es lapidar formulieren, dass Goppel nicht mehr ›richtig tickt‹! Dass er mehr und mehr in ein Gewalt verherrlichendes Milieu abrutscht und sein gesamtes Umfeld in Angst und Schrecken versetzt. Selbst seine engeren Mitarbeiter fürchten seine Launen und trauen ihm nicht mehr.

Zugegeben, die Idee mit den Nigerianischen Söldnern war nicht schlecht. Es hat in der Bevölkerung Wirkung gezeigt. Ständige Überfälle und Tageswohnungseinbrüche, alles vor den Augen der braven Bürger ... eine wahrhaft zündelnde Idee.

Alles musste meinen, die Ausländerkriminalität explodiert. Bei der nächsten Landtagswahl – ein gigantischer Rechtsruck der Wählerschaft – und mein Mandat.

Aber nun eskaliert die Situation immer mehr. Die Söldner haben ›Blut geleckt‹ und gemerkt, dass sie mit ihrer Partisanen-Taktik nahezu gefahrlos agieren können und dass für sie mehr drin ist, als ein paar Wohnungseinbrüche und Handtaschenraubüberfälle. Sie arbeiten zwischenzeitlich auf eigene Rechung und sind groß ins Rauschgiftgeschäft eingestiegen. Außerdem holen sie immer mehr ihresgleichen ins Land, was die Lage knifflig macht. Goppel hat sie nicht mehr im Griff.

Sollte irgendwann eine Verbindung zwischen den Banden und unserer Politik gezogen werden, dann gute Nacht! Dann verlieren wir die Akzeptanz in der Bevölkerung, die wir uns so mühlselig erarbeiten mussten.

Hätten wir im Herbst noch eine reguläre Bundestagswahl vor uns, ich vermute, der Trend würde sich fortsetzen, aber das ist rein hypothetisch. Bis zum Jahresende werden wir wieder stabile Verhältnisse in Deutschland haben, und in Europa wird nahezu jedes Land zeitgleich denselben Prozess der Reinigung durchlaufen. Niemand wird sich an der Entwicklung in Deutschland stören. Unsere Kameraden in England, Frankreich, Spanien, Italien und Österreich sind bereit, mit uns in Europa eine gemeinsame politische Basis zu schaffen und Europa als neue Weltmacht zu etablieren. Eine geschichtsträchtige Großtat.

Da können wir uns die aggressiven Hardliner, die ›Goppels‹ in unserer Organisation nicht mehr leisten, allenfalls in zweiter Reihe als Männer fürs Grobe.

Werte Herrn des Ältestenrates! Nun geht Goppel endgültig zu weit. Er will eine Stuttgarter Staatsanwältin und den Leiter der Soko ›Afrika‹ liquidieren. Kleine Beamte, die zwischenzeitlich kalt gestellt sind und uns nicht mehr gefährlich werden können.

Dadurch schafft er uns, so kurz vor Nemesis, Probleme, die unsere gesamte Aktion gefährden können. Werte Kollegen, ich bin der Meinung wir müssen Goppel außer Gefecht setzen, weil er gefährlich ist, auch gefährlich für jeden von uns. In seinen Machtgelüsten ist er unberechenbar geworden.

Aber, sollten wir uns dazu entschließen, muss der Zeitpunkt sorgfältig gewählt sein. Durch dieses Vorgehen könnte es zu einer Spaltung unserer Organisation kommen, die dann Nemesis vereiteln würde und alle Arbeit, jede Investition, aller Einsatz wären umsonst gewesen.

Ich bitte um Ihre Beiträge!«

Es herrschte Stille unter den Anwesenden. Niemand war überrascht oder verunsichert, da sich Ähnliches bereits angekündigt hatte.

Sie versuchten, die eigentlich nicht mehr ganz neue, aber nun unausweichliche Lage gedanklich zu durchdringen. Man hatte diesbezügliche Komplikationen zwar seit längerem befürchtet, aber stets von sich gewiesen und nicht wahrhaben wollen.

Nun hatte es die ideologische und wirtschaftliche Führung der Organisation doch erreicht.

Zur Unzeit und mit dem Anspruch das Problem alsbald in den Griff zu bekommen ohne dabei großen Flurschaden anzurichten. Eine diffizile, fast unlösbare Aufgabe wie es schien.

Ein älterer, grauhaariger und sehr gepflegt wirkender Herr ergriff zuerst das Wort.

»Meine Herren, mit ihrer Erlaubnis, möchte ich Folgendes zu bedenken geben! Wir sollten uns nicht entzweien, bevor wir unser gemeinsames Ziel erreicht haben.

Niemand von uns würde in seinem Konzern, seiner Firma oder seinem Amt so handeln. Primär ist die Zielerfüllung, danach haben wir eine andere Zeitrechnung und können in relativer Ruhe aufs Neue entscheiden. Sind wir insoweit einig?«

Allgemeines Kopfnicken.

»Nun haben wir die besondere Situation, dass unsere Exekutive zu stark geworden ist und die Administration, nämlich wir, liebe Kollegen, hinterherhinken und in gewisser Weise abhängig sind. Abhängig von der faktischen Umsetzung unserer Operation.

Wir können unter Zugrundelegung eben dieser Fakten davon ausgehen, dass es ohne Goppel keine Aktion Nemesis in Deutschland geben wird.

Wenn das stärkste Glied der starken Kette in Europa ausfällt, werden unsere Kameraden in den Nachbarländern ihre liebe Not haben, unsere gemeinsamen Ziele umzusetzen, wir isolieren uns vollkommen und setzen uns als federführende Nation dem Gespött aus. Liebe Kollegen, vergessen wir nicht, was passiert, wenn wir versagen, dann sind wir alle geliefert! Wir sehen uns dann strafrechtlicher Verfolgung ausgesetzt, die unser aller Leben zerstören wird, trotz Einfluss und finanzieller Möglichkeiten.

Wir reden da nicht von einem Kavaliersdelikt, sondern von der Vorbereitung eines Angriffskrieges, Volksverhetzung, Bestechung, Korruption, Verstöße gegen das Kriegswaffengesetz und nicht zuletzt Teilnahme oder gar Mittäterschaft an diversen Tötungsdelikten, so auch dem Anschlag auf das Asylantenheim in Obertürkheim! Liebe Kollegen, wenn wir versagen, verlieren wir alles! Das muss uns klar sein, wenn wir über die Möglichkeit reden, Goppel loszuwerden oder auszuschalten.

Goppel ist mächtig geworden. Seine Männer fürchten ihn einerseits, andererseits himmeln sie ihn auch an, wie einen Messias. Bei einfachen Gemütern ist das eben so, ganz im Sinne von Hitlers Machtübernahme. Gebe ihnen eine Identität, gebe ihnen Macht, gebe ihnen ein Ziel und gebe ihnen vor allem ein Feindbild und sie rennen dir nach, wie dem Rattenfänger von Hameln.

Pröttel, Sie sind näher an der Lage, als wir alle zusammen! Was meinen Sie, wie wir vorgehen sollten?«

»Nun ja, in der Tat eine schwierige Konstellation! Aber Kollegen, wenn wir diesen Irren frei laufen lassen, wird er uns nach der Machtübernahme alle liquidieren. Einen nach dem andern oder eher noch alle zusammen, bei einem Treffen wie heute. Mit einem Schlag ist er Diktator. Ich traue dieser eiskalten Kreatur einfach alles zu!

Er hat meiner Ansicht nach keinerlei erkennbare politische oder wirtschaftliche Interessen oder Ideologien. Ich vermute, dass er zwischenzeitlich als geisteskrank einzustufen ist.

Realitätsverlust, Machtphantasien, hemmungslose Ausübung von Gewalt, sadistische Charakterzüge, er betrachtet unsere Organisation allein als Mittel zur Erfüllung seiner

Zwecke, schottet sich uns gegenüber perfekt ab und er ist nicht erreichbar für reale Fakten und Argumente.

Alles untrügliche Zeichen einer gravierenden psychischen Störung und eine Gefahr für uns alle.

Wir müssen verhindern, dass er uns in Gefahr bringt, aber wir müssen ihn für Nemesis benutzen und anschließend entscheiden wir je nach Lage.

Ich schlage vor, wir sorgen dafür, dass er beschäftigt ist, dann kommt er vielleicht nicht auf dumme Gedanken. Er soll eine Gesamt-Inspektion unserer Kampftruppen vornehmen, nochmals alle lokalen Leiter zusammenrufen und letzte Instruktionen erteilen. Eine finale Motivationsspritze … er hält doch so gerne markige Reden.«

»Pröttel, meinen Sie nicht, dass er den Braten riecht?«

»Und wenn es so wäre, so kann es uns egal sein. Er wird sein Ding machen und wenn wir ihn nicht mehr benötigen, erleidet er bedauerlicherweise eine Herzattacke! So begegnen wir eventuellen Schwierigkeiten mit seinen Schwarzen Sheriffs und unserer Basis.«

»Wie wollen Sie das bewerkstelligen, Pröttel? Oh nein, das will ich eigentlich gar nicht wissen. Ich vergaß, Sie waren ja mal Militärarzt und ein recht guter dazu! Tun Sie was nötig ist … unsere Zustimmung haben Sie … nicht wahr meine Herren?«

Beifälliges Nicken aller Beteiligten.

28. Beginn der heißen Phase

Gegen Ende der großen Besprechung im Präsidium, die genauso verlaufen war, wie Höll es erwartete, hatte sich Bergers Handy bemerkbar gemacht.

Vince Pen ließ seinen Freund nicht hängen und recherchierte, entgegen der Weisung seines Chefredakteurs im Falle der in Afghanistan gefallenen Soldaten weiter.

Über das Internetportal der Interessengemeinschaft von Eltern und Hinterbliebenen der gefallenen Soldaten war Penn auf mehrere Namen, Adressen und Erreichbarkeiten gestoßen.

Durch zahlreiche Gespräche mit Betroffenen kam dann soviel Material zusammen, dass sich langsam ein Bild des Geschehens formte.

Penn stieß bei seinen Nachforschungen unter anderem auf einen Unteroffizier, der bei der ISAF-Truppe gedient hatte und kurz nach dem fraglichen Ereignis in Afghanistan um seine Entlassung nachgesucht hatte.

Es kostete ihn Mühe den Ex-Soldaten ausfindig zu machen, und als er ihn fand, hätten ihm seine Fragen beinahe zusätzlich eine Tracht Prügel eingebracht, wenn ihm nicht ein seltsamer Zufall zu Hilfe gekommen wäre.

Der junge Mann war ebenfalls sexuell so veranlagt wie Vince Penn und bemerkte, trotz, oder gerade wegen einer gewissen Einfachheit seines Wesens, diesen Umstand relativ bald.

Die beiden Männer verstanden sich sofort, wenn auch nur auf einer platonischen Ebene. Das gegenseitige Verstehen war im Wesentlichen auch auf die absolute Professionalität des langjährigen, versierten Journalisten zurückzuführen, der

Rollenspiele aller Schattierungen beherrschte und zudem gute Informationen seiner Quellen großzügig mit Geldmitteln honorierte.

Nun erzählte ihm der junge Mann, dass er mit seinem Gefährten, einem Mannschaftsdienstgrad, in einem Lager im Norden Afghanistans Dienst verrichtet hatte. Niemand habe von ihrer Beziehung gewusst und sie hätten auch sehr darauf geachtet, dass es nicht bekannt wurde.

Eben dieser junge Mann sei zu einem Waffentransport von Kabul zum Stationierungslager im äußersten Norden des Landes eingeteilt worden. Irgendwann sei der Funkkontakt zum Konvoi abgebrochen.

Er habe dann die toten Kameraden und unter ihnen seinen Freund mit eigenen Augen gesehen, als man nach dem überfälligen Konvoi gesucht, und die beklagenswerten Überreste gefunden habe.

Sie seien, bis auf die beiden Wachsoldaten, alle gefesselt gewesen und durch eine gewaltige Explosion buchstäblich in Stücke gerissen worden.

Der Ex-Unteroffizier war sich ganz sicher, dass es sich um einen Überfall der Taliban oder einer anderen Partisanengruppe gehandelt haben musste. Das Ziel war es, seiner Meinung nach, wie schon so oft, nagelneue Kriegswaffen deutscher Fertigung zu erbeuten und die ›Besatzer‹ zu verunsichern. Die Soldaten hätten zunehmend Angst vor Einsätzen in bestimmten Gebieten bekommen, weil sie fast sicher mit Überfällen oder Anschlägen rechnen mussten. Zudem förderte jeder tote Soldat der westlichen Streitkräfte auch den politischen Widerstand in den Heimatländern.

Er habe den Anblick seines toten Freundes und der anderen Kameraden nicht ertragen können und habe umgehend um seine Entlassung nachgesucht.

Vince Penn hatte eine zuverlässige Quelle aufgetan und so eine super Story aufgerissen. Nun hieß es für ihn, vorsichtig zu agieren um sich nicht den Zorn seines Chefredakteurs zuzuziehen, der ihm die Recherchen in diesem Fall untersagt hatte. Dennoch wollte er die Schlagzeile im Auge behalten und zusätzlich seinen Freund Berger entsprechend bedienen können. Ein schwieriges Unterfangen.

Wenn Berger von einer Pressemeldung überrascht worden wäre, hätte Penn einen guten Freund weniger gehabt und er selbst würde eventuell eine einzige Titelseite gegen eine Sensations-Story mit Fortsetzungscharakter eintauschen. Also musste er sich mit Lenz abstimmen, um selbst auch den maximalen Erfolg für sich und seine Zeitung herauszuholen.

Nun war für Lenz Berger alles klar. Ella hatte Recht gehabt. Es gab allem Anschein nach eine direkte Beziehung zwischen den Kriegswaffen der Bundeswehr, dem Schmuggelschiff, der Blue Sky, der Russen-Mafia, dem Tod seines portugiesischen Freundes, einer bisher unbekannten rechtsradikalen Organisation und dem Anschlag in Obertürkheim.

Lenz Berger, der alt gediente Kripobeamte, spürte in sich eine nicht enden wollende und langsam zunehmende Unruhe. Zwar gehörte die Aufklärung von Mordfällen seit Jahrzehnten zu seinem Handwerk, aber das war eine andere Kragenweite. Keine bloße Beziehungstat mit zumeist krankhaften sozialen Verwerfungen. Nein, hier musste er in mehreren Ebenen denken, was zweifellos eine Herausforderung darstellte, ihn aber auch an seine Grenzen brachte.

Berger wusste nicht mehr, wem er trauen konnte, mit wem er sein Wissen, seine Erkenntnisse teilen sollte, wo er Hilfe und Unterstützung finden würde.

Seit der Besprechung im Präsidium hatte er selbst den

Glauben an die Funktionsfähigkeit der deutschen Exekutive eingebüßt.

Die Justiz war seit Jahren unterbesetzt, überlastet und endgültig im Dickicht der Gesetzesflut erstarrt. Politisch war selbst für die allgemeine Sicherheitslage seit Jahren nichts zu erwarten gewesen. Für eine so besondere Aktion fehlten ihm die Kontakte und Geldmittel wären ohnehin nicht kurzfristig locker zu machen.

Also, was blieb ihm übrig? Er musste auf eigne Faust handeln und sich der vorhandenen Ressourcen bedienen, wenn etwas geschehen sollte.

Berger war klar, dass sehr bald etwas geschehen musste und es war ihm bewusst, dass es gefährlich werden würde, für ihn und für alle, die davon wussten.

Niemand durfte ein Sterbenswörtchen erfahren, wenn seine Aktion auch nur den Hauch des Erfolges erleben sollte.

Er fasste den Entschluss seinen Freund und langjährigen Kollegen Werner Mäurer einzuweihen, denn ihn brauchte er als Rückversicherung und dann natürlich noch Ella. Mit ihren staatsanwaltschaftlichen Befugnissen war sie seine Trumpfkarte, die er allerdings nur einmal ausspielen konnte, da sie durch den Oberstaatsanwalt von der Soko und deren Randermittlungen abgeschnitten worden war.

Sein Inspektionsleiter, Oberrat Höll, war nach seiner verheißungsvollen Ankündigung, er werde ihn in geheime Kenntnisse einweihen, diesen Vertrauensbeweis schuldig geblieben. Er konnte Höll demnach auf keinen Fall in seine Pläne einweihen. Die Aktion musste schnell und unvorbereitet auch über das Präsidium hereinbrechen, sonst hätte man ihn sofort kaltgestellt.

Abends, als er sich wie vereinbart, wieder mit Ella in deren Wohnung traf, war diese immer noch beseelt von der Vorstellung ihrem Abteilungsleiter, Dr. Kiesel, genauso übel mitzuspielen, wie er es ihr angetan hatte. In ihrer jetzigen schwachen Position war all ihre jahrelange Arbeit ohnehin zunichte gemacht worden.

Sie war jetzt, auf Geheiß des Dr. Kiesel, nur noch eine ganz ›normale‹ Staatsanwältin mit langen Arbeitstagen, dutzenden von Fällen, die sie nach engen Zeitvorgaben abarbeiten musste, und wenn sie zehn Fälle am Tag mit Strafbefehlen abschloss, kamen fünfzehn neue nach. Sie musste handeln, aber wie?

»Nein Lenz! Nein, das kann ich nicht machen! Durchsuchungen bei allen Fahrzeughaltern, die in München am Hotel Bodenberger Hof festgestellt wurden … unmöglich! Wo soll da der Rechtsgrund sein? Ich hab keine tatsächlichen Anhaltspunkte für das Vorliegen von Straftaten. Ich muss das präzisieren, sonst unterschreibt mir das kein Richter der Welt.«

»Ella, wir kommen sonst nicht weiter und die Zeit drängt! Wir müssen direkt in die Höhle des Löwen! Damit rechnen die nicht und dann haben wir eine Chance. Im Übrigen, wer redet denn davon, dass wir einen Richter brauchen, der uns einen Durchsuchungsbefehl unterschreibt, das machst du selbst!«

»Ja sag mal, spinnst du jetzt vollkommen? Der Kiesel reißt mir den Kopf ab und leitet massenweise Verfahren gegen mich ein. Dann macht er mich ganz genüsslich fertig! Das kann ich nicht machen. Das Risiko, dass etwas schief geht, ist mir zu hoch.«

Lenz wurde ernst.

»Ella! Ich muss dir doch nicht sagen, was das für Leute sind.

Was allein in Afghanistan mit den deutschen Soldaten

passiert ist! Ich weiß nur gesichert, dass alle tot waren. Sprengstoff, Bombe, Granate, wer weiß das schon? Die Todesart ist ja eigentlich auch egal, aber sie wurden umgebracht!

Das waren keine kriegerischen Handlungen, bei denen Soldaten normalerweise fallen, nein es ging darum, dass jemand die Waffen haben wollte! Die Waffen waren wohl für Deutschland bestimmt. So eine Art Re-Import, wobei der legitime Besitzer der Ware ermordet wurde.

Mit welcher brutalen Konsequenz die in Portugal meine Kollegen beseitigt haben?! Eine Autobombe und ein fast öffentlicher Mord im Krankenhaus!

Wenn ich daran denke, was die mit Luiz gemacht haben, dreht sich mir der Magen um und ich kriege echt Anwandlungen, jeden einzelnen von denen, der mir vor die Flinte kommt, dahin zu schicken, wo er hingehört … in die Hölle!

Ich hatte nur das Glück gleich nach dem Einsatz Portugal verlassen zu können, sonst wäre ich auch noch dran gewesen.

Die VP auf dem russischen Frachter war auf hoher See plötzlich spurlos verschwunden und dann noch dieser ehemalige Bundeswehr-Oberfeldwebel mit dem eingeschlagenen Schädel.

Stell dir bloß mal das Massaker von Obertürkheim vor! Stell es dir vor, und versuch mal alles mit den Augen der Opfer zu sehen. Ich war am Tatort. Wer zu so etwas Diabolischem in der Lage ist, dem musst du grundsätzlich alles zutrauen.

Dass die es wagen, mitten in Baden-Württemberg in einem Wohngebiet, einen so brutalen Anschlag durchzuziehen, ist entweder grenzenlose Dummheit oder die Gewissheit, dass sie stark sind und zuschlagen können wann und wo sie wollen.

Ella glaub mir, die machen auch vor uns nicht halt, wenn wir denen im Weg sind. Bei mir haben die es ja schon probiert und das war echt knapp im Hafen von Lissabon.

Du Ella, die haben massenweise Kriegswaffen, womöglich sogar die unserer eigenen Bundeswehr! Kriegsgerät in den Händen von skrupellosen Mördern. Weißt du, was da alles möglich ist … je nach dem wie die organisiert sind, haben wir bald bürgerkriegsähnliche Zustände.

Du, ich bin mir zwischenzeitlich gar nicht mehr so sicher, wie manche meiner Kollegen denken und ob sie sich im Zweifelsfall für ihr ›Vaterland‹ opfern würden, wenn es hart auf hart geht? Vater Staat, die Politiker und Bürokraten haben viele Polizisten oft genug in den Hintern getreten und im Stich gelassen. Einige der uniformierten Kollegen des mittleren Dienstes aber auch viele unserer Polizeistudenten fühlen sich als billiges Kanonenfutter, als Prügelknaben für das Versagen unserer Politiker. Viele wünschen sich Veränderung, sind aber zu träge, um selbst was in die Wege zu leiten. Wenn da jemand kommt, der ihnen das abnimmt und Besserung verspricht, dann weiß ich nicht, wie sich viele Polizisten entscheiden würden.

Das ist sicher bei den anderen Sicherheitsorganen ähnlich.

Ella, denke bloß mal an die letzte Besprechung der Elefantenrunde. Ach, du warst ja nicht dabei. Ich hab dir ja erzählt, dass sich alle gegenseitig belauert haben und kein erkennbarer Synergie-Effekt zustande kam. Jeder weiß, da läuft was gewaltig schief, aber niemand nimmt die Zügel in die Hand und sagt … ›jetzt geht's los … alle mir nach!‹

Es ist fast so, als wären alle gelähmt. So was hab ich noch nicht erlebt. Eigentlich kann das ja nur heißen, entweder trauen sich die Behörden gegenseitig nicht mehr über den Weg oder sie werden ausgebremst. Vielleicht sogar von Innen? Der ganze Apparat ist womöglich schleichend unterwandert worden und es sitzen schon Mittelsmänner in entscheidenden Positionen? Das liegt eigentlich nahe.

Ella, wir sind allein auf weiter Flur. Koordinierte Maßnahmen sind nicht in Sicht.

Ich weiß nicht, aber dir müsste doch klar sein, dass wir nicht auf halbem Weg stehen bleiben können. Wenn wir jetzt zurückrudern, kapitulieren wir vor Unrecht und Gewalt. Wir können uns jetzt schon vorstellen, was dann noch alles folgen wird.«

Lenz war selbst erstaunt über die Ausführlichkeit seines Monologs. Einerseits war er froh, dass er Ella alle Fakten so deutlich, klar und stimmig hatte vermitteln können, andererseits hatte er sich dabei selbst in Rage geredet.

Ein tiefer Seufzer von Ella zeigte an, dass sie mit sich kämpfte. Sie war sich unschlüssig und wollte alles eigentlich gar nicht so schwarz sehen wie Lenz.

Tief in sich fühlte sie jedoch, dass sie sich selbst nur beschwichtigen wollte und er Recht hatte.

»Lenz, wenn ich eine Durchsuchungsaktion diesen Ausmaßes wegen Gefahr im Verzug anordne, in einem Fall operiere, der gar nicht mehr meiner ist und darüber hinaus auch noch den Kiesel als meinen Chef übergehe, dann bin ich fällig. Wenn der Alte davon Wind kriegt, und das wird er, dann ist alles verloren!«

»Sag mal, hat der nicht irgendwann mal frei oder Urlaub in nächster Zeit?«

»Na Mensch, natürlich! Nächste Woche hat er dienstfrei und will zum Wandern in die Berge, hat er gesagt!«

»Braves Mädchen! Da müssen wir zuschlagen! Hast du die Halter der Hotelbesucher aus München abchecken lassen?«

»Oh, ja! Lenz, gut dass du es ansprichst. Das hab ich vergessen zu erzählen.

Die Tiefgarage wird nur von den Eigentümern und ihren speziellen Gästen benützt. Öffentliches Parkieren ist dort nicht zugelassen, hat mir die Münchner Polizei übermittelt.

Also können wir davon ausgehen, dass alle 20 Fahrzeuge, die dort standen, auch irgendwie zum Hotel gehören.

Dabei ist mir aufgefallen, dass allein fünf Fahrzeuge auf eine dubiose Sicherheitsfirma zugelassen sind. SECURE oder so ähnlich. Der Firmenchef ist ein gewisser Thomas Goppel. Eine schillernde Halbweltfigur.«

»Lass mich raten! Es waren alles dunkle Geländewagen der Marke BMW vom Typ X5 mit Münchner Kennzeichen?«

»Ja ganz genau! Woher wusstest du das?«

»Sag mal, hab ich dir nicht von der Zeugin erzählt, die nachts ihren Hund zum Pinkeln ausgeführt hat? Diese alte Dame aus Obertürkheim?!«

»Alte Dame? Sag bloß, du hast eine Zeugin für den Anschlag und hältst das wohl für deinen privaten Wissensvorsprung! Mensch, so geht das doch nicht! Lenz, das kannst du nicht bringen!«

»Tut mir echt leid, das war bei mir schon abgehakt, weil ich mir nichts davon versprochen hatte. Die Frau ist fast 90, niemand nimmt sie als Zeugin mehr ernst, und wenn raus kommt, dass wir da eine Zeugin haben, dann existiert die ohnehin bald nicht mehr. Da kannst du sicher sein.

Die hat die Autos gesehen. Große schwarze BMW-Geländewagen mit Münchner Kennzeichen.

Ich hab bisher nur mit Werner darüber gesprochen und ihn angewiesen, die Zeugin richterlich vernehmen zu lassen um die Aussage abzusichern. Das müsste auch schon längst über die Bühne sein. Ich hab mich in letzter Zeit nicht mehr drum gekümmert.«

Ellas Gesichtsausdruck wurde sehr nachdenklich.

»Verdammt Lenz, wenn das so ist, na dann kann ich davon ausgehen, dass der Kiesel das auch weiß. Der weiß also ganz sicher vom vernehmenden Richter, dass es eine Zeugin für die Soko gibt, das wäre ja eine Sensation und würde sofort die Runde machen, aber ich hab bisher noch nichts gehört – gar nichts.

Du ich sag dir, da stimmt was nicht! Wie er sich gegenüber dem Münchner Anwalt verhalten hat, der das Callgirl als Zeugin brachte?

Du, wenn das stimmt, hab ich ihn am Schlafittchen, den alten Sack. Wenn der Zeugen beeinflusst oder wichtige Aussagen unterdrückt, dann ist er dran.«

»Ella, steigre dich da bloß nicht rein, denn der Kiesel muss dir erst mal vollkommen egal sein! Du wolltest mir doch gerade was von diesem Goppel erzählen?!«

»Ach so, natürlich … der Goppel, wo war ich gerade?«

»Du warst gerade bei dem Sicherheits-Unternehmen!«

»Gut. Die Firma heißt ›SECURE Safe and Life Guards‹ und gehört einem Dr. Thomas Goppel. Eine schillernde Persönlichkeit. Multimillionär mit dubioser Vergangenheit. Man konnte ihm nie was nachweisen und er verfügt über beste Kontakte bis ganz nach oben.«

»Was macht denn dieser Goppel, wenn du sagst, man konnte ihm nie was nachweisen?«

»Ich weiß nicht viel über ihn. Er hat mehrere Autohäuser, ich glaub in München und Stuttgart, dann hängt er in einigen Speditionen mit drin und seine schwarzen Sheriffs sind über die ganze Republik verteilt. Keine Ahnung, aber das müssen mehrere tausend Sicherheitsleute sein.«

»Was, so viele? Sicher alles harte Jungs, bewaffnet und gut ausgebildet? Mensch Ella, das ist unser Mann! Wie heißt der?«

»Goppel. Dr. Thomas Goppel!«

»Was für einen Doktortitel hat der eigentlich?«

»Dr. phil. Soweit ich weiß ist er Psychologe.«

»Aha Psychologe! Ein Psychologe als Spediteur, Autohausbesitzer und schwarzer Ober-Sheriff mit Kontakten in die High Society und sicher auch in die Under Society! Da haben wir ja einen, der scheinbar vom rechten Weg abgekommen ist, also einen Menschen, der vermutlich erhebliche Probleme mit sich und seiner Mitwelt hat, weil er sich trotz seines breiten Berufsspektrums wenigstens dafür entscheiden konnte, reich und einflussreich zu werden. Als Psychologe hat er sicher auch die Fähigkeit andere Menschen in seinem Sinne zu manipulieren. Sonst wäre er wohl nicht so weit gekommen.

Ella, ich bin mir ganz sicher, dass der unser Mann ist!

Lenz … was macht dich so sicher, bei dem Goppel?«

»Ich kann eins und eins zusammenzählen und was du mir über ihn erzählt hast, langt für einen ganz dicken Anfangsverdacht.

Sag mal, was sind denn die anderen Fahrzeughalter aus dem Hotel für Burschen? »

»Oh, da hab ich nichts Bedeutendes gefunden! Geschäftsleute einfach, vermutlich nur Mitläufer.«

»Also gut. Wir brauchen staatsanwaltschaftliche Anordnungen für alle Personen, Wohnobjekte und Geschäftsadressen in Stuttgart und München! Schaffst du das logistisch, oder brauchst du Hilfe?«

»Hilfe? Wie stellst du dir das vor? Da kann ich die Aktion ja gleich ans schwarze Brett nageln!«

»Sorry, du hast recht! Als Aufhänger können wir ja die Aussage der Münchner Prostituierten nehmen. Illegale Prostitution, vielleicht noch Vergewaltigung oder sexuelle Nötigung. Ja keinen Hinweis auf rechtsradikale Umtriebe, da könnten Informationen vorab in falsche Hände gelangen und schlafende Kampfhunde geweckt werden! Wenn etwas aus der rechten Szene gefunden wird, dann sind das eben Zufallsfunde!«

»Aber Lenz, wenn deine Kollegen nur nach Hinweisen auf Prostitution suchen, übersehen sie vielleicht Anhaltspunkte und Beweismittel, die wir in diesem Fall wirklich brauchen, denn wir sollten schon schauen, dass wir bei den Durchsuchungen wenigstens auch gleich ein paar Festnahmen kriegen.

Stell dir den ›Worst-Case‹ vor! Wir ziehen diese Großaktion durch und finden nichts Belastendes, warum auch immer. Meine Vorgesetzten und die Presse zerreißen mich in der Luft! Die nehmen mich nicht mal mehr als Straßenkehrer und ich kann auswandern.

Dir passiert nicht viel! Disziplinarverfahren, Suspendierung und vorzeitiger Ruhestand vielleicht, denn du hast ja auf meine Anweisung hin gehandelt.

OK! Ich bin nicht feige, aber ich möchte schon die Spur einer Chance haben, dass wir das hier heil durchstehen und am Schluss die Guten sind, die den bösen Drachen besiegen!«

Lenz fasste Ellas Hände und sagte irgendwie bedeutungsvoll …

»Ella, wir sind die Guten und wir werden siegen! Glaub mir, wir schaffen das und zwar gemeinsam!«

29. Aktion Wasserschlag

»Lenz, bist du denn wahnsinnig? Warum machst du das so zu deiner Sache, dass du vollkommen die professionelle Distanz verlierst? Mich wirst du auch noch reinreiten! Nein, nein, nein, so geht das nicht!

Hat dich das Weibsbild denn vollkommen um den Verstand gebracht? Wie hat sie dich da mit reingezogen? Das möchte ich gerne wissen!

Ich habe Frau und vier Kinder zu Hause, die wollen ihren Daddy nicht im Knast besuchen oder betteln gehen!«

Werner Mäurer war außer sich vor Wut. Er fühlte sich übergangen und suchte die Schuld bei der jungen Staatsanwältin, denn er kannte Lenz und seine Schwäche für gut aussehende und zumeist schwierige Frauen. Außerdem konnte er sich noch gut an die Affäre der beiden vor langen Jahren erinnern.

Er war damals derjenige, der Lenz jeden Tag wieder aufrichtete, hin und her gerissen zwischen zwei Frauen ... seiner eigenen, Rita Berger-Schulz, der allwissenden und übermächtigen Studienrätin und eben dieser jungen Juristin Ella Stork.

Lenz ging es damals gar nicht gut. Er stürzte im Dienst ab, kam zu spät, ließ seine Arbeit liegen und kümmert sich um überhaupt nichts mehr. Er rauchte, soff und sein tägliches Schlafaufkommen konnte Werner damals leicht an einer Hand abzählen.

Als damals die Trennung von Ella kam, war Lenz nur noch ein Schatten seiner selbst. Selbst die Trennung von seiner Ehefrau Rita hatte Lenz nicht so mitgenommen.

Es war eine üble Zeit gewesen. Zwischen Werner Mäurer und seiner Ehefrau gab es einige Male Krach, weil Werner abends häufig mit Lenz in den Kneipen herumhing.

Dabei fühlte er sich aufgerufen, seinem Freund in der Not beizustehen und ihn wieder zu beleben.

Und nun war es erneut so weit. Das Weib hatte ihn verhext. Er hatte Ella noch nie gemocht, weil sie in seinen Augen kaltschnäuzig und durchtrieben war.

Der arme Lenz, wieder ein Opfer seiner Hormone und das mit 47. Ja wird der Kerl denn nie gescheit?

»Werner, alter Knabe, wir sind nun schon so lang zusammen und du bist so was wie ein großer Bruder für mich!«

»Neeeiiin!«

Werner schüttelte heftig den Kopf.

»Wenn du schon so anfängst, dann willst du mich nur um den Finger wickeln! Das läuft schon seit der Zeit nicht mehr, als du das Dezernat gekriegt hast und nicht ich. Ich war dein Bärenführer und jetzt bist du mein Chef! Da lachen ja die Hühner! Leider bist du auch mein Freund und ich fühle mich irgendwie verantwortlich für dich. Trotzdem bin ich seit damals etwas vorsichtiger geworden!«

»Werner, jetzt lass den alten Mist doch ruhen! Immer wieder die ollen Kamellen. Um das geht es jetzt doch gar nicht.

Du hast zwar recht, ich finde Ella sehr attraktiv, mehr noch als damals, aber die Entscheidung mit der Durchsuchung hab ich ihr abgerungen! Sie hat sich ebenso geziert wie du.

Wir kommen auf regulärem Ermittlungsweg nur langsam weiter. Viel zu langsam um wirklich dieser Entwicklung Einhalt gebieten zu können.«

Lenz erzählte Werner im Zeitraffer alle seine Erkenntnisse, die er in letzter Zeit zusammengetragen hatte und schloss dabei große Verständnislücken. Er endete mit der Frage …

»So mein Lieber, bei diesem Kenntnisstand, und ich konnte dir noch nicht einmal alle Fakten und Hintergründe vermitteln, was würdest du an meiner Stelle tun?

Wenn dir was Besseres einfällt ... bitte gern ... ich bin für alles offen!«

»Hmm, und was für eine Rolle hast du mir in diesem Affentheater zugedacht? Womit darf ich mich denn um Kopf und Kragen bringen?«

»Werner, du bist meine eiserne Reserve, mein Joker! Wenn alle Stricke reißen, dann kommt dein Part. Nächste Woche kein dienstfrei und keine Überstunden abbauen. Wir brauchen jeden Einzelnen. Du weihst unsere engsten Mitarbeiter maximal ein, zwei Tage vorher ein. Ich würde sagen Rudi und Christiane reichen fürs erste.

Wenn mir etwas passieren sollte oder ich sonst wie Hilfe brauche, dann bist du dran.

Erst wenn du nicht mehr klar kommst, erst dann weihst du den Höll ein und nimmst ihn in die Pflicht, so dass er nicht mehr anders kann, als alle verfügbaren Kräfte zu mobilisieren.

Ella und ich ziehen das Ganze gleich am Montag früh durch. Das heißt, die Münchner Kollegen leisten Amtshilfe im Rahmen der ›Gefahr im Verzug‹. Die haben sowieso den größeren Part. Bei uns in Stuttgart sind es nur ein Autohaus, eine Niederlassung der SECURE und drei Wohnungen.

Also dann, mein lieber Werner, wünsche ich uns viel Waidmannsheil.«

»Na, wenn das mal gut geht?!«, entgegnete der vollkommen entnervte Mäurer.

Es war Montagmorgen, als gegen 08:00 Uhr die Polizeipräsidien Stuttgart und München einen Anruf der Stuttgarter

Staatsanwältin Ella Stork bekamen. Sie äußerte das Ansinnen, mehrere Objekte zeitgleich gegen 10:00 Uhr durchsuchen lassen zu wollen. Die entsprechende E-Mail wurde parallel an die zuständigen Leiter der Tages- und Bereithaltedienste übermittelt.

In 16 Wohnungen und mehreren Geschäftsräumen fielen um Punkt 10:00 Uhr dutzende von uniformierten und zivilen Polizeibeamten ein, so dass es die Betroffenen an die biblische Heuschreckenplage erinnern musste.

Aktenschränke wurden ausgeräumt, Sideboards durchwühlt, Computer gesichtet, Papierkörbe geleert und vieles von unten nach oben gekehrt.

Heerscharen von Anwälten wurden von den Betroffenen zu Rate gezogen, Telefondrähte glühten und Handy-Sender waren überfordert.

Dann, gegen 14:00 Uhr, das niederschmetternde Ergebnis. Die Stuttgarter waren erwartungsgemäß zuerst fertig, dann eineinhalb Stunden später auch die Münchner.

Die Meldung lautete unisono …

»Frau Stork, wir haben trotz eingehender Suche nichts Relevantes finden können.

Sie bekommen unseren Bericht in den nächsten Tagen übersandt.

Übrigens haben die von der Maßnahme betroffenen Personen über ihre Anwälte wissen lassen, dass die Rechtmäßigkeit der Maßnahme gerichtlich überprüft werden soll. Zur Ihrer eigenen Absicherung wäre es sicher angebracht, alsbald die richterliche Bestätigung nachträglich einzuholen. Frau Stork, Sie sollten sich gute Gründe für Ihre Anordnung aufgrund von ›Gefahr im Verzug‹ überlegen, denn so ganz eindeutig und rechtlich wasserdicht schien die Begründung der Durchsuchungsmaßnahme nicht zu sein.«

Schlechte Nachrichten und wohlmeinende Ratschläge bei der Polizeipräsidien.

Nun war Ella vollkommen durch den Wind, weil sie wusste, was auf dem Fuße folgen würde.

»Frau Stork, ich musste eigens wegen Ihres eigenmächtigen Handelns meinen Wanderurlaub unterbrechen, weil mich der Justizminister dazu ersucht hat. Es liegen diverse Beschwerden gegen Sie vor. Ich zitiere … ahem …«

– Dr. Kiesel räusperte sich und rückte seine kleine Lesebrille zurecht –

»… ach, ich werde mich kurz fassen, denn das Schriftstück muss ich Ihnen nach unserer unliebsamen Unterredung ohnehin aushändigen. Die Schriftsätze der ›freischaffenden Kollegen‹, lassen Sie es mich mal so formulieren, eben diese Schriftsätze sind mit äußerst schwerwiegenden Anschuldigungen gegen Ihre Person nur so gespickt! Ausgehend von der Unrechtmäßigkeit dieser ominösen Durchsuchungshandlung, der Verfolgung Unschuldiger bis hin zu beamtenrechtlichen Delikten. Sie sprechen von Amtsmissbrauch und allgemein rechtswidrigem Vorgehen.

Ein Anwalt wagt sich sogar in den Bereich der Rechtsbeugung … natürlich vollkommener Quatsch! Frau Kollegin, das könnte man alles mit etwas Raffinesse irgendwie gerade biegen.

Für mich zählt allerdings etwas völlig anderes. Sie wussten von den Umständen, die zur Durchsuchung geführt haben bereits zu einem Zeitpunkt, zu dem einerseits die Einholung eines richterlichen Auftrages gut möglich gewesen wäre, und andererseits hätten Sie mich zuvor informieren müssen, was Sie nicht getan haben. Im Gegenteil, Sie haben gewartet bis ich im Urlaub war, um Ihren Alleingang, ich vermute mal, gemeinsam mit diesem Berger, in aller Ruhe durchführen zu können.

Darüber hinaus möchte ich Sie daran erinnern, dass ich Ihnen die Soko entzogen hatte. Sie haben sich wider meine ausdrückliche Weisung in Vorgänge eingemischt, die Ihnen nicht mehr oblagen und haben mich böswillig getäuscht und hintergangen. Ein Komplott gegen meine Person, Frau Stork, ich glaube, hiermit ist Ihre juristische Karriere bei der Staatsanwaltschaft nun endgültig beendet.

Nach Rücksprache mit dem Justizminister suspendiere ich Sie von Ihrem Amt und mache Sie gleich damit vertraut, dass ich gegen Sie strafrechtliche Vorermittlungen einleiten werde und gleichzeitig ein dienstrechtliches Verfahren gegen sie beantrage.

Das haben Sie sich alles selbst zuzuschreiben. Ich habe Ihnen viele Brücken gebaut und Sie hatten echte Chancen meine Nachfolgerin als Oberstaatsanwalt zu werden. Das können Sie nun vergessen.«

Kiesel wollte im Genuss des Moments, in zynischer Manier, ganz wie es seine Art der Menschenverachtung am Besten wiedergab, noch einen steigernden Effekt hinzufügen.

»Am Besten lassen sie sich schwängern und gehen ein paar Jahre in Mutterschutz, solange bis Gras über die Sache gewachsen ist! Dann bin ich auch in Pension und Sie können meinem Nachfolger die Stiefel putzen!«

Das war zuviel für die arg gebeutelte Ella, die sich bis dahin zurückgehalten hatte.

»Sie mieses chauvinistisches Schwein! Sie wollen mich opfern, um Ihre Sache besser durchziehen zu können! Aber da mach ich nicht mit!«

»Na, na, wer wird denn da ausfällig werden? Bewahren Sie Haltung, auch wenn Sie nicht wissen was das überhaupt ist.

Mit Ihren Verbalattacken verbessern Sie Ihre Lage kaum! Zudem zeugt es nicht von Sportsgeist, wenn man nicht wahrhaben will, dass man verloren hat!«

Nun beging Ella einen verhängnisvollen Fehler, indem sie zuviel ihres Wissens offenbarte.

»Na vielleicht verbessere ich meine Lage damit, dass ich mir einen Termin beim Justizminister hole oder besser noch gleich das Innenministerium einschalte und denen gewisse Hinweise auf einen hinterhältigen alten Drecksack bei der Staatsanwaltschaft gebe?!« Einen, der gern Leitender Oberstaatsanwalt werden möchte aber gleichzeitig Aussagen von Geschädigten und Zeugen unterdrückt und damit Ermittlungen in einem gravierenden Kapitalverbrechen behindert. Einen, der offenbar eine triftigen Grund für sein Verhalten hat!«

Kiesel wurde blass und schwieg gegenüber derart schweren Vorwürfen, obwohl er bis zu diesem Zeitpunkt der Ankläger gewesen war.

Ella bemerkte ihren Volltreffer, war sich allerdings nicht ganz sicher, was nun passieren würde.

»Frau Kollegin hat ihre Hausaufgaben gemacht und Frau Kollegin belieben mich unter Druck setzen zu wollen! Nun, dann wird Frau Kollegin wohl erfahren müssen, auf was sie sich da eingelassen hat und vor allem, mit wem sie sich da eingelassen hat! Darf ich Ihnen zum unrühmlichen Abschluss unseres höchst unerfreulichen Gespräches noch etwas mit auf den Weg geben, Frau Stork?«

»Oh bitte, tun Sie sich keinen Zwang an, Herr Dr. Kiesel!«

»Nun, ich werde mich zum ersten keineswegs auf Ihr armseliges Niveau begeben, aber Sie tun gut daran, sich bereits heute auf Ihrem Heimweg vorsichtshalber mehrmals umzudrehen, und weiterhin, sollte Ihnen bedauerlicherweise dennoch etwas zustoßen, wird es mir nicht im geringsten nahe gehen! Ich habe Ihre aufgeblasene, arrogante Art nie gemocht. Allerdings fand ich es immer recht amüsant, wie Sie mich mit Bein und Busen stets versucht haben in Ihrer Spur zu halten. Leider vergeblich, wie sie alsbald bemerken werden! Nun ein letztes ›Adieu‹ liebe Kollegin, und hoffentlich auf nimmer Wiedersehen. Sie wissen wo die Tür ist!«

»Ella war von dieser überraschenden Wendung wie betäubt. Der Kiesel hatte aufgrund ihres Provokationsversuches, den sie selbst als verzweifelte, letzte Gegenwehr eingestuft hatte, gerade ein glasklares Geständnis abgelegt.

Sie konnte es nicht fassen, aber er schien tatsächlich mit der Nazi-Bande unter einer Decke zu stecken.

Aber sie hatte nichts in der Hand. Sie hatte nicht einmal den Mut gehabt das kleine Diktiergerät, das ihr Lenz angeboten hatte, einzustecken und das Gespräch verdeckt aufzunehmen.

Sie hätte sich dadurch strafbar gemacht und das Beweismittel wäre unverwertbar gewesen. Aber verdammt noch mal, sie hätte es vorspielen können und Kiesel damit unter Druck setzen oder im Zaum halten können. Nun war ihr die Situation vollkommen entglitten.

Der meinte es ernst. Er fühlte sich überführt und bloßgestellt und jetzt musste sie um ihr Leben fürchten, wenn er erst seine Kampfhunde auf sie hetzen würde.

Sie konnte nicht damit rechnen, dass sie so glimpflich davon kommen würde wie Christiane Beck.

Kaum hatte Ella das Büro ihres Chefs verlassen, griff dieser zu seinem Handy.

Nahezu zur selben Zeit saß Lenz Berger im Stuttgarter Polizeipräsidium im Büro des Polizeipräsidenten Dr. Kunze.

Neben ihm, in gebührendem Abstand von zwei Metern, mehr auf dem Schreibtisch des Präsidenten als auf seinem Stuhl, Oberrat Höll.

»Berger, was haben Sie sich nur dabei gedacht solch einen hirnverbrannten Irrsinn wie diese Durchsuchungsaktion durchzuführen? Bei mir laufen die Telefone heiß und Ihretwegen darf ich heute Nachmittag beim Innenminister antanzen und muss mich für etwas rechtfertigen, von dem ich erst seit wenigen Stunden weiß.

Was soll ich ihm Ihrer Meinung nach sagen? Etwa, dass einer meiner Führungsmitarbeiter, der Leiter des Morddezernats und Leiter der Soko ›Afrika‹ schon immer ein Widerstandbeamter war? Einer, der seine direkten Vorgesetzten missachtet, Weisungen ignoriert, eigenmächtig handelt, und der mit einer Staatsanwältin, zu der er offensichtlich mehr als nur eine dienstliche Beziehung unterhält, paktiert, um unschuldige Bürger in ihrem Grundrecht auf Unverletzlichkeit der Wohnung zu beschneiden?!

Dann handelt es sich dummerweise auch noch um Bürger, die mit hohen politischen Amtsträgern der Landespolitik befreundet sind oder selbst politische Ämter inne haben.

Mann Berger, Sie sind doch wahnsinnig! Das kann mich meinen Kopf als Polizeipräsident kosten!«

Kunze wurde so richtig laut und feucht in seiner Aussprache. Seine Gesichtsfarbe stufte Lenz als Karminrot ein, vielleicht mit einem Stich ins Violette.

»Mann Berger, Sie sitzen da und grinsen sich eins! Glauben Sie mir, diesmal kommen Sie nicht so davon!

Ich habe Berichte ihres Inspektionsleiters, Herrn Höll, vorliegen, die Jahre zurückreichen und die bislang bei mir unter Verschluss waren. Die werde ich jetzt aktivieren um Höll und mir den Hals zu retten.«

Kunze wurde jetzt erst richtig amtlich.

»Herr Kriminalhauptkommissar Berger. Ich entbinde Sie von Ihren Aufgaben als Dezernatsleiter und entziehe Ihnen gleichzeitig die Leitung der Soko ›Afrika‹. Außerdem suspendiere ich Sie für die Dauer der Ermittlungen.

Sie werden schriftlich über die weitere Schritte und den Ausgang und des Verfahrens in Kenntnis gesetzt.

Halten Sie sich für die ermittelnde Dienststelle zur Verfügung!

Haben Sie mich verstanden?«

»Oh ja, Herr Präsident, natürlich habe ich Sie verstanden! Ich war immer dann gut für Sie, wenn ich irgendwelche Kastanien aus dem Feuer holen durfte. Jetzt, wo Sie mal was für mich und eigentlich auch für sich tun könnten, hören Sie mich nicht mal an und lassen mich wie eine heiße Kartoffel zurück ins Feuer fallen! Aber ich werde es Ihnen und diesem feinen Herrn von Inspektionsleiter beweisen, dass da was ganz Großes am Laufen ist, und dass ich damit Recht hatte diese Durchsuchungen durchzuführen.

Wir haben nichts gefunden, aber vielleicht haben wir nur an der falschen Stelle gesucht oder haben was ganz Wesentliches übersehen, ich weiß es nicht, aber ich werde es herausfinden und Ihnen beweisen, dass Sie bei Höll aufs falsche Pferd gesetzt haben! Genau das wird Ihnen dann erst recht den Kopf kosten!«

30. Dummheit

Als Lenz und Ella ihre Dienststellen mit hängenden Köpfen verließen, war ihr erster Gedanke ... anrufen! Trost und Hilfe suchen.

Es war, wie es manchmal im Leben eben so ist, dass zwei Menschen im selben Moment aneinander denken und versuchen einander zu erreichen. Dieser Umstand wird häufig beidseitig nicht nur als Zufall oder liebevolle Geste gesehen. Erklärungen tendieren eher in Richtung unerklärliche tiefe Bande, kosmischer Gleichklang oder Seelenverwandtschaft.

So auch bei den beiden leidgeprüften Beamten-Seelen.

Wie hätte das passen sollen, eine Staatsanwältin und ein Kriminalist? Zusammenarbeit ja, Wertschätzung ja, aber schon bei Zuneigung, einem sehr persönlichen Gefühl war die Grenze überschritten.

Was war los mit den beiden, welches Motiv trieb sie an? Waren sie beide Grenzgänger, die Grenzen ungern akzeptierten, Borderliner mit einem Hang zur Selbstzerstörung?

»Lenz, ich bin's Ella! Du, wir müssen uns unbedingt treffen! Das Justizministerium hat mich suspendiert und Kiesel hat es mir süffisant um die Ohren gehauen. Die wollen sogar gegen mich ermitteln!«

In Ellas Stimme lag ein deutlicher Unterton von Hilflosigkeit und Verzweiflung, der sich bei Lenz tief in den Magen bohrte.

»Pffff ... dich auch? Mich hat's auch erwischt! Dieser verbohrte Idiot von Präsident. Der konnte noch nie Freund von Feind unterscheiden – und jetzt – jetzt ist er voll auf den Höll abgefahren. Der Bursche hat mich sicher angeschwärzt! Vermutlich hat er schon seit Jahren gegen mich gesammelt, so wie du es mal angedeutet hast. Der hat nur einen Grund gesucht … und der Grund, den wir ihnen geliefert haben, war mehr als perfekt!

Geht in Ordnung, Ella, wann und wo sollen wir uns treffen?«

»Komm doch wieder zu mir! Ich bin abends oder nachts ungern allein unterwegs! Schon gar nicht mit der S-Bahn oder mit dem Bus. Sagen wir so gegen acht, halb neun? Wenn du da bist, bist du da – also keinen Stress – jetzt haben wir ja mehr Zeit als uns lieb ist!«

Ihre Stimme kippte ins Hysterische.

»So ein elender Mist, ich hatte gleich so ein ungutes Gefühl bei der Sache!«

»He Ella, steigere dich da bloß nicht rein! Wir reden heut Abend! Ich bring den Wein mit … oder hast du Lust auf was anderes?«

»Wein ist gut … aber du musst nichts mitbringen!«

»Doch, doch! Bei Wein bin ich heikel, das ist eine meiner wenigen verwundbaren Stellen, aber das weißt du doch!«

»Ja, ich kenne einige deiner verwundbaren Stellen, das stimmt. Also bis dann … ich freu mich! Ich freu mich wirklich, dass ich diesen Mist nicht allein durchstehen muss, dass wir zusammenhalten.

Tschüss Lenz, bis später.«

Parallel zu den morgendlichen Vorgängen bei der Staatsanwaltschaft und im Polizeipräsidium gewannen lang gehegte Pläne an Gestalt, denn Goppel konnte diese Schmach und diesen eindeutigen Angriff auf seine Person, seine Firmensitze und die Operation Nemesis nicht dulden. Dazu noch der eindeutige Anruf von Kiesel.

Er musste handeln, und zwar diesmal ohne die Quatschköpfe des Fördervereins oder Ältestenrates.

Diesen Berger und die Stork einfach ausknipsen! Kein Schwein würde sich für die beiden interessieren. Aber nein, so einfach lag dieser Fall nicht. Er musste sich zuerst vergewissern, was die beiden wussten und wen sie eingeweiht hatten. Er musste das ganze Nest ausräuchern und dann ab in die Schrottpresse oder die Kiesgrube ... irgendein lauschiges Plätzchen würde sich schon finden.

Ella und Lenz saßen gegen 23 Uhr wie ein altes Ehepaar auf dem Sofa in ihrer Wohnung. Sie hatten ein zweistündiges, intensives Gespräch hinter sich, in dem sie versuchten die Fehler der Durchsuchungsaktion aufzuarbeiten und Wege aus dem Desaster zu finden.

Beide waren sich sicher, dass irgendetwas passiert sein musste, jemand hatte Wind davon bekommen, hatte die Polizei-Aktion verraten.

Unmöglich, keinerlei verwertbare Beweismittel bei allen Durchsuchungs-Objekten, wie hätte das sonst passieren sollen?

Irgendwo saß der Maulwurf, aber wo? Kiesel konnte es nicht sein, der war im Urlaub.

Im Präsidium wussten natürlich einige Leute schon einen Tag zuvor, dass am nächsten Tag durchsucht würde, aber nicht wo und zu welchem Zweck. Werner, Christiane, Rudi ... unmöglich.

Eine seltsame Stimmung belagerte den Raum. Sie redeten sich die Köpfe heiß und kamen zu keinem Ergebnis, also entschlossen sie sich, einen Film anzusehen.

Ellas Sammlung war nicht gerade der Geschmack, den Lenz bevorzugte. Zum Glück fand er noch ein Exemplar

›Krieg der Sterne‹ Episode IV und wunderte sich, wie sie den Weg in Ellas Regal gefunden hatte. Neben all den anderen Schmachtfetzen machte sich ›Krieg der Sterne‹ aus, wie ein Juwel unter Kieselsteinen.

Es klingelte an der Tür.

»Du sag mal, wer klingelt denn um diese Zeit bei dir?«

»Ach, dass ist bestimmt wieder ein Mitbewohner, der seine Schlüssel vergessen hat und will, dass man ihn ins Haus lässt.«

»Ja und dann, was macht er dann? Seine verschlossene Wohnungstür eintreten? Das bringt doch gar nichts ... oder habt ihr einen Hausmeister, der hier wohnt?«

»Nö, das ist so eine Verwaltungsgesellschaft, die sich darum kümmert.«

Ella stand auf und ging zur Sprechanlage.

»Ja bitte! Hallo, wer ist da? Vielleicht auch bloß irgendwelche Idioten, die ihren Schabernack treiben?!«

Ella setzte sich wieder neben Lenz und schaute ihn kurz im Profil an.

Er merkte es sofort und schenkte ihr ein Lächeln. Dann nahm er frech ihre Hand und küsste sie zart, so dass sich bei Ella augenblicklich ein warmes liebevolles Gefühl einstellte, das sie für einen Moment ihren Verdruss vergessen ließ. Krieg der Sterne war ihr zu Action-lastig. Es wurden zwar Beziehungen dargestellt, aber es war ihr zu wenig Gefühl dabei.

Für Lenz war es genau der richtige Streifen. Er hatte ihn zwar schon zum vierten oder fünften Mal gesehen, aber das schreckte ihn nicht. Immerhin ein Klassiker.

Der Film war gerade in eine spannende Phase eingetaucht und das Schlachtgetümmel groß, als von den beiden unbemerkt und leise die Wohnungstür von außen geöffnet wurde. Kundige Finger hatten mit einem raffinierten Einbrecherbesteck die Zuhaltungen des Sicherheitsschlosses überwunden und fünf bewaffnete Männer in Security-Uniformen drangen in die Wohnung ein.

Sie schlichen den Flur entlang, bis sie sich ein Bild davon gemacht hatten, wo Ella und Lenz saßen. Mit den Rücken zu ihnen, vor dem Fernseher.

Drei stürzten sich sofort auf Lenz, der keinerlei Abwehrchance hatte.

Ella stieß einen spitzen Schrei aus, wurde aber sofort zu Boden geworfen und mit Klebeband an Hand und Fußgelenken fixiert. Auch ihr Mund wurde verklebt.

Lenz hatte weniger Glück, denn er versuchte sich nach Leibeskräften zu wehren, aber gegen die muskelbepackten Kolosse kam er nicht an. Nachdem er einen mit der Faust am Kopf getroffen hatte, verpasste ihm ein anderer einen wuchtigen Fausthieb zuerst in den Magen und als er sich vor Schmerzen wand, einen heftigen Handkantenschlag in den Bereich der unteren Halswirbel. Lenz wurde es schwarz vor Augen und er sackte in sich zusammen.

Beide hilflosen Opfer wurden wie gerettete Bergsteiger mit einem Seilzug über den Balkon abgelassen und das in einer affenartigen Geschwindigkeit. Niemand im Haus schien das Geringste zu merken, bis auf den jungen Mann aus dem ersten Stock, der versuchte sich das Rauchen abzugewöhnen und seit Stunden im Dunklen auf dem Balkon saß und seine schemenhafte Zigarettenpackung anstarrte. Nachdem die Packung den Hypnose-Wettstreit zu gewinnen schien und der Unterlegene sich gerade dazu durchgerungen hatte, nun doch eine zu rauchen, schwebte Ella als erstes Paket am Seilzug an ihm vorüber. Zu seinem Glück fiel ihm die Zigarette aus dem Mund und so unterließ er es sein Feuerzeug zu entzünden.

Unten warteten bereits drei dunkle BMW-Geländewagen auf ihre Fracht.

31. Der Schrottplatz- Showdown

»Chef, wir haben die beiden Vögelchen im Netz und kommen jetzt zur Basis!«,

sagte der Beifahrer des ersten Wagens per Handy an Goppel durch.

»Gab es Schwierigkeiten? Hat euch jemand bei der Aktion gesehen oder ist euch irgendwas Besonderes aufgefallen?«

»Nein, keinerlei Probleme! Durch unsere Observation hat sich schnell gezeigt, dass unsere beiden Zielpersonen sich heute in der Wohnung zusammenfinden, um ihre Wunden zu lecken. Genau, wie Sie es vorausgesehen haben. Wir mussten nur abwarten. Alles ging so schnell und reibungslos vor sich, dass niemand was mitbekommen hat.«

»In Ordnung, Jungs, dann fahrt recht vorsichtig, dass der wertvollen Fracht auch ja nichts passiert. Das kommt dann später, wenn wir das haben, was wir wollen!«

Beide Männer lachten in Begeisterung darüber, was sie sich eben vorgestellt hatten.

Die rasante Fahrt ging auf die A8 Richtung München zu Goppels Hauptquartier, auf den Schrottplatz.

Dort wurden Ella und Lenz in Transportsäcken ins Haus geschleppt und erst in einem fensterlosen Raum im Keller von ihren Fesseln befreit.

Der Raum war kameraüberwacht und bestückt wie eine Gefängniszelle.

Zwei Pritschen mit Wolldecken, ein Tisch, zwei Stühle und ein WC.

Beide waren durch die rüde Behandlung und die lange Fahrt etwas orientierungslos und träge geworden.

Auf ihrer harten Liegestatt fielen sie beide in einen tiefen traumlosen Schlaf.

Goppel hatte das gesamte Prozedere per Videoüberwachung beobachtet.

»Wir lassen beide ein paar Stunden schlafen, denn es nützt uns nichts, wenn sie bei unserer hochnotpeinlichen Befragung gleich schlapp machen. Wir wollen unsere Vögelchen ja auch singen lassen! Ihr letztes Morgenlied!

Jungs, macht die beiden Verhörräume inzwischen einsatzklar, damit sich nachher keine Verzögerungen mehr ergeben!

Wir fangen mit der klassischen Methode an und schlagen ihn in ihrer Gegenwart. Dann trennen wir die beiden, und spielen ihr vom Band stimmtechnisch modulierte, an seine Frequenz angepasste Schreie vor. Ein einfacher technischer Trick. Sie wird glauben, dass er es ist und alles tun und sagen, was wir wollen.

Wenn sie dagegen immun sein sollte, ziehen wir die Mäuse oder Schlangen-Nummer durch, das hat noch keine Frau ausgehalten.

Bei ihm werden Schläge vermutlich wenig bringen. Dabei beschädigen wir nur sein Sprechwerkzeug. Deshalb lassen wir ihn glauben, dass wir sie quälen indem wir ihm ein kurzes Video zeigen, wo wir ihr einen Stromschlag verabreichen. Dann blenden wir aus und lassen ihn nur noch Schreie hören. Das wird ihn schnell weich kochen, denn er scheint für das Justiz-Flittchen wirklich was übrig zu haben.

Wenn die Behandlungen je nichts nützen sollten, arbeiten wir mit unserem Serum. Das wirkt auf jeden Fall schnell und stellt sicher, dass sie nicht lügen können. Ach, eine herrliche Erfindung! Ich komme immer wieder ins Schwärmen, wenn ich mir die Resultate der Vergangenheit ansehe. Leider sind einige unserer Probanten bei der Anwendung gestorben und das können wir uns in diesem Fall zumindest anfänglich nicht leisten.

Wenn die Ergebnisse entsprechend sein sollten, beseitigen wir beide und buddeln sie irgendwo im Wald ein. Ahhh, nein, ich weiß was Besseres.

Der Kamerad Eugen vom städtischen Krematorium schuldet mir noch einen Gefallen, einen sehr großen Gefallen, weil ich ihm den Liebhaber seiner Frau entsorgt habe. Jetzt kann er meine beiden Turteltäubchen im Rahmen eine Testlaufes der Anlage durch den Kamin gehen lassen, dann sind wir, bis auf ein paar Knochenreste, alle Sorgen los.«

»Prima Idee Chef, da wissen wir wenigstens, dass die nicht wieder auftauchen, wie letztes Frühjahr der Banker, der Sie übers Ohr hauen wollte, in der Isar oder auch dieser verräterische Ex-Kamerad aus Stuttgart, im Neckar.«

»Erinnere mich bloß nicht daran, das war vielleicht ein Theater!«

»Chef, wir könnten auch einen Unfall mit dem Auto …«

»Zuviel Aufwand! Ich weiß gar nicht, ob die Frau überhaupt ein Auto hat und seine alte Karre steht in Stuttgart. Nein, wir entsorgen die beiden völlständig.«

Stunden später erwachten Ella und Lenz wie aus einer tiefen Ohnmacht.

»Lenz, bist Du wach?«

»Ja! Sprich leise, besser noch flüstere und beweg dich nicht! Da an der Decke ist eine Kamera!«

»Sag, was wollen die von uns? Ich hab Angst!«

»Ich kann es mir denken, wo wir jetzt sind und was mit uns passiert. Wir müssen hier irgendwie raus. Uns so teuer verkaufen wie möglich, sonst sind wir fällig! Stell dich einfach schlafend und warte auf mein Zeichen!«, flüsterte Lenz und versuchte dabei überzeugend und sicher zu wirken, obwohl ihm beileibe nicht danach war.

Ein halbe Stunde später kam eine Wache herein, schaute zunächst nach Ella und rüttelte sie leicht an der Schulter.

Sie stellte sich gekonnt bewusstlos.

Der Mann brummte verwundert, wie ein Bär, der von Honigbienen angegriffen wird.

Dann wandte er sich Lenz zu, packte ihn an der Schulter und drehte ihn unsanft zur Seite.

Lenz nutzte den Schwung um den verdutzten Wachposten mit aller Gewalt in Richtung Kopf zu schlagen. Er traf ihn an der Schläfe und fühlte gleichzeitig in seiner Faust einen Schmerz, als habe er auf einen Amboss eingedroschen.

Der Mann fiel zurück und taumelte. Lenz wurde sofort gewahr, dass er nachsetzen musste, um dieses gewaltigen Hünen Herr zu werden.

Es war keine Zeit nachzudenken oder Gnade walten zu lassen. Es ging ums nackte Überleben.

Er sprang von der Pritsche auf und versetzte dem Benommenen einen gewaltigen frontalen Karate Tritt an die Brust und einen schwungvollen Drehkick an den Kopf.

Das reichte, um ihn außer Gefecht zu setzen.

Der Kollos knallte mit dem Kopf gegen die Wand und sackte in sich zusammen.

Die erste Hürde war genommen. Den schlafenden Riesen fesselte Lenz mit dessen eigenem Gürtel.

Er durchsuchte ihn und fand eine Pistole in seinem Hosenbund und eine langes Bowiemesser in einer Gürtelscheide.

Er nahm beide Waffen an sich und fühlte sich augenblicklich besser, denn nun gab es Hoffnung hier herauszukommen. Dennoch mussten sie vorsichtig sein, weil sie nicht wussten, was sie außerhalb der Tür erwartete.

Er nahm die verschreckte Ella bei der Hand. Das Messer steckte er sich in den Hosenbund und die mit neun Schuss vollgeladene 9 mm Walther P 38 behielt er schussbereit in der Hand.

Die schwere Stahltür war leicht angelehnt und er konnte sie vorsichtig seitlich mit dem Fuß öffnen.

Nichts geschah. Er schaute zögernd ums Eck ... niemand. Der vor ihm liegende, düstere Gang war menschenleer.

Ein paar schwache Deckenleuchten tauchten das rohe Mauerwerk in ein fahles, gruseliges Dämmerlicht.

Der gesamte überschaubare Gang wurde links und rechts von Stahltüren gesäumt, die wohl ähnliche Kerker verbargen.

Lenz konnte es nur vermuten, denn die Türen waren geschlossen.

In geschätzten 30 Metern Entfernung führte eine Treppe nach oben. Der Weg in die Freiheit.

Was beide nicht wussten, war der Umstand, dass mehrere Mitglieder des Ältestenrates und des Fördervereins mit ihren schweren Limousinen fast zeitgleich beim Haus des Goppel angekommen waren und so die Aufmerksamkeit der Wachen von den Geschehnissen im Keller abgelenkt war.

Lenz ging zügig und dennoch achtsam, denn er rechnete jederzeit mit Beschuss oder einem sonstigen Angriff.

Ella ließ sich willenlos hinterherziehen. Sie brachte vor Angst keinen Laut über die Lippen.

Beide erreichten die Treppe und Lenz fasste die Pistole fester. Wenn sich irgendetwas regen würde, war er bereit, sofort zu schießen.

Seine Nerven waren zum Zerreißen gespannt, doch spürte er die Kraft seiner enormen Konzentrationsfähigkeit.

Die relativ kurze, leicht gebogene Treppe führte ins Erdgeschoss eines wohl sehr weitläufigen Hauses. Als Lenz kurz durch die offene Kellertür in eine breite Halle schaute, war ihm, als blicke er in eine Art Rittersaal oder Thronsaal. Hoch und breit angelegt führten zwei großzügige Treppen in einer Art Rondell nach oben.

Ein riesiger Kamin und eine wuchtige Leder-Sitzgruppe sahen beinahe einladend aus.

Mitten im Raum standen zwölf bis fünfzehn, zumeist ältere Männer in Anzügen, die sich lauthals unterhielten. Nein es war keine Unterhaltung, es war eine lebhafte Debatte im Gange.

Aus einem anderen Raum trat Goppel zu den Wartenden.

Diese verstummten kurz, ehe Dr. Pröttel, den Berger nicht persönlich kannte, das Wort aufgriff.

»Goppel, das können Sie nicht machen, sich einfach über einen Beschluss des Ältestenrates hinwegsetzen!

Wir haben ausdrücklich beschlossen, die Staatsanwältin und den Kommissar aus Stuttgart vor unserer Aktion nicht zu behelligen, weil es uns mehr schadet als es nützt!«

Goppel konterte – »Wenn wir von Kiesel den Hinweis auf die Durchsuchungsaktion nicht bekommen hätten, wäre es jetzt vielleicht schon vorbei mit Nemesis. Das scheinen Sie wohl vergessen zu haben? Es war ausschließlich unserem vorausschauenden Oberstaatsanwalt zu verdanken, dass alle Anrufe auf dem Apparat der Staatsanwältin automatisch auch auf seinen Apparat gingen und dort aufgezeichnet wurden. Er konnte das Aufzeichnungsgerät jederzeit von seinem Handy aus abhören. Ein Hoch auf die Technik!

Unsere beiden Stuttgarter Schnüffler wurden zu gefährlich. Diese Stork hatte herausgefunden, dass Kiesel zu unserer Organisation gehört oder zumindest Kontakte unterhält. Es war an der Zeit zu handeln.

Und außerdem haben senile alte Männer wie Sie mir nichts vorzuschreiben, was ich zu tun oder zu lassen habe! Das ist jetzt vorbei!

Mit einem Schnipser meines Fingers gibt es keinen Ältestenrat mehr und den Förderverein habe ich auch die längste Zeit gebraucht, weil die Organisation sich selbst trägt und ich zwischenzeitlich über erhebliche eigene Mittel verfüge.

Also was soll's, meine Herrn, ich habe mich sehr über ihren Besuch gefreut, doch jetzt habe ich Wichtigeres zu tun.«

Goppel wollte sich abwenden, da geschah es! Dr. Pröttel zog einen kurzläufigen Smith & Wesson Revolver, richtete ihn auf Goppel und sagte –

»Oh nein, du Spitzbube! Du hast wohl gedacht, mit uns ›alten Männern‹ kann man so einfach Schlittenfahren?! Da hast du dich aber gründlich getäuscht! Noch einen Schritt und das war es dann für den kommenden großen deutschen Führer!«

Goppel drehte sich langsam um und schaute den ehemaligen Oberstabsarzt eindringlich an.

»Das traust du dich nicht, du alter Quacksalber! Nur mit deinem großen Maul!«

Kaum hatte er das gesagt, drückte Pröttel ab und Goppel schlug instinktiv die Arme vors Gesicht und duckte sich. Es fuhr ihm durch Mark und Bein, weil er mit dieser Entschlossenheit tatsächlich nicht gerechnet hatte.

Das Projektil schlug direkt neben ihm in die Lehne eines Sessels ein und formte ein kreisrundes schwarzes Loch.

»Da seht ihn euch an, den großen Führer! Macht sich in die Hose wie ein kleines Mädchen!«

Der Schuss hatte alle Sicherheitsmänner im und um das Haus herum alarmiert und im Nu füllten ein Dutzend bewaffnete Schwarze Sheriffs mit schussbereiten Waffen im Anschlag den Raum und besetzten jeden Ausgang.

Dr. Pröttel ging mit seinem Revolver am ausgestreckten Arm drohend auf Goppel zu. »Goppel, ich mache Ihnen jetzt einen Vorschlag, aber den mache ich Ihnen nur einmal! Sie übergeben mir Ihre beiden Gefangenen und lassen uns abziehen. Wir vergessen den Vorfall und regeln das nach Nemesis!«

»Und wenn ich nicht auf Ihren Vorschlag eingehe, alter Mann? Was dann?«

»Dann, mein lieber Goppel, sind Sie Geschichte, und eine sehr schlechte dazu!«

»Sie werden von meinen Leuten durchsiebt, wenn ich nur ein Zeichen gebe!«

»Dazu kommen Sie gar nicht, Goppel! Und wenn Sie es schaffen sollten, erwische ich Sie, bevor ich dran bin! Also überlegen Sie es sich gut!«

»Mensch Pröttel, warum das alles wegen der Schlampe und diesem Bullen?«

»Es geht ums Prinzip und es geht um Respekt, Loyalität und Verlässlichkeit, Eigenschaften, die Ihnen vollkommen abgehen, Goppel!«

Es lag ein seltsames Schweigen auf dem Raum, so dass keiner der Anwesenden es wagte laut Luft zu holen oder sich zu bewegen, da schon ein kleiner Funke genügen konnte, um das Pulverfass zur Explosion zu bringen.

»OK! Sie alter Narr, Sie sollen Ihren verdammten Willen haben! Aber glauben Sie mir, nach Nemesis ist Ihr Leben keinen Heller mehr wert. Da mach ich Sie persönlich fertig, weil Sie es gewagt haben, in meinem eigenen Haus eine Waffe auf mich zu richten! Allein schon aus diesem Grund sind Sie ein sehr toter Mann!«

Jens, Uwe ... holt mir die zwei Täubchen aus dem Keller!«

Die beiden bewaffneten Männer verließen ihre Position und kamen durch die Halle direkt auf die Kellertür zu.

Die beiden Flüchtigen konnte man aus dem hellen Raum heraus nicht sehen, weil der Kellereingang mit seinem Dunkel die beiden verschluckte.

Als die Wachen noch etwa fünf bis sechs Meter entfernt waren, ließ Lenz Ellas Hand los und trat aus dem Dunkel heraus ins Licht der Halle. Die Pistole fest in beiden Händen.

Wie angewurzelt blieben beide Männer sofort stehen.

»Keinen Schritt weiter, sonst schieß ich euch über den Haufen! Legt eure Maschinenpistolen auf den Boden, aber ein bisschen plötzlich!«

Nun traute sich auch Ella den schützenden Kellerausgang zu verlassen und sich hinter Lenz zu stellen.

Alle Personen im Raum waren spätestens ab diesem Moment mit der sich plötzlich verändernden Situation vollkommen überfordert.

Die beiden Wachen hatten ihre Waffen über der Schulter hängen und Lenz erneuerte massiv seine Forderung.

»Verdammt noch mal! Ihr sollt eure Waffen ablegen, sonst knallts!«

Dr. Pröttel, der sichtlich nervös geworden war, fühlte sich als erster aufgerufen die Situation zu entschärfen.

»Mensch Berger! Weg mit der Waffe! Ich hab das Ganze im Griff!«

»Woher kennen Sie meinen Namen? Sind wir uns schon mal begegnet?«

»Sie mögen mich vielleicht nicht kennen, ich Sie aber schon!

Ella, mich geht es ja eigentlich nichts an, mit wem du Umgang pflegst, aber sei wenigstens du vernünftig und sag deinem Galan, dass er die Waffe weglegen soll!«

Lenz schaute Ella an. Ella vermied den Blickkontakt und blickte verschämt zu Boden. Die Herren der Organisation schauten einander fragend an, nur bei Goppel begann es zu dämmern.

»Ah, so läuft der Hase! Da hat jemand persönliches Interesse an der jungen Dame und erzählt mir was von Respekt und Loyalität, na das haben wir gleich!

Uwe, Jens, schnappt euch die beiden!«, rief er seinen Männern am Kellereingang zu.

Die begingen jetzt den gehorsamen Fehler, der Anweisung ihres Chefs zu folgen. Es war der letzte Fehler ihres Lebens.

Bevor sie die MPs von der Schulter hatten, schoss Lenz sie beide nieder.

Pröttel schaute auf die Szene und merkte nicht sofort, dass Goppel seine kleine 7,65 mm Mauser Pistole, die er immer bei sich trug, aus der Jackentasche zog und sie auf Lenz und Ella richtete.

Lenz merkte es sehr wohl und schoss seinerseits zuerst auf Goppel. Er traf ihn an der rechten Schulter. Goppel fiel die Waffe aus der Hand, er taumelte von der Geschosswirkung einen Meter zurück und sank dann in die Knie.

Die SECURE-Männer, die alles bisher unsicher beobachtet hatten, sahen ihren Chef angeschossen am Boden, und jetzt brach das Inferno los.

Aus zwölf Mündungen von kurzläufigen Schrotflinten und .357er Magnum-Revolvern wurde wahllos das Feuer eröffnet.

Pröttel begann um sich zu schießen und Lenz stand ihm dabei in nichts nach.

Ein wildes Durcheinander, Schreie, zusammenbrechende Körper und viel Blut durchtränkten den großen Saal des Hauses.

Lenz schnappte sich die Maschinenpistole einer getöteten Wache, stieß Ella zu Boden und zerrte sie hinter eine dicke

Stein-Balustrade, die ihnen sicheren Schutz vor dem Kugel-hagel bot.

Pröttel wurde von Schrotkugeln an der Hüfte getroffen, aber nicht schwer verletzt. Einigen Herren des Ältestenrats ging es da erheblich schlechter.

Bei mehreren waren Art und Schwere der Verletzungen nicht mehr mit dem Leben vereinbar und andere rangen um letzte Stränge ihres Daseins.

Nur wenige hatten das Glück unverletzt zu bleiben.

Lenz war es gelungen mit Hilfe der sehr präzisen Heckler & Koch MP mehrere Schützen auszuschalten.

Pröttel hatte seine Patronen schnell verbraucht und im Magazin der von Lenz benutzten MP waren auch nur noch wenige Patronen, so dass sich die Lage zugunsten der ver-bliebenen Wachmänner und deren Munitionsvorrat zu ent-wickeln drohte.

Plötzlich erfolgte massives Feuer von außerhalb des Hauses. Mehrere Wachmänner wurden von hinten angeschossen. Der Rest sah sich vollkommen überraschend einem weiteren massiven Beschuss, nun von beiden Seiten ausgesetzt.

Das Feuer erlosch und kurz danach folgte eine Lautspre-cherdurchsage –

»Achtung, Achtung! Hier spricht die Polizei! Das gesamte Gebäude ist umstellt! Sie haben keine Chance zu entkom-men! Legen Sie sofort Ihre Waffen nieder, sonst werden wir rücksichtslos von der Schusswaffe Gebrauch machen!«

Alle Wachmänner zogen es ohne große Bedenkzeit vor, ihre Haut zu retten und legten ihre Waffen nieder.

Lenz und Ella glaubten an ein Wunder. Was konnte da ge-schehen sein? Die Polizei kommt genau zum rechten Zeit-punkt um sie zu retten?! Aber woher …??

Als die Einsatzkräfte des Mobilen Einsatzkommandos die Halle stürmten und die Täter festnahmen, traute Lenz seinen Augen nicht ...

»Höll, was machen Sie denn hier? Und du Werner, Christiane und Rudi ...? Jetzt versteh ich gar nichts mehr!«

»Müssen Sie auch nicht, Berger! Aber nur soviel ... ich wusste, dass man Sie nicht allein lassen kann, ohne dass Sie sich gleich in Schwierigkeiten bringen. Wir haben Sie und Frau Stork observiert seitdem Sie das Präsidium und die Staatsanwaltschaft verlassen hatten. Wir wussten, dass Sie beide äußerst gefährdet waren.

Aber unsere Observationskräfte haben Mist gebaut, sie haben die Abseil-Aktion von Frau Storks Balkon nicht mitbekommen und sind vor dem Haus geblieben.

Sie haben ihr Leben einem neuen Nichtraucher zu verdanken, der alles von seinem Balkon aus beobachtet hat und sich die Kennzeichen notierte. Er hat bei der Polizei angerufen und den nächtlichen Vorfall gemeldet. Zum Glück hat der Kriminaldauerdienst sofort geschaltet und mich angerufen. Sonst wäre ich jetzt noch auf dem Stand, dass Sie mit Frau Stork in deren Wohnung Händchen halten.

Ich hab dann sofort alles mobilisiert was Beine hat.

Die Bayerischen Kollegen waren auch sehr kooperativ, wie Sie sehen.«

»Jetzt bin ich echt platt ... und ich hab geglaubt, Sie wären eine linke Ratte!«

»Berger, das hab ich jetzt nicht gehört, aber ich rechne es ihrer Traumatisierung zu. Im Übrigen möchte ich bis spätestens übermorgen Ihren Bericht auf dem Schreibtisch haben!«

»Heißt das ...«

»Jawohl, das heißt, dass ihre Suspendierung ab sofort wieder aufgehoben ist!«

Erst jetzt bemerkte Lenz, dass der alte Herr, der ihn mit seinem Namen angeredet hatte, neben Ella stand und den Arm um sie gelegt hatte.

»Ja, was muss ich denn jetzt von dir denken, Ella? Seit wann hast du es denn mit Opas?«

Niemand schien zu bemerken, dass sich der verletzte Goppel, der bis jetzt regungslos am Boden lag, einen halben Meter nach vorn gerobbt hatte, um seiner Pistole habhaft zu werden.

Er hob die Waffe auf und zielte in Richtung Ella, die einen grellen Schrei ausstieß.

Niemand reagierte so schnell um Goppel zuvorzukommen. Der Schuss fiel, aber Dr. Pröttel hatte Ella, die in seinem Arm lag, weggerissen und war selbst in der Herzgegend getroffen worden. Lenz hatte noch einen Schuss in der Walther P 38. Er reagierte am schnellsten und richtete Goppel durch einen Kopftreffer, bevor dieser ein zweites Mal abdrücken konnte.

Pröttel war umgefallen, wie vom Donner gerührt und Ella beugte sich weinend zu ihm hinunter.

Der alte Mann fühlte seine tödliche Verletzung und die Worte kamen nur mehr schwer über seine Lippen

»Ella, mein Schatz, schade, dass wir uns gleich wieder verabschieden müssen, obwohl wir uns gerade erst wiedergefunden haben! Ich wollte doch immer das Beste für die große Liebe meines Lebens … und was hab ich erreicht … dass sie seit Jahren nicht mit mir redet und mich verleugnet! Das tut so weh … aber vielleicht ist es besser so?!«

»Nein, nein, so darfst du nicht reden! Halte durch, der Rettungswagen wird gleich hier sein und dann wird alles wieder gut!«

»Ella mein Liebes, verzeihst du mir, dass ich so wenig für dich da war?«

»Da gibt es nichts zu verzeihen, es ist wie es ist, und ich bin auch wegen dir eine starke Frau geworden, die im Leben steht. Aber tief in mir drin hab ich immer gewusst, dass du da bist, wenn ich dich brauche, auch wenn wir uns lange nicht gesehen haben!«

Pröttel, dessen Kopf auf Ellas Schoß lag – sie strich ihm übers dünne Haar, hörte auf zu atmen und seine Augen wurden starr.

Ella wurde von einem Weinkrampf geschüttelt und auch die anwesenden harten Männer der Polizei mussten sich bei diesem anrührenden Abschied die Tränen verkneifen.

Erst nach Minuten traute sich Lenz neben Ella nieder zu knien.

»Ella entschuldige, aber wer war der Mann? Ich kannte ihn wirklich nicht.«

»Der Mann, der mir eben das Leben gerettet hat, hat es mir auch geschenkt! Er war mein Vater!«

32. Die Lösung

Die Einsatzkräfte der Baden-Württembergischen und Bayerischen Polizei stellten nach der Festnahme zahlreicher Täter, der Versorgung der Verletzten und dem Abtransport der Getöteten das gesamte Anwesen auf den Kopf.

Hierzu wurde zusätzlich eine Hundertschaft Bereitschaftspolizei angefordert.

Die Durchsuchung unter Hinzuziehung von Spezialkräften zog sich über mehrere Tage hin.

Die Hundestaffel war im Einsatz um alle scharfen Wachhunde einzufangen und ins Tierheim zu bringen.

Es wurde ein enormes Waffenarsenal in einem speziell gesicherten Tresorraum aufgefunden, wobei auch Kriegswaffen und Sprengkörper festgestellt wurden, die in Afghanistan der Bundeswehr geraubt worden waren. Die Waffen wurden eingesammelt und an die Untersuchungsstellen der Landeskriminalämter München und Stuttgart geschickt.

Zahlreiche EDV-Spezialisten der Polizei sichteten Computer und kopierten relevante Daten. Wegen des riesigen Datenumfangs wurden zum Teil gesamte Anlagen abgebaut und als Beweismittel beschlagnahmt.

Wirtschaftskriminalisten waren in Folge über ein Jahr damit beschäftigt, Goppels Imperium die Firmenkonstellation und die Verflechtung mit anderen Firmen zu durchleuchten.

Schon nach erster Sichtung von Unterlagen und Daten fand man Namenslisten mit persönlichen Zusatzvermerken Goppels und Pläne einer gigantischen Gebäudeanlage im Mecklenburgischen.

Die Menge des zu bewältigenden Materials und die Querverbindungen in nahezu alle Bereiche des gesellschaftlichen Lebens war derart groß, dass sich die Innenminister von Baden-Württemberg und Bayern dazu entschlossen, eine länderübergreifende Sonderkommission unter dem Namen ›Nazi-Brut‹ ins Leben zu rufen und mit der Soko ›Afrika‹ zu verschmelzen.

Auch die Polizeibehörden in Paris, Rom, London, Wien und Madrid wurden mit einbezogen und entsandten Verbindungsbeamte, die Material für ihre Heimatbehörden zusammentrugen um dort in ähnliche Weise tätig zu werden.

Ständig kamen neue Skandale und Skandälchen aufs gesellschaftliche Tablett und Lenz konnte sich bei seinem Freund Vince Penn für dessen Unterstützung endlich mit einer ganzen Serie von Super-Storys bedanken.

Im Zuge immer weiter reichender Enthüllungen durch Staatsanwaltschaft und Kripo wurde die Republik von einer Reihe von Selbstmorden erschüttert.

Der wirklich spektakulärste Fall war Oberstaatsanwalt Dr. Kiesel, der einschlägigen Beweisen zufolge ein führendes Mitglied der Organisation gewesen sein musste.

Er erschoss sich auf dem durchgesessenen Chefsessel in seinem, von allen Mitarbeitern gefürchteten Dienstzimmer.

Seine Vorzimmerdame fand ihn Montagfrüh, mit Brust und Kopf auf der Schreibtischplatte liegend, die Pistole noch in der Hand.

Auf diese Weise kam er Ellas Rache zuvor, die trotz ihres berechtigten Zorns, den Triumph nicht auskosten konnte. Zu tragisch waren die furchtbaren Verluste an verirrten und verworfenen Menschenleben.

Endlich begann sich der Indizien-Kreis zu schließen und ergab ein nahezu vollständiges Lagebild, das dem handverlesenen Personenkreis, der die ganze Wahrheit hinter den Pressemeldungen erfuhr, den Schreck in alle Glieder jagte.

Die Landesämter für Verfassungsschutz, der MAD, der BND, das BKA, die LKA's ... alle hatten urplötzlich »die Entwicklung seit geraumer Zeit beobachtet und nur auf den rechten Moment zum Losschlagen gewartet«.

Keine Rede mehr von internen Differenzen, Informationsdefiziten, bis hin zur gezielten gegenseitigen Desinformation.

Es habe zur keiner Zeit Gefahr für unsere freiheitlich demokratische Grundordnung bestanden, war der lapidare politische Grundtenor. Dabei waren alle politischen Ebenen mit vollem Eifer dabei abzuwiegeln und zu beschwichtigen, zu dementieren und auszusitzen, eben das, was Politiker üblicherweise zu tun pflegen.

Eine gewichtige Talkshow jagte die andere, ein Dementi das andere.

Im Gegensatz zur landläufigen Politikermeinung, wenn sich die Presse wieder beruhigt und die Schlagzeilen wechseln, wendet sich die Volksseele wie gehabt den völkischen Lustbarkeiten zu, begann sich zunehmend Widerstand zu regen und zu formieren.

Alle Parteien, die sich das zunutze machen wollten, erhielten durch die ins Leben gerufene überregionalen Initiative ›Bürger gegen Nationalsozialismus‹ eine deutliche Absage. Eine noch nie da gewesene Wucht politischer Willensbildung aus dem Volke heraus, getragen von Wissenschaftlern aller Couleur, Musikern, Schriftstellern, Sportlern, Menschen aus nahezu allen Ebenen und Nischen des gesellschaftlichen Lebens forderte Aufklärung und offenen Umgang mit diesem neu erstandenen Gespenst deutscher Geschichte.

Aus ihrer Not heraus sprachen sich vermehrt Politiker aller

Lager dafür aus, eigens eine Behörde im Stil der Gauck-Behörde in Berlin einzurichten.

Diese Behörde sollte alle Personen, Institutionen, Fakten, Hinweise und Links erfassen, die im Laufe der Ermittlungen zu Tage gefördert worden waren.

Lange stritt man sich um den Namen dieses Kunst-Gebildes abseits der üblichen Behördenlandschaft und einigte sich im Rahmen deutscher Politiker-Kreativität auf den Namen des eingesetzten Behördenleiters ›Müller‹.

Anton Müller war ein, soweit bekannt, relativ unbescholtener, liberaler Parlamentarier, der mit Augenmaß zu Werke ging.

Lenz empfand ein tiefes Gefühl der Zufriedenheit. Nach Wochen harter Soko-Arbeit setzte für ihn langsam wieder das gewohnte Tagesgeschäft ein, doch es ging ihm so leicht von der Hand, wie seit Jahren nicht mehr.

Ein klärendes Gespräch mit Oberrat Höll gab ihm zusätzlich die Gewissheit, dass er sich in seinem Inspektionsleiter geirrt hatte. Er würde sicher nie zu seinem Freundeskreis gehören, weil sie beide zu verschieden waren und es noch ein paar offene Fragen aus der jüngeren Vergangenheit gab, die der Klärung bedurften.

Lenz bemühte sich dennoch, Höll aus seiner alten Schublade herauszukramen, noch nicht wissend, welchen Platz er ihm künftig zubilligen sollte.

Ella und Lenz sahen sich Wochen nicht mehr. Lenz hielt auch einen gewissen Abstand ein, weil er, trotz all dem gemeinsam Durchlittenen, es Ella verübelte, dass sie ihm bei den Ermittlungen die Existenz ihres Ober-Nazi-Vaters unterschlagen hatte.

Mitläufer hatte sie gesagt, obwohl der Wagen ihres Vaters

ebenfalls in der Tiefgarage des Münchner Hotels Bodenberger Hof festgestellt worden war.

Sie hätte soviel Vertrauen zu ihm haben müssen, um ihn einzuweihen, denn selbst wenn er die Fahrzeuge in der Flensburger Datei abgefragt hätte, wäre er bei den Namen Pröttel und Stork niemals auf ein Verwandtschaftsverhältnis gekommen.

Der alte Pröttel hatte ihr tatsächlich das Leben gerettet und sich geopfert. Sicher das Beste, was er in seinem Leben für Ella getan hatte und hätte überhaupt tun können.

Er musste mit Ella unbedingt darüber sprechen, weil er fühlte, dass da bei ihr noch Einiges im Argen lag. Ihm war zwar nicht klar, wie er ihr hätte dabei helfen können, aber er wusste von sich selbst, dass manchmal allein schon das Darüberreden half.

Eine SMS war seit Tagen unbeantwortet geblieben und er begann sich schon Sorgen zu machen, als eines Nachmittags das Display seines summenden Handys den Namen Ella zeigte.

»Hi, du! Ich wollte mich bei dir entschuldigen, dass ich mich nicht gemeldet habe, aber ich war einfach nicht in der Lage dazu. Die letzte Zeit hab ich nur geschlafen und gearbeitet, um mich abzulenken. Man verliert eben nicht jeden Tag einen Vater … und dann noch so dramatisch, dass ich mich immer wieder bei dem Gedanken ertappe ›eigentlich müsstest du jetzt selbst tot sein‹. Wie würde sich das wohl anfühlen? Sicher sehr seltsam, wenn du da so einsam in den Sarg oder in die Urne gesperrt wirst.

Bis dein Geist endlich kapiert hat, dass dieses Dasein vorbei ist und was anderes kommt.

Weißt du, ich versinke abends in meine Gedanken und werde manchmal richtig schwermütig. Oft brauch ich dann den Schlaf um das Bewusstsein abzuschütteln. Aber auch der Schlaf hat seine Schrecken für mich, weil ich immer wieder davon träume, dass mein Vater mir noch etwas Wichtiges mitteilen will und ehe er es mir sagen kann, verschwimmt alles oder ich wach auf.

Seit Tagen zermartere ich mir den Kopf darüber, was es wohl sein könnte?!

Ja, ich weiß, es ist vollkommen unrealistisch, aber dieser nächtliche Nebel meiner Schuldgefühle holt mich auch am Tage immer wieder ein.

Ich entwickle schon Mechanismen mich heftig abzulenken um diesen Gedanken gar nicht erst aufkommen zu lassen, weil ich bemerkt habe, dass ich dann vollkommen in diese Welt eintauche – und das will ich nicht. Verstehst du?«

»Hm, ich glaub schon, und ich kann auch gut nachfühlen, was du gerade durchmachst. Ich hab auch Ähnliches hinter mich bringen müssen, und das war hart.«

»Weißt du Lenz, ich hadere mit mir, ob ich als Tochter nicht gar die Verpflichtung gehabt hätte, ihm zumindest einen Hinweis zu geben, dass ich ihn nicht mehr lange schützen kann und er zunehmend ins Fadenkreuz der Ermittlungen gerät.

Ich hatte seit Jahren keinen Kontakt mehr zu ihm, weil ich einfach nicht über die Schatten der Vergangenheit hinweggehen konnte. Mir war es nicht möglich, mein Schweigen zu brechen, als Tochter auf ihn zuzugehen.

Damals, vor vielen Jahren, erschien ihm meine Mutter als nicht standesgemäß und so hätte sie seiner Karriere schaden können. Dann war sie schwanger und ich kam zur Welt. Das nahm er dann als Anlass, um sich endgültig von meiner Mutter zu trennen.

Er hat sie aber großzügig mit Geld bedacht. Als ich fünfzehn war, schickte mich meine Mutter gegen meinen Willen ins Internat. Er hat alles bezahlt, wie ich später von meinem Konrektor erfahren habe.

Meine Mutter war zu diesem Zeitpunkt schon schwer krank und hatte nicht mehr lange zu leben. Sie hat ihn geliebt und ist an all dem zerbrochen. Ich dachte bis zu diesem Zeitpunkt, dass mein Vater tot wäre, aber auf dem Totenbett brach meine Mutter ihr jahrelanges Schweigen und sagte mir, wer mein Vater ist.

Dr. med. Winfried Pröttel, damals schon ein hohes Tier bei der Bundeswehr. Das Dumme war nur, dass er schon seit vielen Jahren eine eigene Familie hatte und mit Frau und Kindern in Frankfurt lebte.

Als meine Mutter dann gestorben war, hat er mich angerufen und sein Bedauern zum Ausdruck gebracht. Ich hörte zum ersten Mal in meinem Leben die Stimme meines Erzeugers. Es war wie in Trance. Er wirkte selbstgefällig und schien sich keiner Schuld bewusst. Dennoch hörte es sich so wie eine unbeholfene Entschuldigung an.

Ich konnte ihm nicht verzeihen, weil er sich nie direkt um meine Mutter und mich bemüht hatte.

Mich im Glauben zu lassen, er wäre tot, und weil ich ihn für den Tod meiner Mutter verantwortlich gemacht habe.

Nach ihrem Tod kommt er nicht mal selbst vorbei, sondern ruft an … stell dir das mal vor!

Irgendwann war ich dann auf dem Standpunkt, dass ich dachte … ›so mein lieber Herr Vater, du hast meine Mutter getötet und mich so verletzt, dass ich jetzt Schmerzensgeld von dir will‹!

Er hat auch ohne Murren mein ganzes Studium über fast alles bezahlt, was ich von ihm verlangt habe.

Er wollte zuerst, dass ich auch Medizin studiere, hat aber

meine Entscheidung für Jura als Studienfach respektiert und mich sehr unterstützt.

Wir haben uns nur selten gesehen und ich war sehr abweisend ihm gegenüber, obwohl ich sein Geld genommen habe.

Eigentlich habe ich ihm gar keine Chance gegeben, mein Vater zu werden.

Und jetzt ...«

Ella begann am Telefon zu weinen.

»Jetzt ist er tot, und ich muss mit der Schuld weiterleben, dass er wegen mir getötet wurde! Lenz, ich kann nichts mehr ungeschehen machen, die Zeit nicht einfach zurückdrehen um mich mit ihm zu versöhnen. Die Vorwürfe, die ich ihm gemacht habe, die Verachtung, die ich für ihn empfand, die unheimliche Wut, die eigentlich Liebe hätte sein können. Alles vorbei und ich muss damit leben.«

Lenz erkannte, dass sie dabei war sich durch ihre Selbstvorwürfe in eine stark depressive Stimmung zu reden und unterbrach sie vorsichtig, aber bestimmt.

»Ella, du ... ich will dir jetzt keine schlauen Ratschläge geben, ich glaub, die kannst du jetzt wirklich nicht brauchen.

Ich möchte dir nur etwas aus meiner eigenen Erfahrung sagen. Alles was uns im Laufe unseres Lebens widerfährt, kannst du mit einer Perlenkette vergleichen, an der unsere Erfahrungen, Niederlagen, Freuden, einfach alles hintereinander aufgereiht sind und sich für uns eigentlich keine sinnvolle Reihenfolge zu ergeben scheint.

Wir erkennen zumindest nur selten Zusammenhänge, die für uns von Bedeutung sein können.

Deshalb glauben wir, dass alles, was in unserem Leben passiert, mehr oder weniger zufällig, oder zumindest ohne unser Zutun über uns hereinbricht und unabänderlich scheint.

Aber das ist nicht so.

Eigentlich kämpfen wir immer nur mit den Auswirkungen unseres Schicksals, anstatt es bewusst zu unseren Gunsten zu beeinflussen.

Es ist nicht allein unsere Bestimmung, die uns lenkt. Wir sind durch unsere Einstellung zum Leben und durch unser Handeln für Vieles selbst verantwortlich, was uns widerfährt.

Erst wenn wir das verstanden haben, verstehen wir auch die Abfolge der Perlen unserer Lebenskette und können ab diesem Zeitpunkt aktiv unser künftiges Leben mitgestalten.

Verstehst du was ich meine?«

Ella hatte genau zugehört und war fasziniert von den Worten und der tiefen Lebensphilosophie, die aus diesen Gedanken sprach.

Sie sagte nichts, denn Lenz sprach schon nach einem Wimpernschlag weiter.

»Ich hab da mal ein Gedicht gelesen, das mich sehr berührt hat. Ich krieg es nicht mehr ganz zusammen, aber eine Passage hieß …

›Wenn du dich geliebt und begehrt fühlen kannst, weil da jemand ist, der an dich, deine Träume und Ziele glaubt, jemand, der Wünsche und Hoffnungen mit dir teilt, und du in der Sonne eurer Gemeinschaft deine Flügel entfalten kannst, dann macht dich diese Liebe mutig und stark und plötzlich hast du diese Lust am Leben und dieses Gefühl einfach alles schaffen zu können!‹

Ich fand diese Zeilen sagen eigentlich alles darüber aus, wie die Beziehungen der Menschen zueinander ablaufen könnten. Die Liebe ist also der Schlüssel zu einem reichen und erfüllten Leben. Mehr braucht man wirklich nicht. Alles andere gehört schon zur Zugabe.«

Nach einer langen beidseitigen Pause sagte sie schniefend …

»Das war aber schön. Ich wusste gar nicht, dass du Gedichte magst?!«

»Siehst du, so ganz kennst du mich eben doch noch nicht! Ella, was du brauchst sind Zeit und Ruhe. Ruhe zum Denken, Nachfühlen, Dich-Verabschieden, einfach zum Verarbeiten, was so lange ein Tabu für dich war.

Hoffentlich hört sich das jetzt nicht profan an, wenn ich dir sage, dass ich für dich da bin, wann immer du mich brauchst. In meinen Gedanken war ich so oft bei Dir, dass ich mir über meine Gefühle immer klarer werde. Ich habe Dich nicht nur vermisst, es war viel mehr als das. Mir war, als ob ein Teil von mir selbst fehlen würde, so unvollständig habe ich mich gefühlt.«

»Mir ging es wie dir, aber du hattest Recht, als du sagtest, ich würde noch Zeit brauchen um über alles hinwegzukommen. Wir brauchen einfach das Vertrauen, dass es unser Schicksal gut mit uns meint!«

Nachwort

Bei diesem Roman handelt es sich um ein reines Phantasie-Konstrukt des Autors.

Trotz einer gewollten Realitätsnähe sind alle Personen und Vorgänge frei erfunden.

Ähnlichkeiten mit real existierenden Personen sind rein zufällig und keinesfalls beabsichtigt.

Als Ankündigung für meine Leser darf der Hinweis gestattet sein, dass ›Die Brut‹ als Roman künftig Geschwister bekommen soll. Lenz Berger wird als Titelheld, zusammen mit der Staatsanwältin Ella Stork, weiterhin die schwierigsten Fälle zu lösen versuchen.

Einer klaren Linie kriminalpolizeilicher Ermittlungen folgend, sollen künftige Fälle nicht nur anknüpfen, sondern hinsichtlich der Persönlichkeitsprofile meiner Hauptakteure und der emotionalen Tiefe der Beziehungsgeflechte, sich weiterhin verfeinern, und so der Leserschaft sukzessive erschließen. Das Repertoire an Kriminalfällen ist jedenfalls unerschöpflich, da der Autor, selbst Kriminalhauptkommissar a. D., über drei Jahrzehnte Angehöriger der Kriminalpolizei war und viele Jahre davon in Stuttgart Dienst versah.